中共海南省委党校（省行政学院、省社会主义学

诗隔幽明
王船山诗学研究

著

知识产权出版社
全国百佳图书出版单位

图书在版编目（CIP）数据

诗际幽明：王船山诗学研究/李一鸣著. —北京：知识产权出版社，2019.9
ISBN 978-7-5130-6442-2

Ⅰ.①诗… Ⅱ.①李… Ⅲ.①王夫之（1619-1692）—诗学观—研究 Ⅳ.①I207.22

中国版本图书馆 CIP 数据核字（2019）第 197210 号

内容提要

本书聚焦于王船山儒家诗学思想之研究，即围绕船山所著《诗经稗疏》《诗广传》《诗译》以及大量诗评、诗选、诗话等著作，在联系其生平、创作、学术思想的基础上，考察船山诗学的哲学基础、情感本体、美学境界、生命情怀等内容。本书研究之目的是力图重新发掘船山诗学的当代价值，并且在历史语境中对船山诗学的历史地位进行必要的考衡。其意义则在于，在前人研究的基础上，发掘船山诗学的独特学术贡献和价值，为深化当代诗学研究和诗学美学研究提供可资借鉴的经验。

责任编辑：兰　涛　　　　　　　　责任校对：潘凤越
封面设计：郑　重　　　　　　　　责任印制：刘译文

诗际幽明：王船山诗学研究
李一鸣　著

出版发行：知识产权出版社有限责任公司	网　　址：http://www.ipph.cn
社　　址：北京市海淀区气象路 50 号院	邮　　编：100081
责编电话：010-82000860 转 8325	责编邮箱：lantao@cnipr.com
发行电话：010-82000860 转 8101/8102	发行传真：010-82000893/82005070/82000270
印　　刷：三河市国英印务有限公司	经　　销：各大网上书店、新华书店及相关专业书店
开　　本：720mm×1000mm　1/16	印　　张：14.5
版　　次：2019 年 9 月第 1 版	印　　次：2019 年 9 月第 1 次印刷
字　　数：216 千字	定　　价：58.00 元

ISBN 978-7-5130-6442-2

出版权专有　侵权必究
如有印装质量问题，本社负责调换。

序

单正平

一鸣的博士论文即将出版，嘱我作序。按时下惯例，我有此义务或责任。一鸣读博士，最初是我的建议。我看了他的硕士论文，觉得他在学术上还有比较大的发展空间。一鸣也有边工作边读博士的意愿。他考取后，提出要研究船山诗学，这让我多少有些意外。我对船山了解甚少，但知道这个领域的研究成果即使说不上浩若烟海，也堪称汗牛充栋；仅仅作当代船山学学术史的清理，就得耗费巨大精力。而船山与先秦儒学、汉代经学和宋明理学的复杂关系，尤其需要巨量的阅读与思考，需要在经学史、诗经学史方面有充分准备。我怀疑他没有足够的时间和精力做这个吃力难讨好的工作。但一鸣有湖南人的霸蛮劲头，既认准一个题目，便不畏艰难，坚持到底。这种精神，实属难得。

如今四年过去，一鸣的研究暂告一段落，交出了一个比较满意的阶段性成果。论文本身质量如何，我在这里不做评论，相信湘学、经学、诗学领域的专家自有公断。

在我看来，今日船山研究的难点在于，和黄梨洲、顾宁人相比，船山著作与当代中国的思想潮流和学术趋势的联系要弱一些。用大众文化的话语说，顾炎武和黄宗羲在思想文化屏幕上的"出镜率"要比船山先生高得多。顾炎武关于亡国与亡天下的警言，对南北士人"群居终日，言不及义""饱食终日，无所用心"的抨击，黄宗羲对王学末流与狂禅之弊的批判，尤其传颂极广的名言："天下是天下人的天下，非是一家一姓的天下，欲以天下奉己身，非是天子，乃是独夫。"我们耳熟能详。王夫之也曾有言："以天下论者，必循天下之公，天下非一姓之私也。"但比较而言，船山政治文化思想的当代影响力，似乎要弱于顾黄。在今日语境中，船山先生能给我们怎样的启迪，这需要学人思考。清季曾文正在金陵刻印船山遗著后，他的思想渐为人知，《黄书》强调的华夷之大防，尤为反清民族革命人士所倡扬。但辛亥后，民族主义思潮逐渐消退，船山的影响也渐次衰微。浏览今日船山学著作，给我的印象是，学术界探讨更多的是姜斋主人在经学、宋明理学领域的具体贡献，比较少见从总体上阐发他的政治文化思想。他的抗清壮举，似乎被淹没在衡山深处，几乎无人知晓矣。船山的《黄书》，在民族主义重新高涨的今天，可能有怎样的启示和影响，这是一个饶有兴味的话题。

就诗学而言，王夫之所论甚广，从《诗经》开始，历代诗歌他多有论说。但研究者多数囿于传统经学藩篱，停留在一般性阐释船山的层面，缺乏更为深入，更能提炼、升华船山诗学的研究。

唯其如此，一鸣研究的着力点就很重要。我相信"文章合为时而著"。但这个"时"，绝非狭隘的政治意义上的"时"，而应该是文化意义上的。一鸣把"诗者，幽明之际者也"作为王夫之诗学的核心观念，由此展开论述，我认为是恰当的。至于是否已经对这个观念作出了充分、精密、合乎逻辑的、具有鲜明时代感和全球视野的论证说明，我不敢断定，要请专家学者审查评判。

是为序。

2019 年 6 月 10 日于海口

目　录

绪　论　船山诗学的体用之分及其沟通 …… (1)
　　第一节　船山诗学的"隐"与"显" …… (3)
　　第二节　船山诗学的"用"与"本" …… (12)
　　第三节　以"幽明"作为船山诗学研究的切入点 …… (14)

第一章　宇宙天地之幽明：宋明理学背景下船山幽明观 …… (20)
　　第一节　宇宙论："凡虚空皆气" …… (21)
　　第二节　存在论："言幽明而不言有无" …… (31)
　　第三节　认识论：仰观俯察以知幽明之故 …… (36)

第二章　人性之幽明：船山幽明观之人性论 …… (49)
　　第一节　天地与人："天地之际甚密，而人道参焉" …… (49)
　　第二节　生与死：生为气之聚，死为气之散 …… (60)
　　第三节　性与心：性与生俱，心由性发 …… (65)

第三章　诗际幽明：船山诗学之本体与生成 …… (76)
　　第一节　"情者，阴阳之几也" …… (76)
　　第二节　"诗者，幽明之际者也" …… (87)
　　第三节　诗与道："诗以道情，道性之情" …… (99)

第四章　诗乐合一：幽明之际的审美境界 …… (120)
　　第一节　"絪缊""神化"作为审美范畴 …… (122)
　　第二节　"修辞立其诚"的道德境界与审美意蕴 …… (138)
　　第三节　言意之辨与隐秀之美 …… (147)
　　第四节　"乐为神之所依，人之所成"：
　　　　　　诗乐合一的诗学境界 …… (159)

附　录　王船山之生命体验与学术思想述略 …………… （171）
　　第一节　天崩地解之时代，险阻坎坷的一生 …………… （171）
　　第二节　"抱刘越石之孤忠而命无从致"：
　　　　　　船山的生命体验与笔耕生涯 ………………… （183）
　　第三节　"六经责我开生面"：
　　　　　　船山哲学思想之体系述略 …………………… （193）
　　第四节　诗以道情：船山学研究与船山诗学 …………… （205）

参考文献 ………………………………………………… （217）
后　　记 ………………………………………………… （223）

绪 论
船山诗学的体用之分及其沟通

近世思想家梁任公（启超）谓："南明有两位大师，在当时，在本地，一点声光也没有，然而在几百年后，或在外国，发生绝大影响。"[1]其中所称的"两位大师"，其一即是湖南衡阳王船山[2]；而所谓"南明"，或能由此管窥船山身际明、清两朝，一生出生入死而最终身心俱归故土。

王船山（1619—1692），本名夫之，字而农，别号姜斋，又号夕堂，或署南岳遗民、一瓢道人等，晚年隐居于湘西石船山，自署船山病叟，学者多称之为船山先生。船山生活于明清改朝换代之际，与同时代的黄梨洲（宗羲）、顾亭林（炎武）并称为"清初三大儒"，而"其中亭林、梨洲自清康、雍、乾以还，即久为学者所称重；独船山声光暗淡，其书其人知者甚尠。……然船山之学，博通四部，兼及典释，其著作之宏富，方之古今，殆罕其匹"[3]。梁任公亦谓："夫之著书极多，同治间金陵刻本二百八十卷，犹未逮其半。皆不落'习气'，不

---

[1] 梁启超. 中国近三百年学术史［M］. 太原：山西古籍出版社，2001：77.
[2] 梁任公将王船山和朱舜水（1600—1682）视为深藏若虚的"两畸儒"，而其中"在本国几乎没有人知道，然而在外国发生莫大影响者，曰朱舜水""舜水之学和亭林、习斋皆有点相近。博学于文功夫，不如亭林，而守约易简或过之；摧陷廓清之功不如习斋，而气象比习斋博大。舜水之学不行于中国，是中国的不幸，然而行于日本，也算人类之幸了"。（梁启超. 中国近三百年学术史［M］. 太原：山西古籍出版社，2001：83-86.）船山与舜水二人皆生活于明清之际，亦曾为南明朝廷东奔西走十余载。舜水甚至奔走他国，最终客死异国他乡，其学于国内不彰而能在国外有所影响，人生之朝生而暮死、思想之幽明隐显，不亦可叹乎。
[3] 戴景贤. 王船山学术思想总纲与其道器论之发展：下编［M］. 香港：香港中文大学出版社，2013：1.

'守一先生之言'。❶ 据学者研究考证，船山一生著述颇丰，大约有一百种，共三百九十八卷，其中有二十种不知卷数，共计有八百多万字；传世著作有七十四种，三百七十三卷，其余大部分遗文流落未得。❷ 1988—1996年，湖南长沙岳麓书社陆续整理出版《船山全书》，共计十六册，前十五册为船山著作，共收入船山著作七十一种，附补遗两卷；第十六册则为附录性质，收录有传记、年谱、杂录、船山全书编辑纪事等。船山的学术思想广博精深，今出版之《船山全书》以经、史、子、集之体例编排其著述。如经学研究方面，有《周易内传》《周易外传》《周易稗疏》《尚书稗疏》《尚书引义》《诗经稗疏》《诗广传》《礼记章句》《春秋稗疏》《四书训义》等；子学研究方面，有《老子衍》《庄子通》《庄子解》等。而以现今学科视之，则其思想广泛涉及政治、经济、军事、历史、哲学、伦理、文学等领域。

船山一生颠沛流离、历经坎坷，晚年隐居石船山专心著述，吟咏诗词传解经典贯穿其一生，颇能反映他不同时期的心路历程。在其生命的最后几年，精心编撰《古诗评选》《宋诗评选》《明诗评选》《夕堂永日绪论》等评选、点评诗歌的诗论诗话，对中国古代诗学理论亦有很深的体会和研究。虽然在其身后二百余年间，船山著作少有刊刻流传，思想湮没无闻，"船山学术，二百多年没有传人"❸；但是在清代中期以后，船山著作开始版行于世，其思想逐渐引起学者的重视。在诗学方面，《诗经稗疏》被收入"四库"，《四库全书总目提要》称："是书皆辨正名物训诂，以补传笺诸说之遗。"❹《四库全书简明目录》亦谓："皆考证名物训诂，以补先儒之所遗。率参验旧文，抒所独得。"❺ 清代四库馆臣可以说是率先关注到船山《诗经》学思想者，虽然对其《诗经》诗学不甚重视。自此降及今日，先辈与时贤对船山诗学思想进行深入研究，积累了非常丰厚的成果。尽管如此，相对于

---

❶ 梁启超. 清代学术概论［M］. 天津：天津古籍出版社，2004：23.
❷ 刘志盛，刘萍. 王船山著作丛考［M］. 长沙：湖南人民出版社，1999：5-6.
❸ 梁启超. 中国近三百年学术史［M］. 太原：山西古籍出版社，2001：83.
❹ 四库全书总目提要［M］//船山全书:第3册. 长沙：岳麓书社，1992：287.
❺ 四库全书简明目录［M］//船山全书:第3册. 长沙：岳麓书社，1992：289.

"红学""龙学"等显学,包括诗学思想研究在内的"船山学",仍然有待于进一步推进。故此,后学不揣谫陋,以船山诗学作为研究主题,以期为"船山学"的建设增添绵薄之力。

第一节 船山诗学的"隐"与"显"

关于船山诗学之研究,在20世纪之前,较少受到学者的关注和重视,对其诗学研究往往与其经学思想研究、其他思想之研究相杂糅。嵇文甫《王船山学术论丛序言》即谓:王船山的著述"在清朝埋没了许多年,最初得到赏识的只是和当代那种考据学风相适合的几种'稗疏',而这实在不过是船山学术的余绪"❶。如船山研究阐释《诗经》的著作《诗经稗疏》,"是书皆辨正名物训诂",但是在被收录入"四库"时,四库馆臣以为:《诗经稗疏》卷末"惟赘以《诗译》数条,体近诗话,殆犹竟陵钟惺批评国风之余习,未免自秽其书,今特删削不录,以正其失焉。"❷湖南王壬秋(闿运,1833—1916)亦在日记中称:"看船山诗话,甚诋子建,可云有胆,然知其诗境不能高也,不离乎空灵妙寂而已,又何以赏'远猷辰告'之句?"❸可见当时船山学术思想虽开始得到部分学者注意❹,但是其"诗话"却不受重视,诗学价值亦未被发掘出来。

进入20世纪,船山研究逐渐走出道(理)学的狭窄视角,对其哲学、历史、政治、文学(诗学)等专门研究开始逐步确立。特别是20

---

❶ 嵇文甫. 王船山学术论丛序言[M]//船山全书:第16册. 长沙:岳麓书社,1996:1004.
❷ 四库全书总目提要[M]//船山全书:第3册. 长沙:岳麓书社,1992:288.
❸ 王闿运. 湘绮楼日记(节录)[M]//船山全书:第16册. 长沙:岳麓书社,1996:671.
❹ 王壬秋云:"船山学在毛西河(奇龄)伯仲之间,尚不及阎伯诗(若璩)、顾亭林(炎武)也,于湖南为得风气之先耳。明学至陋,故至兵起、八股废,而后学人稍出。至康、乾时,经学大盛,人人通博,而其所得者或未能沈至也。"王闿运. 湘绮楼日记(节录)[M]//船山全书:第16册. 长沙:岳麓书社,1996:667. 王壬秋主讲衡州船山书院多年,而对船山学之地位与价值,稍持异议。其时,谭嗣同、梁启超、欧阳兆熊、郭嵩焘等推重船山,而王壬秋有抑扬之词,颇似有意为之。而其所论"明学至陋,故至兵起、八股废,而后学人稍出",以为船山之学"于湖南为得风气之先",当是符合事实。

世纪80年代以来，船山诗学研究呈现欣欣向荣之发展态势。崔海峰《王夫之诗学思想论稿》附录部分、袁愈宗《王夫之〈诗广传〉诗学思想研究》导言"王夫之诗学思想研究状况综述"、魏中林和谢遂联《二十世纪的王夫之诗学理论研究》❶等著作和论文已经对20世纪船山诗学思想研究现状进行了专门的、较为系统的回顾和评价。崔海峰先生以船山诗学范畴为线索，将20世纪船山诗学研究划分为20世纪80年代之前与之后两个时期：20世纪80年代以前船山诗学研究，包括了关于"兴、观、群、怨"、关于"情与景"、关于"意与势"、关于"现量"或"即景会心"的艺术直觉、关于船山诗学的缺点或不足等之研究；20世纪80年代至20世纪末，关于情与景、意与势、"兴、观、群、怨"、神理、意境、"现量、即景会心或兴会"、诗体、船山诗学的历史地位等等之研究。❷袁愈宗先生则对王船山诗学研究著作，诗学范畴、命题研究，诗学体系研究，船山诗学研究方法等进行了精要的综述。❸回顾20世纪船山诗学研究，可值得注意的成就甚多，现试择其要者简述于兹。为了论述方便，我们简单地以1949年中华人民共和国成立、新世纪之2000年为界限，分为三个时期。

（一）20世纪前半叶船山诗学研究。在晚清及"中华民国"期间，船山诗学研究成绩斐然，船山诗学之价值与独特性引起学者广泛注意。民国初年，丁福保辑录《清诗话》，其中《姜斋诗话》含"诗译""夕堂永日绪论内篇"各一卷，列于篇首。1914年，刘人熙组织成立船山学社，次年创立《船山学报》，大力倡行船山研究。他自己亦校勘整理《船山古近体诗评选》，1917年由船山学社出版，并亲撰序言，高度评价船山诗学："船山《诗广传》又从齐、鲁三家之外开生面焉。又评选汉、魏以迄明之作者，别《雅》《郑》、辨贞淫，于词人墨客唯阿标榜之外，别开生面，于孔子删诗之旨，往往有冥契也。"❹"《夕堂永日》

---

❶ 魏中林，谢遂联. 二十世纪的王夫之诗学理论研究[J]. 文艺理论研究，2000（3）.
❷ 崔海峰. 王夫之诗学思想论稿[M]. 北京：中国社会科学出版社，2012：299-321.
❸ 袁愈宗. 王夫之《诗广传》诗学思想研究[M]. 北京：中央编译出版社，2012：1-14.
❹ 刘人熙. 船山古诗评选序[M]//船山全书：第14册. 长沙：岳麓书社，1996：880.

评选明诗，合万古而成纯，不知有汉、魏、唐、宋之界限。"❶ 而其后三四十年代出版的文学批评史亦多辟有专门章节，对船山诗学进行论述，如方孝岳《中国文学批评》、朱东润《中国文学批评史大纲》、郭绍虞《中国文学批评史》等。郭绍虞先生在《中国文学批评史》中从"兴观群怨""法与格""意与势""情与景"四个方面论述船山诗学，称赞："他没有训诂家、道学家的习气，只用文学的眼光，所以说来精警透澈。他又不如评点家这般肤浅；他所说的仍本于儒家的见地，所以又觉得其切实。以文学眼光去读诗，则于诗能领悟；本儒家见地以论诗，则于诗能受用。"❷ 此说确为的论。

（二）20世纪后半叶船山诗学研究。这一时期即中华人民共和国成立至20世纪末，船山诗学研究持续发展，其间虽有遭受挫折，后又逐步复兴并步入高潮时期。1961年，舒芜（夷之）点校的《姜斋诗话》与宛平点校谢榛《四溟诗话》合为一册，由人民文学出版社出版。❸ 1962年是王船山逝世270周年，一些地方举行具有一定规模的纪念研讨会。是年11月18～26日，湖北和湖南两省的哲学社会科学联合会更是联合在长沙举行研讨会，以学术讨论的形式纪念这位思想伟人。包括嵇文甫、冯友兰、杨荣国、谭戒甫等著名学者在内九十余位与会者围绕船山的哲学思想、史学思想、政治思想、爱国主义与民族思想等展开热烈讨论。❹ 虽然当时学术讨论空间较为有限，但是在这一时期也先后发表包括船山诗学研究的多篇文章，如陈友琴《关于王夫之的诗论》❺、羊春秋《〈姜斋诗话〉初探：王夫之逝世270周年祭》❻、马茂元《〈姜斋诗话〉中论自然景物的描写》❼ 等，以及吴则虞《姜斋词论略：为纪念王船山逝世270周年作》❽、铁可《谈谈〈龙舟会〉的发

---

❶ 刘人熙. 船山明诗评选序 [M] //船山全书：第14册. 长沙：岳麓书社，1996：1636.
❷ 郭绍虞. 中国文学批评史：下卷 [M]. 北京：商务印书馆，2010：550.
❸ 王夫之. 姜斋诗话 [M]. 舒芜，点校. 北京：人民文学出版社，1961.
❹ 中言. 纪念王船山学术讨论会讨论的问题 [J]. 江汉学报，1962（12）.
❺ 陈友琴. 关于王夫之的诗论 [N]. 人民日报，1962－11－25.
❻ 羊春秋. 《姜斋诗话》初探：王夫之逝世270周年祭 [J]. 湖南文学，1962（12）.
❼ 马茂元. 《姜斋诗话》中论自然景物的描写 [J]. 文艺报，1963（4）.
❽ 吴则虞. 姜斋词论略：为纪念王船山逝世270周年作 [J]. 江汉学报，1962（12）.

掘和整理》❶等对船山诗词、剧作的研究讨论。戴鸿森先生撰著的《姜斋诗话笺注》书稿也是在这一时期完成。❷

20世纪80年代以来，改革开放促进了学术研究，船山研究各领域全面深化，船山诗学研究专著、论文也纷纷出版。著作主要有叶朗《中国美学史大纲》、蒋凡和郁源主编《中国古代文论教程》、陈望衡《中国古典美学史》❸等均论及船山诗学思想，船山诗学研究专著则有熊考核《王船山美学》❹、谭承耕《船山诗论及创作研究》❺以及台北出版的杨松年《王夫之诗论研究》等。叶朗先生《中国美学史大纲》以为：王船山"建立了一个以诗歌的审美意象为中心的美学体系"，"是中国古典美学的一种总结形态"，这个体系包括"情景说""现量说"以及对诗歌意象的整体性、真实性、多义性、独创性等特点的分析，同时对诗歌意境也有许多独到的分析。❻《中国古代文论教程》从"诗道性情"，"情景相生"和"现量"，"以意为主"反对"死法"，以及"四情"说等四个方面对船山诗学予以论述。❼杨松年所撰《王夫之诗论研究》则应当是第一部专门研究船山诗学的中文著作，该书不仅阐释了王船山诗论中的"情""意""气""神"等主要概念术语，而且从诗论的情感、意境、语言声韵、法度、鉴赏以及批评诗坛习气等多方面概述船山诗学。❽

综观这一时期的船山诗学研究，情景说、现量说、"兴观群怨"、意与势等诗学范畴得到较为充分研究，揭示了船山诗学的理论体系、主要特征、历史地位与价值、存在不足等。同时，从以前主要关注船山的诗话、诗评，逐步拓展到开始注意《诗广传》《诗经稗疏》等船山《诗经》诗学。赵沛霖《打破传统研究模式的〈诗经〉学著作——

---

❶ 铁可.谈谈《龙舟会》的发掘和整理[J].湖南文学，1963（12）.
❷ 戴鸿森.姜斋诗话笺注[M].北京：人民文学出版社，1981：247.
❸ 陈望衡.中国古典美学史[M].长沙：湖南教育出版社，1998.
❹ 熊考核.王船山美学[M].北京：中国文史出版社，1991.
❺ 谭承耕.船山诗论及创作研究[M].长沙：湖南出版社，1992.
❻ 叶朗.中国美学史大纲[M].上海：上海人民出版社，1985：451-452.
❼ 蒋凡，郁源.中国古代文论教程[M].北京：中国书籍出版社，1994：301-311.
❽ 杨松年.王夫之诗论研究[M].台北：文史哲出版社，1986.

读王夫之〈诗广传〉》以为：《诗广传》作为王夫之研究《诗经》的一部主要著作，"在《诗经》研究史上具有特殊的性质和地位"，其论说"出经入史，证据古今，深刻有力又十分尖锐"；不仅"对《诗经》某些篇章或某些方面做了深入独到的分析"，更为重要的是"全面有力地揭示了《颂》诗的本质特征"。❶ 林祥征《王夫之〈诗经〉诗学研究》首次提出船山《诗经》诗学的概念，将之概括为《诗经》创作诗学、鉴赏诗学和诗学研究方法等三个方面；但是该文以为"王夫之以其深邃的思想和辛勤的耕耘，登上了古代《诗经》诗学研究的顶峰"❷，似乎有过誉之嫌。

（三）21 世纪以来船山诗学研究。进入 21 世纪，船山诗学研究之勃兴，较之以前任何时期似乎都有过之而无不及。这一时期不仅涌现出一大批硕士、博士研究论文，船山诗学研究著作、论文也先后出版，积累了丰厚的研究成果。仅是博士学位论文，据初步统计就有十余部之多，主要有：羊列荣《船山诗学研究》（复旦大学 2000 年）、崔海峰《王夫之诗学范畴论》（北京师范大学 2001 年）、吴海庆《船山美学思想研究》（山东大学 2001 年）、唐铁惠《王船山美学思想研究》（武汉大学 2002 年）、涂波《船山美学思想研究》（南京大学 2003 年）、李钟武《王夫之诗学范畴研究》（复旦大学 2003 年）、袁愈宗《〈诗广传〉诗学思想研究》（山东师范大学 2006）、韩振华《王船山美学基础：以身体观和诠释学为进路的考察》（复旦大学 2007 年）、曾守仁《王夫之诗学理论重构：思文、幽明、天人之际的儒门诗教观》（台湾大学 2008 年）、石朝辉《情与贞的交织：对王船山诗学的一种解读》（北京师范大学 2009 年）、纳秀艳《王夫之〈诗经〉学研究》（陕西师范大学 2014 年）等。该时期的船山诗学研究，呈现出如下四个方面的特点。

一是船山《诗经》诗学成为船山学研究新的焦点。船山《诗经》研究著作主要有《诗经稗疏》《诗广传》《诗译》等，对其《诗经》诗学思想研究，山东师范大学袁愈宗、陕西师范大学纳秀艳均以此作为

---

❶ 赵沛霖. 打破传统研究模式的《诗经》学著作：读王夫之《诗广传》[J]. 求索, 1996（3）.

❷ 林祥征. 王夫之《诗经》诗学研究 [J]. 船山学刊, 1996（2）.

其博士学位论文的专攻方向,分别完成《〈诗广传〉诗学思想研究》和《王夫之〈诗经〉学研究》博士学位论文,这两部博士论文后均已公开出版。袁愈宗《〈诗广传〉诗学思想研究》聚焦于《诗广传》,既考证《诗广传》的成书年代,又分析《诗广传》的内容,并对其中所蕴含的诗言志论、诗情论、"神"论等概念观点进行具体的辨析,"从哲学、经学、《诗经》学、诗学四个维度,以美学的和历史的观点,采取史与论、考证与诠释、理论与作品实际相结合的综合比较分析方法,在王夫之诗学思想研究史上第一次对《诗广传》中的诗学思想进行了全面、系统、深入的探讨。"❶ 纳秀艳《王夫之〈诗经〉学研究》则是从《诗经》学的学术与历史传统中来考察船山的《诗经》学特别是《诗经》诗学思想,"将研究对象置于明清鼎革的大时代背景上,从纵的(所继承的前代文化遗产及对后世的影响)、从横的(当世文化思潮与同时代文化著述的比较)两个方面,以文本为基础,对《稗疏》《广传》《诗译》的内容和方法论进行分析,作出科学的概括,再以更多的篇幅,分别研讨王夫之的诗学观、美学观,其中也重点吸收了几十年来现代学者有价值的论点而予以综合,通过自己的逻辑推理,作出总结性论述,尤其是在对《诗广传》的内容分析和专章探讨王夫之核心价值观的论证中,也讨论了王夫之的哲学、政治、社会、经济思想"❷。此外,在学位论文方面,还有程碧花的硕士学位论文《王夫之〈诗广传〉研究》(福建师范大学 2008 年)对《诗广传》的基本思想、创作动机和思想价值等进行论述❸;罗金燕的硕士学位论文《王夫之〈诗广传〉阐释思想和阐释方法研究》(福建师范大学 2008 年)则聚焦于阐释思想和具体方法,对《诗广传》的阐释体式、阐释原则以及阐释内容等予以研究分析❹;高美平的硕士学位论文《王夫之〈诗经

---

❶ 李衍柱. 序:以小见大,王夫之诗学思想研究的新开拓[M]//袁愈宗. 王夫之《诗广传》诗学思想研究. 北京:中央编译出版社,2012:3.
❷ 夏传才. 六经责我开新面:纳秀艳《王夫之〈诗经〉学研究》序[M]//纳秀艳. 王夫之《诗经》学研究. 北京:中国社会科学出版社,2016:5.
❸ 程碧花. 王夫之《诗广传》研究[D]. 福州:福建师范大学,2008.
❹ 罗金燕. 王夫之《诗广传》阐释思想和阐释方法研究[D]. 福州:福建师范大学,2008.

稗疏〉研究》（首都师范大学 2009 年）在梳理《诗经稗疏》的研究动态基础上，对《稗疏》的考证方法和思想内涵进行研究分析❶；陈正一的硕士学位论文《王夫之〈诗经〉诗学研究》（河北大学 2012 年）从诗与礼、乐，"兴观群怨"说，诗与子、史论以及"内极才情，外周物理"说等四个方面探讨船山《诗经》诗学❷；等等。

二是船山诗学中"情"概念的深入发掘。"情"在中国思想史、中国诗学史中，本来就是一个内涵极为丰富的概念。而"情"也向来是被作为船山诗学中的重要概念，予以重点关注和深入研究。郭绍虞先生即言："梨洲论诗，于情景的关系，说得已很妙，然而尤觉其担板搭实，没有船山说得空灵。盖船山之所谓情与景，即从诗意中求。……景中生情，而后宾主融合，不是全无关涉；情中生景，而后不即不离，自然不会板滞。以写景的心理言情，同时也以言情的心理写景，这样才见情景融浃之妙。"❸叶朗先生即多次强调："王夫之认为，诗歌意象就是'情'与'景'的内在统一。'情''景'的统一乃是诗歌意象的基本结构。""'情'与'景'的统一是内在的统一，而不是外在的拼合，不是机械的相加。"❹但是，以前论述船山诗学之"情"，多从其"情中景""景中情""因景生情"等处着眼，进入新世纪，学者不仅继续挖掘"情"之丰富内涵，而且深入考察"情"在外延上与其他概念之关系。萧驰先生在其著《抒情传统与中国思想：王夫之诗学发微》中以为，在中国文化史上，生活于明清之际的王船山"或许是集大哲学家与大文论家于一身的孤例。对于其诗学和哲学思想关系之究诘，当可使今人关于中国抒情传统的探讨进入哲学层次之时，庶可免去纯粹的'思辨'和'揣测'。"❺即以为船山诗学既合于中国诗学的抒情传统，又与他所承续的中国儒家思想密切关联。石朝辉的《情与贞的交织——对王船山诗学的一种解读》在全面考察船山诗学中

---

❶ 高美平. 王夫之《诗经稗疏》研究 [D]. 北京：首都师范大学，2009.
❷ 陈正一. 王夫之《诗经》诗学研究 [D]. 保定：河北大学，2012.
❸ 郭绍虞. 中国文学批评史：下卷 [M]. 北京：商务印书馆，2010：554-556.
❹ 叶朗. 中国美学史大纲 [M]. 上海：上海人民出版社，1985：456-457.
❺ 萧驰. 抒情传统与中国思想：王夫之诗学发微 [M]. 上海：上海古籍出版社，2003：4.

的"情",即情与性、欲,情与理、礼,情与物、境,情与己、才等的关联的基础上,聚焦船山诗学中情与贞之"交织",即情与贞的分立、情贞一体的诗学表现以及情贞之间的辩证关系,以为:"船山思想中情贞两者存在着分立,但终极的理想是统一。情具有感性的一面,但能充分表现理性精神,体现贞的内涵。"❶ 此外,何国平的硕士学位论文《王夫之诗学情景论研究》对船山诗学的"情"与"景"的范畴予以界定,并揭示情景生成机制,并试图通过中西文论的对接,"用英美'新批评'的'张力'诗学命题来阐释船山情景论所体现的主客和谐审美关系"。❷ 杨金凤的硕士学位论文《王夫之情感诗学的美学探析》提出"王夫之情感诗学",以为其"情感论美学思想"包括了"诗道性情""内极才情,外周物理"以及"四情"诸说,船山诗歌的审美追求则包括了"景生情""情生景""情景妙合""情景审美的发生——'现量说'"等方面。❸

三是船山诗学与湖湘文化关系研究。船山一生主要行迹基本上都是在荆楚湖湘,其思想的形成以及传播和影响,都与湖湘之地保持密切的关联。故学者也多有从湖湘地域文化特征的角度,考察船山诗学、美学与湖湘文化的关联。21世纪以来,许定国先生即发表了《霸蛮血性美:船山美学与诗词的湖湘文化基因解读》(载《船山学刊》2003年第1期)、《凤鸟生命美:船山美学的湖湘文化基因再解读》(载《船山学刊》2004年第2期)、《率性火辣美:船山美学的湖湘文化基因》(载《船山学刊》2006年第2期)和《灵泛洒脱美:船山美学湖湘文化基因互补现象解读》(载《船山学刊》2009年第4期)等系列论文,将船山诗学、美学与湖湘文化相勾连,深入分析船山诗学、美学概念范畴与湖湘文化特征之间的关系,并以此勾勒出船山与湖湘文化基因的深层联系。如关于"霸蛮血性美":"王船山的美学思想与诗词创作,不但上承屈原'九死未悔'的壮烈人格,而且从作家的审美

---

❶ 石朝辉. 情与贞的交织:对王船山诗学的一种解读[M]. 长沙:湖南人民出版社,2015:214.

❷ 何国平. 王夫之诗学情景论研究[D]. 湘潭:湘潭大学,2001:3.

❸ 杨金凤. 王夫之情感诗学的美学探析[D]. 贵阳:贵州大学,2008.

人格价值取向、创作的审美创造开拓创新意识、欣赏的审美风格批评标准等方面，独具特色地阐述了富有湖湘文化内涵的'霸蛮血性美'审美体。"❶王立新先生所著《从胡文定到王船山：理学在湖南地区的奠立与开展》主要论述宋明以来理学在湖南地区的传播与兴盛以及著名的湖湘学派的形成，从历史的角度梳理从胡文定到王船山的湖湘学派理学思想，在此背景中论述王船山的人性论思想和历史哲学思想，包括船山情感论与天理人欲观念❷，亦可以管窥船山诗学美学思想与湖湘文化传统的些许关联。

四是对船山诗学研究的反思。 20世纪以来，船山诗学研究取得重要进展。但是回顾20世纪，乃至21世纪至今的船山诗学研究，同时也存在一些问题，部分学者就开始深刻反思了船山诗学研究中存在的一些问题。陶水平先生即以为"现有的船山诗学研究还显得很不够"，主要有"大多数论著往往不能结合船山诗学与船山哲学来论述""对船山诗学思想的内在体系揭示不够""对船山诗学思想形成的历史文化语境关注得不够，因而导致对船山诗学的独创性和历史局限性认识得不够充分""对船山诗学与西方诗学和美学的比较研究还比较欠缺"等八个方面问题。❸萧驰先生亦以为多年以来关于船山诗学的研究，"普遍存在着将其诗学与其经学、子学割裂的现象"。❹陈勇的《王夫之诗学研究的问题及反思》认为，船山诗学研究中存在的问题主要体现为如下三个方面："对其诗学著述疏于文献学角度的考察，不了解其流传和存佚的情况，以致在谈到后世影响时陷入了想当然的境地；在利用其诗论文本时，只注重'论'而忽视'选'和'评'，无法避免'割裂'式的研究；用普遍性的概念强制阐释其诗学的范畴，忽视了其历

---

❶ 许定国. 霸蛮血性美：船山美学与诗词的湖湘文化基因解读[J]. 船山学刊，2003(1).

❷ 王立新. 从胡文定到王船山：理学在湖南地区的奠立与开展[M]. 北京：中国社会科学出版社，2014.

❸ 陶水平. 船山诗学研究[M]. 北京：中国社会科学出版社，2001：8-9.

❹ 萧驰. 抒情传统与中国思想：王夫之诗学发微[M]. 上海：上海古籍出版社，2003：4.

史语境；在评价王夫之诗学的历史价值时，缺乏切中肯綮的批评。"❶总之，对于船山诗学研究之反思，既有对研究问题、主题的反思，也有对研究方法的反思。

第二节 船山诗学的"用"与"本"

纵览船山诗学研究的历史，更为重要的问题摆在我们面前，就是从船山诗学内部来看，"船山诗学"何以成立？而历代学者是如何洞悉船山诗学之内在体系的？

叶朗先生着眼于船山诗学之审美，强调船山"建立了一个以诗歌的审美意象为中心的美学体系""是中国古典美学的一种总结形态"。也即从诗歌的审美意象出发，将船山诗学的若干审美范畴统摄于一个"美学体系"，而对于船山诗学体系之本身，则似无更为全面地予以兼顾。陶水平先生的《船山诗学研究》与崔海峰先生的《王夫之诗学范畴论》（修订本书名为《王夫之诗学思想论稿》）亦重在分析船山诗学论说，诸如"诗道性情""情景相生""诗乐一理""内极才情，外周物理""文质论""意境论""兴观群怨""以诗解诗"等诗论观点，论析透彻深入，别具匠心，但亦未能从更为根本之层面揭示船山诗学之思想根源与各种诗论观点之内在体系。陶水平先生即指出："现有对船山诗学的研究论著中，除了黄保真、蔡钟翔、成复旺著《中国文学理论史》和熊考核《王船山美学》比较重视对船山诗学的哲学基础的研究之外，大多数论著往往不能结合船山诗学与船山哲学来论述，因而导致对船山诗学谈得不深不透，有的甚至不准确。"❷ 而事实上，缺乏船山诗学与船山哲学之外在联系的研究也只是一方面之问题，在另一方面，探究船山诗学内部的诗之本质观与本体论，仍然有待于进一步深入。

船山诗学之本质观与理论体系，恰是其诗学异于传统诗学与先贤

---

❶ 陈勇.王夫之诗学研究的问题及反思［J］.船山学刊，2017（2）.
❷ 陶水平.船山诗学研究［M］.北京：中国社会科学出版社，2001：8-9.

学说，或者说是船山诗学思想超拔于时代之处。美国学者宇文所安即云："接触到王夫之和叶燮，来到17世纪中晚期，我们就有了现代意义上的'文学思想'，以及一种真正'全面思考'一整套问题的批评。"❶ 船山与横山（叶燮，1627—1703）年龄和生活所处时代相仿佛，船山长横山八岁。横山的《原诗》成书于1686年，被誉为是继刘勰《文心雕龙》以来中国古代文学理论史上"第一次严肃尝试提出一套全面系统的诗学"❷。《原诗》之诗学"系统"暂且不表；船山的《诗广传》《诗译》《夕堂永日绪论》等诗论著作，虽然在形式上仍然不离传统"诗话"的窠臼，但是在内容上开始具有了"现代意义上的'文学思想'"，特别是对历朝诸儒诗论的"因袭腐说"予以尖锐的批评，由此而展示出船山诗学与众不同的"现代意义"。

简而言之，当前船山诗学研究，专就诗评观点、诗论价值、诗学专著等的专门研究，可以说成就斐然；然对于船山诗学之哲学沉思，追寻诗学本原及其内在体系来说，似仍有不足。论者多关注船山之"兴观群怨""情景相生""诗教"等，这些研究，从某种程度上来说仍然多是从船山诗学的传统诗教价值层面予以推进的；而对于船山诗学思想中，"诗何以为诗""诗之本体与本质"，仍然没有足够的研究与阐述。

故从船山诗学内部来看，邹元江先生以为船山诗学存在着"体"与"用"的区分，以及这两个维度的"中介"。其云："船山诗学的第一个向度是与他的哲学倾向相一致的儒家正统的诗之'用'，即'王化''风化''诗教''德教'等""船山诗学的第二个向度是与他的审美异趣相谐和的诗之'（本）体'，即对诗之意向性生成特征的领悟""船山诗学在诗之'用'与诗之'体'两个维度之间有一个过渡领域，即由'《诗》之用广也'意义上延伸出来的、超越了道德、伦理意义而通向审美的'《诗》之用'的'心之广'视阈。这是一个边界模糊的中介视阈，它既可以作为人的心性圆满的境界之域，也可以作为人

---

❶ 宇文所安. 中国文论：英译与评论[M]. 上海：上海社会科学院出版社，2003：6.
❷ 宇文所安. 中国文论：英译与评论[M]. 上海：上海社会科学院出版社，2003：547.

的审美心胸的生成之域,它拓展了儒家诗学的感受空间,克服了"孔子诗论"以降儒家诗学的政治、道德、伦理等意义上的"断章""用"诗的功利性,在"'全面思考'一整套问题上丰富了儒家诗学。"❶ 这里对船山诗学的"本"(体)与"用"之区分,应该是合理的。换言之,船山诗学所强调的"《诗》之用",主要指的是《诗经》作为中国诗歌历史上的经典形态,其经典之价值主要在于"用之广",诸如上面所说的"王化""诗教"等。与此同时,更为重要的是在船山诗学中还有"《诗》之本",对此船山自己多有论及,如云"《诗》者,幽明之际者也"❷,尤能凸显船山对于诗之本质的沉思与探索。据上述邹元江先生所云,这个"本"(体)与"用"之间有其"中介",这一过渡领域是"由'《诗》之用广也'意义上延伸出来的、超越了道德、伦理意义而通向审美的'《诗》之用'的'心之广'视阈"。即这个"中介"是将诗之"用"与"本"相贯通的视域与空间:"诗之用广",人之心亦广("心也广"),故在诗与心之间,必然有所"相即而不离"之处。

基于上述原因,船山所云:"《诗》者,幽明之际者也",本书将之略言为"诗际幽明",正是期望通过对"诗际幽明"的阐发,在船山诗学的体系之内沟通诗之"本"(体)与"用"。而唯有真正揭示出船山诗学之"本",才能在更为根本的理论意义上理解船山所强调"《诗》之用广"的现代诗学价值。这正是本书的写作希望能够解决的主要问题。

第三节 以"幽明"作为船山诗学研究的切入点

综上所言,当前船山诗学研究的成果应该说是比较丰富了,继续深入船山诗学研究,如何"创新"即是本研究首要关心的问题。我必须避免将对船山诗学某些突发奇想的体会牵强附会地连缀起来,以此

---

❶ 邹元江. 诗之"体"与诗之"用":船山诗学的两个维度及其中介 [M] //论意象与非对象化. 北京:中国社会科学出版社,2014:74-86.

❷ 王夫之. 诗广传 [M] //船山全书:第3册. 长沙:岳麓书社,1992:485.

来构建某个"完善"之体系；同时也要避免一叶障目，在考察船山诗学时拘泥于某个观点而不能发现这些观点之间的内在联系。因此，笔者以为，推进船山诗学研究创新是我们面临的重要难题，但也是必须首先解决的问题。

难题一：船山著作卷帙浩繁，思想内涵深刻丰富。以前学者对于船山诗学研究，多聚焦于船山的《姜斋诗话》（含《夕堂永日绪论》内外编、《诗译》等）、《诗广传》以及《古诗评选》《唐诗评选》《明诗评选》等著作。而船山诗学往往与其经学、子学甚至是史学观等有着重要联系。因此，如今研究船山诗学，在阅读船山文本上，不能仅仅局限于船山的《诗话》《评选》等文本，同时应该广泛通读其他相关著作，旁及船山的经学思想、子学思想、文学思想以及史学思想等，在更为宽广的理论视野中考察船山诗学及其与其他思想的内在统一关系。这种较为浩大的阅读与积累，也成为我们研究首先必须克服的难题。

难题二：船山诗学与船山的其他思想是相辅相成和相互统一的，但是在哪里相通与如何统一，却是需要我们认真思考的。其实，关于船山诗学与船山理学（儒学）相统一的问题，郭绍虞、萧驰等先贤学者已经作了初步研究。近年来，学者对于船山的《庄子解》《读四书大全说》等著作的深入研究，船山庄学❶、四书学❷研究均取得了新的研究成果，这些成果对于全面认识船山诗学思想、推进船山诗学研究也不无启示与借鉴。因此，在理解和贯通船山的哲学思想与诗学思想的基础上，如何重新认识船山诗学的本来面貌和重要价值，是我们本书研究必须解决的一项重要难题。

难题三：如何切入船山诗学与西方诗学美学的比较研究。王船山"集大哲学家与大文论家于一身"，其思想既深刻又丰富，而其诗学思想又与西方的诗学、美学不无暗合之处。韩振华的《王船山美学基础》即从当代西方"身体观"与"诠释学"的角度切入船山美学研究，开

---

❶ 谭明冉. 王夫之庄学研究：以《庄子解》为中心 [M]. 济南：山东人民出版社，2017.

❷ 周兵. 王夫之四书学思想研究 [M]. 北京：科学出版社，2018.

辟了船山诗学美学研究的新的理论视角。❶ 刘沧龙的《气的跨文化思考：王船山气学与尼采哲学的对话》则对船山气学与尼采哲学进行了必要的比较分析研究。❷ 当然，我们仍然可以从其他角度，继续深入这种比较诗学研究。

难题四：如何贯穿起船山诗学思想与其诗词、戏曲创作实践。船山作为一名传统的知识分子，前半生矢志不渝、出生入死，后半生皓首穷经、专心著述，他的思考与著述自然体现在其煌煌大作之中。同时，船山一生也吟咏风情、唱和师友，甚至还创作了"诗曲"《龙舟会》，这就涉及他的诗学思想与诗词曲创作的联系与贯通。

针对以上存在的四个方面难题，我在开展船山诗学研究的过程中，着力于试图解决这些难题。然而，我并不是毫无边界、漫无目的地勾连船山诗学与其他思想的外在联系，而是主要从对于宋明理学的总结、继承与批判，来理解他的诗学言说与表达。郭绍虞先生称赞船山"以文学眼光去读诗，则于诗能领悟；本儒家见地以论诗，则于诗能受用"。❸ 张立文先生亦指出："船山学说扎根在深厚的中国传统文化土壤中，他绍承六经，吸收六经之精华，融入时代的营养，转换为当时时代精华的代表——船山哲学，这便是船山'六经责我开新面'的创新精神，也是敢于突破传统的精神"，而船山诗学又与他的哲学思想，"与易学、尚书学互相阐发，亦接着尚书学论性日受日生之义"。❹ 因此，我聚焦于王船山诗学思想，力图发掘船山诗学的儒家思想底色，展现船山之儒家诗学最为显著特征，如天人之际、絪缊神化、存神尽性、生命体验、诗道性情、抒情言志等。当然，我们并不否定船山诗学与老庄思想、与佛教思想的关联，甚至有时候它们往往也能凸显出船山诗学的某些方面特征。但是，就船山诗学的总体特征而言，归根结底应当是儒家诗学思想。

---

❶ 韩振华. 王船山美学基础［M］. 成都：巴蜀书社, 2008.
❷ 刘沧龙. 气的跨文化思考：王船山气学与尼采哲学的对话［M］. 台北：五南图书出版股份有限公司, 2016.
❸ 郭绍虞. 中国文学批评史：下卷［M］. 北京：商务印书馆, 2010：550.
❹ 张立文. 正学与开新：王船山哲学思想［M］. 北京：人民出版社, 2001：11-39.

因此，我们所选择的观察视角和切入点，是船山思想中颇具哲学意味的一个概念："幽明"。

"幽明"在易学研究中是一个常见的概念，然对于船山诗学研究而言，则较少有注意到。纳秀艳在其《王夫之〈诗经〉学研究》中指出："神秘的宇宙，令人神往，却难以抵达。唯有通灵澄澈的诗人，穿越'幽明'相隔的隧道，进入无限广阔而清明的世界。诗不仅仅打通物我的界限，也宣告了唯有它在神秘宇宙面前拥有话语权。"又云："诗歌与幽明世界的关系，不是对立的，而是共往来，互彰显的。二者的共同处在于超越性，即诗是对语言的超越，神是对理性的超越。"❶以上所云，试图阐明船山"诗际幽明"之论乃是一种"神秘主义诗学"，以为唯有诗人与诗，才能将现在（现世中）之人与神秘的宇宙相沟通，而诗与幽明世界的共同处在于二者的超越性，"诗是对语言的超越，神是对理性的超越"。但是，从神秘主义的视角来审视船山诗学之"诗际幽明"应该是审慎的。因为在船山那里，天地宇宙之幽明，强调"凡虚空皆气"，位于上者之"神"，虽然神圣，亦不见其行迹，但是其存在却是自然如实之呈现，而没有神秘不可知的成分。

船山云："尽心思以穷神知化，则方其可见而知其必有所归往，则明之中具幽之理；方其不可见而知其必且相感以聚，则幽之中具明之理。此圣人所以知幽明之故而不言有无也。"❷这里所云"圣人所以知幽明之故而不言有无"以及"尽心思以穷神知化"，强调宇宙世界之本原，既不是空虚虚无，也不是神秘不可知。圣人仰观俯察，"是以知幽明之故"，即谓对于圣人而言，太虚即气，气无有不诚（诚即实有而无妄），故就天地宇宙之本原于根本来说都是真实之存在。天地宇宙之"幽明"，虽"幽"却非空无，故"幽之中具明之理"；"明"是可以目见耳闻之彰显，"明"而必有所归，即可以追寻到其最根本之本原，故"明之中具幽之理"。所以，所谓"幽明"，幽有幽之理，明有明之理，幽明互藏其宅；圣人知"幽明之故"，君子"尽心思"而"穷神知

---

❶ 纳秀艳. 王夫之《诗经》学研究[M]. 北京：中国社会科学出版社，2016：165-168.
❷ 王夫之. 张子正蒙注[M]//船山全书：第12册. 长沙：岳麓书社，1992：29.

化"、知天地宇宙幽明之故，因而"幽明"非神秘不可知明矣。

故本书之研究，从"幽明"之辨析而切入船山诗学，试图以此揭示船山诗学的内在本质与体系。

船山之"幽明"思想，远接《周易》，绍承宋明理学，特别是对张横渠之气学加以发挥。在宋明理学影响下的船山幽明观，在宇宙论上肯定"凡虚空皆气"，以为没有绝对的空虚与虚无，理与气相即不离，没有脱离了气的理，也没有脱离了理的气。也即宇宙天地之本原，没有理气先后的问题，不论是理还是气乃是"诚"之实有，却非朱子所以为的"且如万一山河大地都塌陷了，毕竟理却只在这里"❶。在存在论上，船山强调"言幽明而不言有无"，"幽明"是在天地宇宙之间立一"人"极，以人之观天地宇宙，宇宙本原"无无"，却有其"幽"与"明"。而在认识论上，则是圣人仰观俯察、君子"审几"与"用心""知幽明之故"。

由人之极观宇宙天地，宇宙天地有其"幽明"，反观人之自身，人亦有其"幽明"。人性之幽明，则可以从天人之际、生与死、性与心等诸种关系中予以阐明。由宇宙天地及人之幽明，重新审视船山所云"《诗》者，幽明之际者也"，则可以发现船山诗学与其哲学的内在关联，梳理出船山诗学的本质与生成及其审美特征。

如果说本文之研究有些许创新之处，其创新点将主要体现在如下三个方面。

其一是力图将船山思想置于中国思想史与学术史的大背景中来考察，辨析船山思想在其中的方位与价值。于船山思想的总体特征而言，其对于传统儒家思想，特别是宋明理学，既有所继承，又予以批判和扬弃。特别继承横渠气学思想，来矫正朱子"理"学之偏。只有准确把握船山思想的基本脉络与总体特征，弄清楚其在历史中的方位与价值，才有可能正确勾连其思想与诗学之关系。

其二是力图将船山诗学思想与其儒家哲学（理学，或曰气学）思想贯通起来。诚如曾守仁先生所言："船山诗学并非孤立的领域，就其

---

❶ 黎靖德. 朱子语类：第 1 册 [M]. 北京：中华书局，1986：4.

思想的一致与一贯来看，实不离其天人之学的观照，而同时也是心性论的延伸。"❶ 然船山诗学与其哲学思想的关联，不仅仅是在天人之学和心性论两个方面，与其庄学、四书学、史学观等，亦有着较为密切的关系。通过将船山诗学与包括经学、子学、史学等其他思想关系之勾连，我试图勾画出船山儒家诗学的最为根本的特征。

其三是力图将船山诗学与"天崩地解"之时代、其个人生命体验、诗词创作实践贯通起来。在"天崩地解"之时代，王船山为了大义，出入生死，对于生命有着独特的体验与感悟，将其独特体验与诗学思想联系起来，可以在更为丰富的时代背景中理解其诗学。同时，他的吟咏唱和，也与其感悟、体验、诗学理论密切联系，从这些多元的视角中，发现其间的内在联系，对于理解船山诗学，也有着重要的现实意义。

《中庸》曰："君子之道，辟如行远必自迩，辟如登高必自卑。"对此，船山《训义》云："有能为行远不自迩、登高不自卑之言乎？有能作行远不自迩、登高不自卑之想者乎？理之必然也，势之必然也。盖行无有不积，登无有不渐；迩积而远矣，卑渐而高矣。"❷ 夫子所言"吾道一以贯之"，"君子之道"必须是从一而终、一以贯之乃至矢志不渝，就如同行远必自迩、登高必自卑，这是理之必然、势之必然。船山诗学之研究，亦当于此"自迩"与"自卑"。

---

❶ 曾守仁．王夫之诗学理论重构：思文/幽明/天人之际的儒门诗教观［M］．台北：台湾大学出版中心，2011：2．

❷ 王夫之．四书训义：上册［M］//船山全书：第7册．长沙：岳麓书社，1990：142-143．

第一章

宇宙天地之幽明：
宋明理学背景下船山幽明观

屈原《天问》云："遂古之初，谁传道之？上下未形，何由考之？冥昭瞢暗，谁能极之？冯翼惟像，何以识之？明明暗暗，惟时何为？阴阳三合，何本何化？……自明及晦，所行几里？夜光何德，死则又育？……何阖而晦？何开而明？角宿未旦，曜灵安藏？"❶ 宇宙天地是什么？它们是如何存在的？如何认识这个宇宙世界乃至天地万物？诸如此类的疑问，向来是古今哲学家与思想家们苦苦思索与追寻的问题。对于宇宙之初、天地之始、万物成形、斗转星移、时序变化等的疑问与追问，往往聚焦于人类最直接的观察与最切身的感受：明与暗（晦）、冥昭与瞢暗……换言之，光明与黑暗，是人类最直观的体会，其中既蕴含着宇宙天地存在之本原，也是这种存在于时间与空间中的形成与展开。

《周易·系辞》即云："《易》与天地准，故能弥纶天地之道。仰以观于天文，俯以察于地理，是故知幽明之故。"❷ 这里的大致意思即指，《易》之产生，与天地之道相合，圣人所创制的《易》以及其所含义理，与天地之道相准绳。而究其本原，乃是圣人的仰观俯察，洞察天地之大道义理，"仰则观象于天，俯则观法于地，观鸟兽之文与地之宜"，是以知晓幽隐无形和明显有形的事理。对此，东汉末年的荀爽注云："谓阴升之阳，则成天之文也。阳降之阴，则成地之理也。"又

---

❶ 屈原. 天问［M］. 李山. 楚辞译注. 北京：中华书局，2015：85-88.
❷ 李道平. 周易集解纂疏［M］. 北京：中华书局，1994：553-554.

云:"'幽'谓天上地下,不可得而觌者也,谓《否》卦变成《未济》也。'明'谓天地之间,万物陈列,著于耳目者,谓《泰》卦变成《既济》也。"❶如《否》卦之于《未济》,天地未分之时,六合之外而不可得以亲见,日月皆失其位,故云"幽";又如《泰》卦之于《既济》,天地相交而万物已成,均得以耳闻目见,日月均得其位,故云"明"。简言之,"幽"与"明",在表面字义上,是从人的视觉角度,指的是细微幽隐不可见与光明彰显可见,而在深层意蕴层面,即是指向了所蕴含宇宙天地之存在的本质,宇宙之幽明变化,其自在自为而不以外在他物意志为转移。所谓"知幽明之故"的"故",即是圣人对宇宙天地之本原、世间万物的运转与时序变迁,以及人之自身的本性与善恶的最为根本的洞悉。

第一节 宇宙论:"凡虚空皆气"

陈来先生云:"船山与理学本有直接的渊源和广泛的关系。"❷ 这种渊源与关系是很显然的。船山之学与先秦儒家、宋代诸子的理学、甚至是与阳明心学,无不有着密切的联系。船山哲学之宇宙论,亦即承续张横渠"太虚即气"说,但是对其说又有新的补充和发展,并据此来反对朱子的"理在气先"和王阳明的"心即理"之说。

一、"理、气、心"三派相争背景下的船山哲学

宋明理学的发展历史,就是理学、气学、心学三派相争的历史。到明清之际,船山所主张以横渠"气学"为正学,或许可以视为这一思想激荡争鸣的总结。

张立文先生以为,宋明理学可分为主流派与非主流派。濂、洛、关、闽(周、程、张、朱),加上邵雍、张栻、陆九渊、王守仁、王夫之等为主流派。他在《宋明理学研究》中,将宋明理学主流派概括为

---

❶ 李道平. 周易集解纂疏 [M]. 北京:中华书局,1994:553-554.
❷ 陈来. 诠释与重建:王船山的哲学精神 [M]. 北京:生活·读书·新知三联书店,2010:13.

"三系"："一系是程朱道学（亦可称理学）派；一系是陆王新学派；一系是张（载）王（夫之）气学派。"❶ 这"三系"的演进历程，则分别为：程朱—格物致知—性即理—性体—道问学—道学（理学）—新理学—理本论—绝对理；陆王—易简工夫—心即理—心体—尊德性—心学—新心学—心本论—主体理；张王—明体达用—气即理—气体—气学—新气学—气本论—客体理。❷ 从这里所揭示的简单的理论体系与主张的演进脉络，即可以发现三者在基本宗旨、理论主张与具体观点，虽多有融通取益，但亦均不无针锋相对之处。而在学术的传承与演进中，各派亦多有争鸣交锋，诸如在哲学思想史上知名的陆氏兄弟"心学"与朱熹"理学"的"鹅湖之会"，阳明及其后学亦多与朱子理学相对峙，而船山之学则是把横渠气学作为"正学"旨归，这也更加凸显出船山的"修正"朱学、"批驳"阳明心学的鲜明倾向。

船山之学正是在宋明理学这"三系"（三派）的争鸣感荡之背景下产生，并且在某种程度上也是对宋明理学进行了系统的批判性总结。故张立文先生以为："王夫之从批判宋明理学出发，追根溯源，对道家老、庄自然哲学，两汉天人之学，魏晋玄学的有无之学，佛教、道教宗教哲学进行了深入分析和批判。他采取入程、朱和陆、王哲学逻辑结构之垒，暴其恃，而见其瑕的方法，把程、朱和陆王的'理气''心物'关系颠倒过来。……王夫之超越了程、朱和陆、王的逻辑结构，重新解释了'理气'和'心物'关系，试图从形而上学本体论层面说明'物'的实在性，并提出了'诚'（'实有'）的概念作为其哲学形而上学的范畴。"❸ 笔者以为，这一评价实事求是。从船山的自身处境看，其身处明清朝代更迭之际，山河破碎，汉统不复。因此，他以为在思想根源上，最为主要的就是阳明心学对于社会的深刻影响。故船山辨析"夷夏之大防"，强调中国华夏之族的文化中心地位；而从思想根源上，追崇气学之"实有"与"务实"，主张知行合一，以匡正阳明心学及其后学之"邪说"。

---

❶ 张立文. 宋明理学研究 [M]. 北京：中国人民大学出版社，2016：19.
❷ 张立文. 宋明理学研究 [M]. 北京：中国人民大学出版社，2016：20.
❸ 张立文. 宋明理学研究 [M]. 北京：中国人民大学出版社，2016：38-39.

因此，与气之宇宙本体论密切相关，船山同时也密切关注到了"心性"问题，并对朱子、阳明的心性论有所继承与批判。在蒙培元先生看来，船山作为"对理学进行了真正的批判性总结"者，"他在宇宙论上是以气为本体的理气合一论者，但在心性论上却以性为体，以为心为性所生，性之所发，因此，心是表现性的，绝不能说心就是性。……从某种意义上说，他是心性为二论者，不是心性合一论者。"❶

所以，从总体来看，船山哲学并没有脱离于宋明理学之大系统，其哲学虽然对朱子理学和阳明心学，特别是对后者进行了严厉的批判，但是仍然对于理学传统，保持着深厚的渊源关系。因此，考察船山哲学与诗学，不能脱离宋明理学背景，亦不能不关注到船山所处的特殊社会历史环境。

二、横渠"太虚即气"与朱子"理在气先"

张横渠在《正蒙·太和》篇中提出了"太虚"与"气"两个概念，这是横渠哲学中的两个重要概念。

《太和》篇云："太虚无形，气之本体，其聚其散，变化之客形尔；至静无感，性之渊源，有识有知，物交之客感尔。"横渠把无形无象的"太虚"视为有形有象、有聚有散的"气"的本体；"太虚"至静而无感，也是人之"性"的渊源。又云："天地之气，虽聚散、攻取百途，然其为理也顺而不妄。气之为物，散入无形，适得吾体；聚为有象，不失吾常。太虚不能无气，气不能不聚而为万物，万物不能不散而为太虚。循是出入，是皆不得已而然也。"❷ "天地之气"是构成天地之间人与万物的"质料"，所以"气"之聚而成形、为万物，"气"散而入于无形无象，无论聚散都是与"太虚"相即不离。

"太虚"如同"道"之存在，无形无象，既不是空虚虚无之"虚"，又不是拘泥执着于具体的事物万象，是万事万物存在的根本依据。为了揭示"太虚"之存在，横渠提出"太虚即气"的命题，但这

---

❶ 蒙培元. 中国心性论 [M]. 台北：台湾学生书局，1990：468.
❷ 张载. 张载集 [M]. 北京：中华书局，1978：7.

并非是说"太虚是气"。"太虚"与"气"乃是两个不同的概念,决不能相混同。❶

横渠又云:"气之聚散于太虚,犹冰凝释于水,知太虚即气,则无无。故圣人语性与天道之极,参伍之神变易而已。"又云:"知虚空即气,则有无、隐显、神化、性命通一无二,顾聚散、出入、形不形,能推本所从来,则深于《易》者也。"❷

这里的"太虚即气"与"虚空即气"之"即",我们以为,不当作"就是"解释,并非是"太虚就是气"或"虚空等同于气"。在逻辑上,"气"既"是""太虚",又"是""虚空",这是说不通的。由此,"即"而应该理解为"靠近、接近",或者理解为"假定,就算是"。

其一,"即"作"靠近、接近"解。那么"太虚即气"意味着"太虚"与"气"相即不离,二者是同时并存的。因此,不管是在时间上,还是在逻辑上,"太虚"与"气"并没有孰先孰后的问题,二者是同时存在的。

《正蒙·乾称》篇云:"太虚者,气之体。气有阴阳,屈伸相感之无穷,故神之应也无穷;其散无数,故神之应也无数。虽无穷,其实湛然;虽无数,其实一而已。阴阳之气,散则万殊,人莫知其一也;合则混然,人不见其殊也。形聚为物,形溃反原,反原者,其游魂为变与!"❸

在这里,显然横渠将"太虚"视为"气"之本体与根据。气有阴阳,其屈伸相感与聚散无穷无数,而成就万物殊变。

其二,"即"作"假定、就算是"解。这是通过逻辑的假设,用可见形体的"气"来阐明不可见的"太虚"与"虚空"。

在横渠看来,太虚是无形无象的,没有具体的形体和形象,但是"太虚"不是虚空与虚无。因此,他说:"气之聚散于太虚,犹冰凝释

---

❶ 汤勤福. 太虚非气:张载"太虚"与"气"之关系新说[J]. 南开学报:哲学社会科学版, 2000 (3).
❷ 张载. 张载集[M]. 北京:中华书局, 1978:8.
❸ 张载. 张载集[M]. 北京:中华书局, 1978:66.

于水，知太虚即气，则无无。"用冰之凝结与融释于水为喻，来解释"气之聚散于太虚"，阐明"太虚"之"无无"。一方面，"太虚"不是"虚空"无物。"太虚"相对于"虚"，它是实际的存在，虽没有形体的大小之区别，却又是无边无际、无处不在的，是宇宙以及世界万物存在的根本依据。冰之于水，虽有形体之区别，但是在本质上，冰与水是相通与同一的。阴阳之气的聚与散，虽有形体之差别万殊，但是在根本上也是一致的，都是"气"，亦都是"太虚"之气化。另一方面，极言之，"虚空"也不是绝对的"虚空"无物。横渠说"知虚空即气，则有无、隐显、神化、性命通一无二"，即谓所谓"虚空"也是有"气"之聚散变化充盈其间，绝对的"虚无"是不存在的。故此，横渠用"气"的概念来言说没有具象的"太虚"，"气"在本质上是与"太虚"一致的，相通的；但是气既是与"太虚"相通的，它们都是无形无相；又有升降变化，阴阳相感相荡，形成万殊变化。故此，横渠提出"太虚即气"的命题，一方面强调"太虚"的实有（"无无"），另一方面强调"气"之本于"太虚"而升降变化、生成万物。"太虚即气"，不是"太虚"与"气"的等同，而是二者的相即不离。

"太虚即气"，在二者的关系上，横渠以为：其一，"太虚"与"气"，不是生成与被生成之关系。其云："若谓虚能生气，则虚无穷，气有限，体用殊绝，入老氏'有生于无'自然之论，不识所谓有无混一之常。"❶ 其二，亦不能将"太虚"与实有之"气"相割裂、区分。"若谓万象为太虚中所见之物，则物与虚不相资，形自形，性自性，形性、天人不相待而有，陷于浮屠以山河大地为见病之说。"❷ 即谓若偏于"太虚"生"气"，则堕入老子所说的"有生于无"，若偏于"太虚"与"气"之区分，而不知二者相资，则陷入佛教所说的"以山河大地为见病之说"。

"太虚"是宇宙万物存在的理则与根据，"气化"之升降变化生成万物。朱子非常重视横渠的"太虚即气"论，其与吕祖谦合撰的《近

---

❶ 张载. 张载集 [M]. 北京：中华书局，1978：8.
❷ 张载. 张载集 [M]. 北京：中华书局，1978：8.

思录》，所摘录横渠言论，第一条和第二条，分别为《正蒙·太和》篇"气块然太虚，升降飞扬，未尝止息"和"游气纷扰合而成质者，生人物之万殊"两段❶，均是关于"气"之生化万物。但是，朱子注意到了"太虚"与"气"这两个概念的区别，进而将二者割裂开来，却又是与横渠本意相悖的。而朱子甚至以"太虚"（"理"）为宇宙世界之根本，以为"理先气后"，这又是后来的船山所极力反对的。

在宋明理学家那里，"太虚"与"理"，都是作为世界生成的最根本依据，"气"之升降变化，则是世界万物之生成。在回答弟子关于"必有是理，然后有是气"及"理在先，气在后"的提问时，朱子回答："理与气本无先后之可言。但推上去时，却如理在先，气在后相似。"又云："然以意度之，则疑此气是依傍理行。及此气之聚，则理亦在焉。盖气则能凝结造作，理却无情意，无计度，无造作。只此气凝聚处，理便在其中。"❷ 在面对"有是理便有是气，似不可分先后"的提问时，朱子甚至断言："要之，也先有理。只不可说是今日有是理，明日却有是气；也须有先后。且如万一山河大地都塌陷了，毕竟理却只在这里。"❸

在朱子看来，"理"与"气"，虽然在时间上没有先后问题，并不是说今天有是理，明天才有是气。但是如果要强分理、气先后，却是理在气先，"未有天地之先，毕竟是先有此理"，"有理，便有气流行，发育万物"❹，"且如万一山河大地都塌陷了，毕竟理却只在这里"。

关于朱子的"理气"关系之说，一方面，应该看到，在朱子本意之中，并非要在时间上明确区分"理"与"气"的先后。因为在这天地宇宙生成以来的现实世界中，"理"与"气"二者并不相离，有此"理"即有此"气"，有其"气"即有其"理"。所以朱子也多次强调"理与气本无先后之可言"。正是基于"理气合一"的理论假设，才能够确证可以通过"格物"的途径"致知"其"理"。另一方面，在

---

❶ 叶采. 近思录集解［M］. 北京：中华书局，2017：30-31.
❷ 黎靖德. 朱子语类：第1册［M］. 北京：中华书局，1986：3.
❸ 黎靖德. 朱子语类：第1册［M］. 北京：中华书局，1986：4.
❹ 黎靖德. 朱子语类：第1册［M］. 北京：中华书局，1986：1.

"理"与"气"二者的逻辑关系上，如果一定要在"理气"关系上区分谁先谁后，"却如理在先，气在后相似"。即谓先有"理"，然后才有气化流行、生育万物；哪怕是天地山河都塌陷了，"理"仍然不需依傍"气"而独自存在。不仅是"理在气先"，而且是"性"亦在"气"；"理"无有不善，而"气"却有清与浊、精与粗、纯粹与杂糅之区分。故朱子云："论天地之性，则专指理言；论气质之性，则以理与气杂而言之。未有此气，已有此性。气有不存，而性却常在。"❶

由朱子关于理与气之观点，再反观横渠气学：横渠虽然强调"太虚即气""虚空即气"，二者相即不离，将"太虚"（即"理"）与"气"相提并论，但是在世界的最终本原上，"气"只是这个"气"，"气"之神化生成，仍是有待于这个"太虚"。所以说，这种对"太虚"之本原的强调，在根本上与朱子对"理"的绝对肯定，并无二致。

三、船山"凡虚空皆气"

唐君毅先生评论船山思想，以为："以其哲学思想而论，取客观现实的宇宙论之进路，初非心性论之进路，故特取横渠之言气，而去横渠太虚之义。彼以气为实，颇似汉儒。然船山言气复重理，其理仍未气之主，则近于宋儒，而异于汉儒。"❷ 此论极是。由此来看，船山之天道论与气论，颇有兼取横渠、朱子，而又有所扬弃。横渠所论"太虚"，虽然强调"太虚即气"，二者相即不离；但是横渠在"气"之外，强调"太虚"为世界之根本与本原，这与理学家们据"理"以为世界之根本，并无本质区别。而到了朱子这里，把"理"更是抬到至高无上之位置，先于天地宇宙之生；而"理"与"气"合，则其"气"有纯、有杂，气有待于先天之"理"。这些正是船山所反对的。

船山绍承张横渠的"太虚即气"与"虚空即气"之说，承认"太虚"与"气"相即不离，并且"昌言气化"，以为："太虚即气，絪缊之本体，阴阳合于太和，虽其实气也，而未可名之为气；其升降飞扬，

---

❶ 黎靖德. 朱子语类：第1册 [M]. 北京：中华书局，1986：67.
❷ 唐君毅. 中国哲学原论：原教篇 [M]. 北京：中国社会科学出版社，2006：334 – 335.

莫之为而为万物之资始者，于此言之则谓之天。气化者，气之化也。阴阳具于太虚絪缊之中，其一阴一阳，或动或静，相与摩荡，乘其时位以著其功能，五行万物之融结流止、飞潜动植，各自成其条理而不妄。"❶ 船山在这里将"太虚"视为"絪缊之本体"，"气"之阴阳变化也合于"太和"（即"太虚"），同时明确指出"太虚""未可名之为气"，即"太虚即气"并不意味着将"太虚"与"气"二者归同于一物。"气"之阴阳气化"具于太虚絪缊之中"，阴阳动静、相与摩荡而万物各自成其条理。船山强调："太虚者，阴阳之藏，健顺之德存焉；气化者，一阴一阳，动静之几，品汇之节具焉。"❷ "太虚"是阴阳之府藏和存健顺之德；而"气"之化，才有阴阳动静之分品汇流行。

在理解横渠之"虚空即气"时，船山以为没有绝对的无"气"存在的虚空，人们所谓的"虚空"，"凡虚空皆气也"，多少都会有气弥纶充盈其间。他说："虚空者，气之量；气弥纶无涯而希微不形，则人见虚空而不见气。凡虚空皆气也，聚则显，显则人谓之有；散则隐，隐则谓之无。"❸ "虚空者，气之量"，所谓"虚空"，是"气"的体量与限度，是"虚空"在规定着"气"。所以，这里的"虚空"并非"空无"之义，而当是一个空间的范畴；即"虚空"是"气"存在的场所与空间。故即使是"虚空"，也有弥纶无涯之"气"存在其间，只不过是因为"希微不形"，人只见虚空而不能见其中之气。在这里，"弥纶无涯"与"希微不形"并举，尤能阐明"太虚"与"气"相即不离的关系：船山接引老子的"道"之"听之不闻名曰希，搏之不得名曰微"❹，阐释"太虚"之并非绝对的虚空，绝对的虚空是不存在的，只不过是人看不到虚空之中的"气"，才谓之"虚空"。

---

❶ 王夫之. 张子正蒙注 [M] //船山全书：第12册. 长沙：岳麓书社，1992：32.
❷ 王夫之. 张子正蒙注 [M] //船山全书：第12册. 长沙：岳麓书社，1992：32.
❸ 王夫之. 张子正蒙注 [M] //船山全书：第12册. 长沙：岳麓书社，1992：23.
❹ 今通行王弼注本《老子》作："视之不见名曰夷，听之不闻名曰希，搏之不得名曰微。"帛书《老子》甲本作："视之而弗见，名之曰微。听之而弗闻，名之曰希。捪之而弗得，名之曰夷。"据高明先生考证："今本不仅误'捪'字为'搏'，而且误'夷'字为'微'，而失原意远矣。"（参见高明. 帛书老子校注 [M]. 北京：中华书局，1996：282 - 283.）此论诚是。但船山所见当为王弼之通行本，故在此引述"听之不闻名曰希，搏之不得名曰微"。

气有可见与不可见之分，犹气之清与浊。横渠与船山均认为，"太虚"与"气"皆有清与浊之分。横渠云："太虚为清，清则无碍，无碍故神；反清为浊，浊则碍，碍则形。凡气，清则通，昏则壅，清极则神。"❶船山对此解释曰："气之未聚于太虚，希微而不可见，故清；清则有形有象者皆可入于中，而抑可入于形象之中，不行而至神也。……圣人知气之聚散无恒而神通于一，故存神以尽性，复健顺之本体，同于太虚，知周万物而仁覆天下矣。"❷故"太虚"与"气"相即不离，"太虚为清"是"气之未聚"的状态，"气之未聚"并非是无"气"，而是"希微而不可见"而已，故"太虚"与"气"均"清、通"。

因此，所谓"太虚即气"与"虚空即气"，在船山看来是"太虚"与"气"二者相即不离，没有完全没有"气"之"太虚"和"虚空"，宇宙世界，天地万物，莫不是"气"之贯通与充盈其间。故船山云："阴阳二气充满太虚，此外更无他物，亦无间隙，天之象，地之形，皆其所范围也。"❸

相较于横渠的"太虚即气"，二者相即不离，终归立"太虚"为天地万物之根本；船山更加强调"气"之气化与实有，不能脱离于"气"外去求天理。"天下岂别有所谓理，气得其理之谓理也。气原是有理底，尽天地之间无不是气，即无不是理也。"❹"理"并不是在"气"之外而另外有一个"理"存在，而是"理""气"不离，以为普天之下，无不是"气"充实其间，也是"理"贯通始终。

船山云："误解《太极图说》者，谓太极本未有阴阳，因动而始生阳，静而始生阴。不知动静所生之阴阳，乃固有之缊……非动而后有阳，静而后有阴。"又云："若谓太极本无阴阳，乃静动所显之影象，则性本清空，禀于太极，形有消长，生于变化，性中增形，形外有性，

---

❶ 张载. 张载集[M]. 北京：中华书局，1978：9.
❷ 王夫之. 张子正蒙注[M]//船山全书：第12册. 长沙：岳麓书社，1992：31.
❸ 王夫之. 张子正蒙注[M]//船山全书：第12册. 长沙：岳麓书社，1992：26.
❹ 王夫之. 读四书大全说[M]//船山全书：第6册. 长沙：岳麓书社，1991：1058.

人不资气而生而于气外求理，则形妄而性为真，陷于其邪说矣。"❶ 即谓动静固有阴阳之蕴，并非是有动静然后才始有阴阳，"动静者即此阴阳之动静"；同时也反对"人不资气而生而于气外求理"，如果以为"则形妄而性为真"，这也陷于邪说了。

在船山看来，"气"是有实、充实，是为"诚"。其云："诚者，天地之道也，阴阳有实之谓诚。"又云："实者，气之充周也。升降飞扬而无间隙，则有动者以流行，则有静者以凝止。"❷ 船山把阴阳有实之"诚"立为天地之道，阴阳有实是为"气"，天地之道则谓"太虚"或"太和"。是以，船山用"诚"将"太虚即气"的"太虚"与"气"二者统一起来。换言之，"诚"既是天地之道，是宇宙天地万物的根本与依据，同时又是充盈于天地之间的、阴阳生化之"气"。诚如船山所云："至诚体太虚至和之实理，与絪缊未分之道通一不二，是得天之所以为天也。"❸

概言之，船山以为"凡虚空皆气"，并没有完全脱离了实有的"气"的绝对虚空。这其实就是既批驳了老子的"有生于无"（在横渠和船山看来，道家老子是持"有生于无"的观点），又批驳了佛教的以为世间万物为虚妄，"形外有性"和"于气外求理"。正因为如此，众人"抑不知阴阳之盈虚往来，有变易而无生灭，有幽明而无有无"❹。全面考察中国传统儒家思想发展历史，船山以为，"不悟一阴一阳范围天地、通乎昼夜、三极大中之矩"者，"遂使儒、佛、老混然一途"：或有陷于佛者，诸如李翱、张九成、富郑公、赵清献；或"屈圣人之言以附会之"，如陆九渊、王阳明；或陷于老者，如王弼、何晏、夏侯湛；或"合佛、老以溷圣道"，如王安石、吕惠卿、焦竑、李贽等。❺ 这等于是将汉唐以来儒、释、道"三教合一"的趋势与思潮予以批判。

---

❶ 王夫之. 张子正蒙注 [M] //船山全书:第12册. 长沙：岳麓书社，1992：24-25.
❷ 王夫之. 张子正蒙注 [M] //船山全书:第12册. 长沙：岳麓书社，1992：25-27.
❸ 王夫之. 张子正蒙注 [M] //船山全书:第12册. 长沙：岳麓书社，1992：34.
❹ 王夫之. 周易内传 [M] //船山全书:第1册. 长沙：岳麓书社，1988：567.
❺ 王夫之. 张子正蒙注 [M] //船山全书:第12册. 长沙：岳麓书社，1992：26.

第二节 存在论:"言幽明而不言有无"

故此,船山理解和阐明宇宙世界的本原与生成,最为主要和关紧的当不是"有"与"无"的问题,而是"幽"与"明""隐"与"显"的问题。换言之,宇宙之本原与存在,不是"有无"的对立,既不是"无中生有",亦非是在"有"的世界之前,有一个"实有"生成了这个世界之万有;若要追究这个世界的本原与存在,不如从人自身的视角,通过立人极的中心来观察体悟,世界的存在当是"幽"与"明"之关系。唐君毅先生即云:"船山观客观宇宙,动则实,静则虚,聚则实,散则虚。聚者则谓之明,散者入于虚。然散者散所聚,聚复聚所散。幽者幽其明,明复明其幽。客观宇宙以有动有实而为宇宙,亦以有聚有明而为宇宙。故其散、其虚,不可作入虚无想,而惟可作形之化为气想。气也者,可散、可幽、可静而虚,又不失其能聚、能明、能动而实。虚实、动静、聚散、幽明,皆相待而不二,故二而一,其一即在其二其两中见者也。"❶故船山论宇宙本原与存在,虚实、聚散、幽明,相生相待,二而为一。而"幽明",特能见出船山哲学思想的独特性来。

至于横渠与船山为什么要强调"圣人所以知幽明之故而不言有无","言幽明而不言有无",用"幽明"来取代"有无"之论?我们试从"幽明之故"来看。

"知幽明之故",原语出自《周易·系辞》:"《易》与天地准,故能弥纶天地之道。仰以观于天文,俯以察于地理,是故知幽明之故。"原意即指圣人仰观俯察天文地理,以知晓幽隐无形和明显有形的事理及其原因。在先秦思想家那里,"易"之义理,无不是来自圣人的仰观俯察的体认。如《系辞下》亦曰:"古者包牺氏之王天下也,仰则观象于天,俯则观法于地,观鸟兽之文,与地之宜。近取诸身,远取诸物,

---

❶ 唐君毅. 中国哲学原论:原教篇[M]. 北京:中国社会科学出版社,2006:347-348.

于是始作八卦，以通神明之德，以类万物之情。"❶ 对此，清代李道平按语云："'通神明之德'，达诸幽也。'类万物之情'，宣诸显也。"李氏又引张揖注云："作八卦，以通神明之德，是本隐也。有天道焉，有地道焉，有人道焉，以类万物之情，是之显也。"❷ "神明之德"幽隐而难见，"万物之情"彰显而易察，圣人仰观俯察，通"幽"而知"明"，作八卦而与"幽"相通达、与"明"相类比。

横渠《正蒙》演绎其说："气聚则离明得施而有形；气不聚则离明不得施而无形。方其聚也，安得不谓之客？方其散也，安得遽谓之无？故圣人仰观俯察，但云'知幽明之故'，不云'知有无之故'。"❸ 横渠在这里铺成其义，加之气之聚散，以为气聚明显而有形，气不聚幽隐而无形。是以可知，"有"与"无"，本为形而上之自然之道，是世界之有无生成，有无自在无为。但转换为"幽明"，则是在天地之间，立一人极。是圣人仰观俯察，在宇宙世界有无相生之形而上中，发现宇宙世界的幽与明、隐与显。

沿着横渠之思路，船山注解横渠这段话时，亦言："有形则人得而见之，明也。无形则人不得而见之，幽也。无形，非无形也，人之目力无穷于微，遂见为无也。心量穷于大，耳目之力穷于小。聚而明得施，人遂谓之有；散而明不可施，人遂谓之无。不知聚者暂聚，客也，非必常存之主；散者，返于虚也，非无固有之实；以人见不见而言之，是以滞尔。"❹ 船山以为，宇宙世界之有无相生，是其自本自根、自在自为的：其一，人之耳目之力有限，故以耳目所见之有形无形来推断宇宙世界之有无，是失当、不全的。其二，一阴一阳之气聚散无端，聚则为有形可见之物；散则为"返于虚"，虽无可见之形，却并非没有"固有之实"。人据所见之有形、不见无形以论有无，是偏于实而不知虚。其三，以有无论宇宙世界之生成，必然有所谓时间上和逻辑上的先后之争论，"有生于无"，即是先"无"后"有"。但如果以"幽明"

---

❶ 李道平. 周易集解纂疏［M］. 北京：中华书局，1994：621 – 623.
❷ 李道平. 周易集解纂疏［M］. 北京：中华书局，1994：623 – 624.
❸ 张载. 张载集［M］. 北京：中华书局，1978：8.
❹ 王夫之. 张子正蒙注［M］//船山全书：第12册. 长沙：岳麓书社，1992：28 – 29.

而论，则可避先后之争，只不过是阖辟、隐显、幽明而已。

试看"幽""明"之本义：

"幽"，《说文》云："幽，隐也。从山中丝，丝亦声。"❶ 从《说文》所释来看，"幽"的本义即为微小的事物之隐藏与遮蔽。换言之，"幽"与"无"的根本区别在于，"幽"虽隐微不见，但是其实有而不空无，只不过是一种隐藏和遮蔽状态。故船山也强调"幽"之"隐而未见者"。"幽"是天地宇宙的一种存在状态，日之遮蔽则幽暗而不见；日之出则明亮而可见。但是，日之升降出没，物并不因此而有、无。船山特别对普通人的以"幽明"为"有无"："明则谓有，幽则谓无，众人之陋尔；圣人不然。"❷ 是以"有幽明而无有无"。

"明"，《说文》云："朙，照也。从月从囧。凡朙之属皆从朙。明，古文朙从日。"又云："朗，明也。"❸ 《尔雅》则云："明，朗也。"❹ "明"与"朙"同，这里即以为"明"是"朙"之古文，"明"又可与"朗"互训。"明明"是昭明显现的至高的状态。故《乾》卦六爻皆阳，阳者明也，六爻皆阳是以为"大明终始"。

理解"幽明"，当明白"幽"与"明"并非绝对区分与隔离，而是互涵其质，"幽明无二理"❺。船山云："尽心思以穷神知化，则方其可见而知其必有所归往，则明之中具幽之理；方其不可见而知其必且相感以聚，则幽之中具明之理。"❻ "幽"与"明"，互具其"理"。是以，"圣人知幽明之故"，只有圣人才能通晓"幽"与"明"之根本。

船山又评价曰："言幽明而不言有无，张子。至矣。谓有生于无，无生于有，皆戏论。不得谓幽生于明，明生于幽也。论至则戏论绝。幽明者，阖辟之影也。故曰是故知幽明之故。"❼ 船山以为，张子"言幽明而不言有无"是为至论，既批驳了"有生于无""无生于有"之

---

❶ 许慎. 说文解字 [M]. 北京：中华书局，1963：84.
❷ 王夫之. 张子正蒙注 [M] //船山全书：第12册. 长沙：岳麓书社，1992：29.
❸ 许慎. 说文解字 [M]. 北京：中华书局，1963：141.
❹ 胡奇光，方环海. 尔雅译注 [M]. 上海：上海古籍出版社，2012：103.
❺ 王夫之. 张子正蒙注 [M] //船山全书：第12册. 长沙：岳麓书社，1992：323.
❻ 王夫之. 张子正蒙注 [M] //船山全书：第12册. 长沙：岳麓书社，1992：29.
❼ 王夫之. 思问录内篇 [M] //船山全书：第12册. 长沙：岳麓书社，1992：410.

戏论；同时，"不得谓幽生于明，明生于幽"，幽明不是相生关系，而是阖闢、隐显的不同状态。

与横渠、船山对"幽明"之含义的理解有所不同，程伊川却是将"幽"与"明"分着说，其云："遍理天地之道，而复仰观天文，俯察地理，验之著见之迹，故能'知幽明之故'。在理为幽，成象为明。'知幽明之故'，知理与物之所以然也。"❶ 伊川以为，《易》之义理，就是天地之道而弥纶遍理天地之际；圣人仰观俯察而将《易》之理与天地之道相"验之"，其在理为幽，而物之象则是明。伊川所以为的天地之道即"理"，幽隐不可寻见，其论固然在理；物有其象为明，也是常识。但是他将理之幽与物之明相截然割裂开来，却是有所不周：明之物亦含幽隐之理，不可见之理并非寂然不动，幽与明则是可以相感、相通。

关于幽明之故，船山在《正蒙注》中亦云："尽心思以穷神知化，则方其可见而知其必有所归往，则明之中具幽之理；方其不可见而知其必且相感以聚，则幽之中具明之理。此圣人所以知幽明之故而不言有无也。言有无者，徇目而已；不斥言目而言离者，目其静之形，（敬按：成形则静）离其动之用也。（敬按：藏用于动）盖天下恶有所谓无者哉！于物或未有，于事非无；于事或未有，于理非无；寻求而不得，怠惰而不求，则曰无而已矣。甚矣，言无之陋也！"❷ 在船山看来，"圣人所以知幽明之故而不言有无"，圣人知道"幽明之故"，因此"不言有无"。这段话至少可以从三个层面来理解。

其一，船山以为"天下恶有所谓无者"。"言有无者，徇目而已"，如果是仅凭借人之见识观察认知，才有所谓的有与无，以为所见"无物"，当是"虚无"。但是，诚如上文所言，没有所谓"虚无"，虚无之中也是有"气"充盈其间。因此，船山以"虚空皆气"，既驳斥了老子的"有生于无"（至少在横渠、船山看来，老子的"道"本原"有生于无"），又驳斥了佛教的将世间万象以为虚妄不实。

---

❶ 程颐. 河南程氏经说·易说 [M] //二程集：下册. 北京：中华书局，2004：1028.
❷ 王夫之. 张子正蒙注 [M] //船山全书：第12册. 长沙：岳麓书社，1992：29.

船山在注释横渠《正蒙·大易篇》时云："明有所以为明，幽有所以为幽；其在幽者，耳目见闻之力穷，而非理气之本无也。老庄之徒，于所不能见闻而决言之曰无，陋甚矣。《易》以《乾》之六阳、《坤》之六阴大备而错综以成变化为体，故《乾》非无阴，阴处于幽也；《坤》非无阳，阳处于幽也；《剥》《复》之阳非少，《夬》《姤》之阴非微，幽以为缊、明以为表也。故曰'《易》有太极'，乾、坤合于太和而富有日新之无所缺也。若周子之言无极者，言道无适主，化无定则，不可名之为极；而实有太极，亦以明夫无所谓无，而人见为无者皆有也。屈伸者，非理气之生灭也；自明而之幽为屈，自幽而之明为伸；运于两间者恒伸，而成乎形色者有屈。彼以无名为天地之始，灭尽为真空之藏，犹瞽者不见有物而遂谓无物，其愚不可瘳已。"船山在此再次强调人之耳目见闻之有限性，以为有"有无"，正是徇其耳目。如果不是徇其耳目，就能理解明有明之理，幽有幽之理，《乾》非纯阳而无阴，《坤》亦非纯阴而阳；虽"幽"而非理与气之本无。对此，启示有二：一者，"幽"者非"无"，惟人之耳目不能闻见而已。就如同不能因为盲者不能视见万物，而不能以为万物为不存在。二者，船山云"乾、坤合于太和"，这与其所强调《易》之"乾坤并建"相一致，既没有独阳而无阴，也没有独阴而无阳，阴阳相为体用、互为缊、表。

其二，"幽"与"明"俱非绝对，亦非"有"与"无"的问题，"明之中具幽之理""幽之中具明之理"。众人在理解看待"幽明"时，往往容易把"幽"当作"无"，把"明"当作"有"，"明则谓有，幽则谓无，众人之陋尔；圣人不然"。❶

这种"幽明"相对待，其另一层含义是：理是幽之理，细微、幽隐之理是有待于人才能使之明。故船山云："凡有其理而非形，待人而明之者，皆幽也。圣人知化之有神，存乎变合而化有显，故能助天地而终其用。"❷ 幽即幽之理，气之神化而生万物，神与理即在其中。这

---

❶ 王夫之. 张子正蒙注 [M] //船山全书:第 12 册. 长沙:岳麓书社, 1992: 272 - 273.

❷ 王夫之. 张子正蒙注 [M] //船山全书:第 12 册. 长沙:岳麓书社, 1992: 317.

里的"待人而明之"之"人",是专指圣人而言,圣人"穷神知化"而能"知幽明之故"。

幽与明之差异和变化,其实也即是气之聚与散,气聚积而有形而可见,气散则形体不固而不可见。船山云:"聚则积之大而可见,散则极于微而不可见。于其象而观之,则有幽明之异,人所知也。"❶ 气之聚散,非有无,而是气散则隐微不可见,气聚积为物,人皆能得而见之。

其三,强调要"尽心思以穷神知化"。在船山看来,"神"是天之德,"絪缊不息,为敦化之本";"化"为天之道,"四时百物各正其秩序,为古今不易之道"。❷ 神是气之神,"神行气而无不可成之化";化是气之化,是"神之所为聚而成象成形以生万变者"。❸ 关于"穷神知化",圣人与众人(普通人)是不一样的。圣人与天德之神相通,对于"天之神理,无乎不察","惟其万物之理皆得而知四达也"。即谓圣人不依靠思虑,即能"通天载而达物性",细微地知晓明白气化流行与万物之品性。而众人却需要依靠天之所降的聪明明威,才能"得其显"者。❹

概言之,船山所强调的"言幽明而不言有无",在驳斥了"有生于无"的形而上宇宙观的基础上,在天地之际,立一人极,彰显出涵括天、地、人三极之形而上学。从诗学的角度观之,这也意味着船山诗学并非孤立领域,人之极立于宇宙天地之间,其所论之"人"必然架起了其诗论通于他的宇宙论与人性论之间的桥梁:故船山诗学既是其天人之学的映射与观照,又是其人性论的自然延伸。

第三节 认识论:仰观俯察以知幽明之故

船山云:"天地自然,而人之用天地者,随其隐见以为之量。天地所以资人用之量者,广矣,大矣。伸于彼者诎于此,乃以无私;节其

---

❶ 王夫之. 张子正蒙注[M]//船山全书:第12册. 长沙:岳麓书社,1992:312.
❷ 王夫之. 张子正蒙注[M]//船山全书:第12册. 长沙:岳麓书社,1992:76.
❸ 王夫之. 张子正蒙注[M]//船山全书:第12册. 长沙:岳麓书社,1992:76-77.
❹ 王夫之. 张子正蒙注[M]//船山全书:第12册. 长沙:岳麓书社,1992:72-73.

过者防其不及，乃以不测。故有长有消，有来有往，以运行于隐见之殊，而人觉其向背。……消长有几，往来有迹，而条理亦可得而纪矣。"❶ 天地自然有其广大之量，以资人之用。又有其无私与不测，皆有隐（即幽也）有见（即明也），其"隐见之殊"运行不曾停息，而人能察觉其向背，人乃知天地自然之幽明辟阖也。人通过察审"消长之几"与"往来之迹"，来认识和记录天地自然之条理与缘由。正如《系辞》所云："仰以观于天文，俯以察于地理，是故知幽明之故。"这里即已指出，圣人何以"知幽明之故"，乃是通过"仰以观于天文，俯以察于地理"。"仰观俯察"不仅是圣人，乃至君子、普通人观察宇宙世界的方式，也是他们探寻其间"幽明之故"的重要方式，亦即是人类体认道德、识别义理与获取知识的认识方法论。

一、幽明之"故"

《易》"弥纶天地之道"，又与天地相准绳。圣人与天地之道相贯通，其创制"易"的最初，即是通过"仰观俯察"的逐步观察和体验而得来。对此，船山云："仰观俯察，兼画卦、系辞而言。"❷ 即仰观俯察，总括了圣人所画卦之象以及卦爻辞之义理。换言之，"易"经及其传之象数、义理，无不是圣人通过仰观俯察这一方式获得的启示。

何谓"观天文""察地理"？天文、地理与幽明又有和关联？船山解释云："'天文'，日月星辰隐见之经纬；'地理'，山泽动植荣落之条绪；雷风，介其间以生变化者也。《易》之以八卦错综摩荡而成文理者准之。天文则有隐有见，地理则有荣有落。见而荣者明也，隐而落者幽也。其故则明以达幽，而幽者所以养明；明非外袭，幽非永息。于《易》之六阴六阳互见于六位，以乘时而成文理者，可以知幽明之为一物，而但以时为显藏也。"❸ 天文之日月星辰的隐显，地理之山泽动植的荣落，以及天地之间的雷风，皆有其隐见、荣落、幽明。明者可见，而幽者不可见；幽者虽不可见，却又可谓之无。圣人作《易》，

---

❶ 王夫之. 周易外传 [M] //船山全书:第1册. 长沙:岳麓书社，1988：1095.
❷ 王夫之. 周易内传 [M] //船山全书:第1册. 长沙:岳麓书社，1988：519.
❸ 王夫之. 周易内传 [M] //船山全书:第1册. 长沙:岳麓书社，1988：519-520.

通过他们仰观俯察的体认，而用之以卦象、爻辞等呈现出来天地宇宙的幽明变化。"幽明"但为"一物"，即原本就只是"一物"；而这种幽明变化之"故"（缘故、原因），就如同《易》之六爻所展现出来，是乘时位而不断变化的。船山明确指出，幽明之"故"（原因）即在于："明以达幽，而幽者所以养明；明非外袭，幽非永息。"幽、明本为"一物"，明是可以目见，幽则隐微不现；明是用以展示和呈现幽，幽则也隐蔽和贮藏着明；其明并非外物所给予，幽也非永远是寂灭不动。既指出了幽与明之互通而相涵，也揭示了幽与明的运动变化不息。

《易》之成，其与天地之道相准绳。故天地之道体现为《易》之理，其幽明变化，具体可分为二：一是卦之次序的幽明变化；二是爻之时位的幽明变化。

《易》卦之次序不同，其所传之"传"亦不同，故有《连山易》《归藏易》《周易》之区分❶。对于《周易》之六十四卦次序的推移变易，船山强调"乾坤并建"，云："《易》者，互相推移以摩荡之谓。《周易》之书，《乾》《坤》并建以为首，《易》之体也；六十二卦错综乎三十四象而交列焉，易之用也。"❷在船山看来，所谓《易》，呈现的是互相推移、摩荡之变化。而《周易》与《连山》《归藏》所不同的，其中之一是强调六十四卦序，以乾、坤两卦为《易》之本体，其余六十二卦错综变化，为《易》的发用。其云："《连山》首艮，以阳自上而徐降以下也。《归藏》首坤，以阴具其体以为基而起阳之化也。夏道尚止，以遏阴私而闲其情。然其流也，墨者托之，过俭以损其生理。商道拨乱，以物方晦而明乃可施。然其流也，霸者托之，攻晦侮亡以伤其大公。"❸又云："《周易》并建《乾》《坤》为太始，以阴阳至足者统六十二卦之变通。古今之遥，两间之大，一物之体性，一事之功能，无有阴而无阳，无有阳而无阴，无有地而无天，无有天而无

---

❶ 《周礼注疏》云："此《连山易》，其卦以纯《艮》为首，艮为山，山上山下，是名《连山》。……此《归藏易》，以纯《坤》为首，坤为地，故万物莫不归而藏于中，故名为《归藏》也。……此《周易》以纯《乾》为首，乾为天，天能周币于四时，故名《易》为周也。"（郑玄，贾公彦. 周礼注疏：第28卷 [M]. 上海：上海古籍出版社，2010：921.）
❷ 王夫之. 周易内传 [M] //船山全书：第1册. 长沙：岳麓书社，1988：41.
❸ 王夫之. 周易外传 [M] //船山全书：第1册. 长沙：岳麓书社，1988：989.

地，不应立一纯阳无阴之卦；而《乾》《坤》无时。《乾》于大造为天之运……故与《坤》并建，而《乾》自有其体用焉。"❶ 简言之，船山所云"乾坤并建"，并未立一孤"乾"为独尊，而当是互有乾、坤，即阳中有阴，阴中亦含阳："阴阳二气絪缊于宇宙，融结于万汇，不相离，不相胜，无有阳而无阴、有阴而无阳，无有地而无天、有天而无地。故《周易》并建《乾》《坤》为诸卦之统宗，不孤立也。"❷ 乾为阳，为天；坤为阴，为地。"阴阳二气絪缊于宇宙"，故阴阳须臾不曾分离；亦没有全阳而无阴，也没有全阴而无阳。即使是"乾""坤"二卦，分别是六爻全阳、六爻全阴，似为纯阳、纯阴之极，也非毫无不含阳之阴、阴之阳。当其为乾，则阳亦有阴，只不过阳是明，阴是幽；而当其为坤，则阴亦有阳，只不过阴是明，阳是幽。故船山云："然阳有独运之神，阴有自立之体，天入地中，地涵天化，而抑各效其功能。"❸

不惟乾、坤两卦如此，屯、蒙等六十二卦，其幽明变化亦复如是：当其为阳也含阴，当其为阴也含阳。而《易》之为道、幽明之故，正是显著地体现在乾坤并建、一阴一阳之神运变化之中。船山云："故《周易》之序，错综相比，合二卦以著幽明屈伸之一致。《乾》《坤》并立，《屯》《蒙》交运，合异于同，而经纬备；大小险易得失之几，互观而益显。《乾》《坤》者，错以相应也。《屯》《蒙》者，综以相报也。"❹ 又云："《屯》《蒙》以下，或错而幽明易其位，或综而往复易其几，互相易于六位之中，则天道之变化、人事之通塞尽焉。而人之所以酬酢万事、进退行藏、质文刑赏之道，即于是而在。"❺《周易》六十四卦之序，正体现了乾坤并建、幽明变化之"故"。

卦爻之时位，亦呈现为幽明之变化。船山在解释《复》卦时云："阴阳之撰各六，其位亦十有二，半隐半见，见者为明，而非忽有，隐

---

❶ 王夫之. 周易内传 [M] //船山全书:第1册. 长沙: 岳麓书社, 1988: 43.
❷ 王夫之. 周易内传 [M] //船山全书:第1册. 长沙: 岳麓书社, 1988: 74.
❸ 王夫之. 周易内传 [M] //船山全书:第1册. 长沙: 岳麓书社, 1988: 74.
❹ 王夫之. 周易内传 [M] //船山全书:第1册. 长沙: 岳麓书社, 1988: 74.
❺ 王夫之. 周易内传 [M] //船山全书:第1册. 长沙: 岳麓书社, 1988: 41.

者为幽，而非竟无，天道人事，无不皆然，体之充实，所谓诚也。十二位之阴阳，隐见各半，其发用者，皆其见而明者也。时所偶值，情所偶动，事所偶起，天运循环，事物之往来，人心之应感，当其际而发见。"❶ 天地阴阳之变化规律，体现在爻位上，各有六位，阴阳则共有十二，即名为初九、九二、九三、九四、九五、上九、初六、六二、六三、六四、六五、上六，卦爻之十二虽有其名，但阴阳各处其位，阳爻并非全阳，阴爻亦并非全阴，而是阴阳"半隐半见""隐见各半"。爻之阴阳变化、错综交替，"以乘时而成文理"，呈现出宇宙万物的无限变化。

《易》与天地相准绳，卦序、爻之位有其幽明变化；而天地亦自有其幽明。船山云："自天地一隐一见之文理，则谓之幽明；自万物之受其隐见以聚散者，则谓之生死……天地之道，弥纶于两间者，此而已矣。"❷ 天地之幽明，一隐一现，天地之理者在内而隐微不可见，文者在外而明而显。万物授受天地幽明之理，有聚有散，聚则为生、则为明，散则为死、则为幽。

二、"幽明"之方法论：审几与用心

船山云："天下无穷之变，阴阳杂用之几，察乎至小、至险、至逆，而皆天道之所必察。苟精其义、穷其理，但为一阴一阳所继而成象者，君子无不可用之以为静存动察、修己治人、拨乱反正之道。"❸ 圣人仰观俯察是以"知幽明之故"；而君子无不察"天之道"、研"阴阳杂用之几"。但"幽"所以为"幽"，常细微、隐微而不易察觉，甚至是有其象而不具其形，故人常不能目见耳闻。"隐者为幽"，船山云："隐对显而言，只人所不易见者是……凡言隐者，必实有之而特未发见耳。"❹ 隐与幽者，虽不易见，但是并非虚无，而是"必实有之"。所以，由人耳目所听闻发现，明者有所见固然是有，幽隐不可见却未必

---

❶ 王夫之. 周易内传 [M]//船山全书：第1册. 长沙：岳麓书社，1988：225.
❷ 王夫之. 周易内传 [M]//船山全书：第1册. 长沙：岳麓书社，1988：521.
❸ 王夫之. 周易内传发例 [M]//船山全书：第1册. 长沙：岳麓书社，1988：675.
❹ 王夫之. 读四书大全说 [M]//船山全书：第6册. 长沙：岳麓书社，1991：490.

是无。但是常人却往往以自己的耳目所见闻作为有无之依据，以为明有所见为实有，幽隐无所见则为虚无。故船山云："明则谓有，幽则谓无，众人之陋尔；圣人不然。"❶ 圣人与常人固非等同，常人会囿于心量、耳目所限，因此船山特强调："无形则人不得而见之，幽也。无形，非无形也，人之目力穷于微，遂见为无也。心量穷于大，耳目之力穷于小。"❷ 这里"无形则人不得而见之"之"人"，乃是指常人。"圣人不然"，圣人与常人不同，是可以透过幽明之现象，而"知幽明之故"。

因此，这里就涉及"幽明"之方法论的问题。圣人仰观俯察，是以知幽明之故；人有学圣之始功，如何学，却是从圣人之仰观俯察的体认方式，来认识和体认天地之道。《周易·系辞上》云："夫《易》，圣人之所以极深而研几也。"❸ 这既是圣人体认天地之道、最初创制《易》之途径，也是君子之学圣之功的入门处。船山所强调的幽明之方法论，一方面是继承《周易·系辞》中"研几"的思想，具体的说法包括"审几""见几"等，大同而小异；另一方面则是继承孟子所主张的"尽心"，知"幽明之故"还需"用心"。

（一）知几、审几、见几

在中国传统哲学思想中，有道、器之分，"形而上者谓之道，形而下者谓之器"❹。道者无形无迹，不可目见耳闻；器者，则是世间万物之具体形状。但是道、器之间并非截然区分，道之无形无迹，亦非是虚无。船山云："道之隐者，非无在也，如何遥空索去？形而上者隐也，形而下者显也。才说个形而上，早已有一个'形'字可按之迹、可指求之主名，就者上面穷将去，虽深求而亦无不可。"❺ 船山在这里敏锐地认识到，虽谓"形而上者隐也"，即"形而上"隐微不可见，

---

❶ 王夫之. 张子正蒙注［M］//船山全书：第12册. 长沙：岳麓书社，1992：29.
❷ 王夫之. 张子正蒙注［M］//船山全书：第12册. 长沙：岳麓书社，1992：28.
❸ 李道平. 周易集解纂疏［M］. 北京：中华书局，1994：593.
❹ 李道平. 周易集解纂疏［M］. 北京：中华书局，1994：611.
❺ 王夫之. 读四书大全说［M］//船山全书：第6册. 长沙：岳麓书社，1991：490.

但是归根结底有着一个"形"字,这就是可以追寻的踪迹与可以探寻的"主明"。换言之,不论是"形而上者隐",还是"形而下者显",都有着一个"形"来维系和贯通。形而下者固然是形显而可见,形而上者却未必是全无踪迹可探求。故船山云:"而《易》以六位为阴阳十二之全体,一聚一散、一屈一伸于其间,以迭为幽明生死物变,则准之以弥纶天地之道,诚然之几无不著明,而吉凶之故亦必无爽忒矣。"❶《易》之阴阳聚散变化,天地之道的幽明生死物变,都有着"诚然之几"。

这里需要注意的"诚然之几"的"几",早在先秦文献以及宋明理学即对"几"进行了必要的论述,而"几"也是船山哲学中的一个重要概念。陈焱博士的《几与时——论王船山对传统道学范式的反思与转化》对船山哲学中的"几"有着专门的论述❷。

如《尚书·益稷》有云"惟几惟康",又云"惟时惟几"。孔安国注"几"为:"念虑几微","惟在慎微";孔颖达亦疏云:"念虑事之微细","惟当在于慎微"❸。这里,"几"当为几微、细微之义。而时与几并举,亦颇具有哲学意蕴,顺时是时间时序上的,慎微("几")却既是在空间向度上的细微,又是道德心理维度的"独"。

1973年出土的郭店楚墓竹简《五行》第45简至第48简中有云:"耳目鼻口手足六者,心之役也。……目而知之,谓之进之。喻而知之,谓之进之。譬而知之,谓之进之。几而知之,天也。'上帝临汝,毋贰尔心',此之谓也。"❹ 这里的心是相对于耳目鼻口手足而言的,是其中心与主宰。对此,丁四新先生以为:以上所引"简书'几'有紧察或洞察义。……'几'的深沉内蕴当是指在尚未揭蔽的状态下,隐藏于事物、事件自身或其发展过程中的本质性规定。……'几'为天之所命,与天命具有同质的意谓。几,慎独为一,其心通过对'几'

---

❶ 王夫之. 周易内传 [M] //船山全书:第1册. 长沙:岳麓书社,1988:521.
❷ 陈焱. 几与时:论王船山对传统道学范式的反思与转化 [M]. 上海:上海人民出版社,2016.
❸ 孔安国,孔颖达. 尚书正义 [M]. 上海:上海古籍出版社,2007:165–183.
❹ 丁四新. 郭店楚墓竹简思想研究 [M]. 北京:东方出版社,2000:142.

的把握而与天命同一。而主客交融之'几',是人心与天命合一的状态,是天命之德与五行和乐之德合一的状态。"❶ 根据丁先生的理解,"几"不仅之几微、细微之"小"者,而且"几"与天命相同质,"几"更具主客体交融之"动几",是一种"人心与天命合一"的理想状态。

《周易·系辞上》亦云:"夫《易》,圣人之所以极深而研几也。"夫《易》之成,"伏羲画六十四卦,穷极《易》之幽深。文王系爻象之辞,研尽《易》之几微"❷,是因为远古圣人的仰观天文、俯察地理,极究深奥之理和钻研几微之事。世事纷繁复杂而有变幻莫测,故其事理、真理,潜藏极深而难以彰显,需要"极深"和"研几"。而对于"研几"之"几",《系辞》中还有多处论及,如《系辞下》则对"几"之含义进行扼要的解释:"几者,动之微,吉之先见也。"❸"动之微",行动、运动之初极其细微难辨;"吉之先见",吉凶的彰显,始于最细微的征兆。简言之,所谓"几",在运动的时间上是"动"之最先者;在存在的形态上是最为细微的。韩康伯《注》云:"极未形之理则曰'深',适动微之会则曰'几'。"❹ 唐代孔颖达正是沿着这一思路来理解的,其《正义》云:"事动初动之时,其理未著,唯纤微而已。若其已著之后,则心事显露,不得为几;若未动之前,又寂然顿无,兼亦不得称几也。几是离无入有,在有无之际。"❺ 按照孔氏的理解,"几"是事物最初开始运动时的"纤微",事物之初动、其理未著,而与未动之前的"寂然顿无"和已动之后的"心事显露"相区别,故云"几是离无入有,在有无之际"。钱钟书先生则在将"几"释为"朕兆尚微而未著"的基础上,强调"知"为"推断"而非"猜度",其云:"'知几'非无巴鼻之猜度,乃有朕兆而推断,特其朕兆尚微而未著,常情遂忽而不睹;能察事象之微,识寻常所忽,斯所以

---

❶ 丁四新. 郭店楚墓竹简思想研究[M]. 北京:东方出版社,2000:143-145.
❷ 李道平. 周易集解纂疏[M]. 北京:中华书局,1994:593.
❸ 李道平. 周易集解纂疏[M]. 北京:中华书局,1994:649.
❹ 韩康伯注. 系辞上[M]//楼宇烈. 王弼集校注. 北京:中华书局,1980:551.
❺ 孔颖达. 周易正义[M]. 影印南宋官版. 北京:北京大学出版社,2017:289-290.

为'神'。……苟博物深思，于他人不注目经心之禽虫变态，因微知著，揣识灾异之端倪，则'知几'之'神'矣。"❶"知几"即是因微知著，从细微的形象推断深藏其中的事理，由极其微小的变化端倪揣识灾害吉凶。因此，人常能观察事物形态的变化，哪怕是极其细小的运动变化，虽然能够观察认识到这些变化，但是又很少能理解明白这些变化的缘由和事理。《易》所揭示的、圣人所观察理解的，就是圣人所能"知几"。

孔氏《正义》所云"几是离无入有，在有无之际"，从人之视觉和认知出发，强调外在形象的"有无"，以为"几"是"在有无之际"，即在"几"之前后在时间与逻辑上还有有无之分。张横渠则从其气化哲学出发，以为"太虚不能无气，气不能不聚而为万物"❷，因此其"神化"则是由于"气有阴阳，推行有渐为化，合一不测为神"❸。故其论"几"，"几者象见而未形也，形则涉乎明不待神而后知也"❹。其谓"神"，是变幻莫测，不为常人所知，而外在的形状是"明"，光明而彰显，不须待"神"而即能知晓；"几"是有其真实不虚之"象"而没有具体的形状，"未形"有"象"不能谓之"无"，故"几"有象而非"无"。

由此而再来看船山所论之"几"，船山云："故圣人设筮以察其事会情理之相赴，而用其固有之理，行其固然之素位，所谓几也。几者，诚之几也，非无其诚而可有其几也。"❺ 在这里，船山从什么是"几"，即"所谓几也"，和"几"是什么，即"几者，诚之几也"（亦即上文所说的"诚然之几"），这样两个层面的理解：从前者来看，圣人占筮以明察"事会情理之相赴"，"赴"所意指的是事物变化发展的固然的状态和趋势，既有"其固然之素位"，又有"其固有之理"（这里的"固然"与"固有"，均指"几"之内涵其"相赴"之势，而非外铄）；

---

❶ 钱钟书. 管锥编（一）[M]. 北京：生活·读书·新知三联书店，2007：76.
❷ 张载. 张载集 [M]. 北京：中华书局，1978：7.
❸ 张载. 张载集 [M]. 北京：中华书局，1978：16.
❹ 张载. 张载集 [M]. 北京：中华书局，1978：18.
❺ 王夫之. 周易内传 [M] //船山全书：第1册. 长沙：岳麓书社，1988：225.

从后者来看,"几"本原于人心之诚,是气之真实而不虚,没有诚也就没有几。

船山继承横渠关于"几"的理解,一方面,"几者形未著",形虽未著,却有其"象",其象能见,并不依靠人之闻见,而是只有"神"才能见之;另一方面,"几者动之微",是运动最开始的"初动"。故船山论"研几""知几""审几",还是"见几",都是求索探寻形迹幽隐之"诚然之几"。其云:"研几,则是审乎是非之微,知动静之因微成著而见天地之心。"❶

如何才能审几、见几?船山强调唯有"神能见之"。其云:"学圣之始功在于见几;盖几者形未著,物欲未杂,思虑未分,乃天德之良所发见,唯神能见之,不倚于闻见也","存神以知几,德滋而熟,所用皆神……几者,动之微;微者必著,故闻见之习俗一入于中以成乎私意,则欲利用安身而不可得,况气德之滋乎!"❷ 船山所云"几者,动之微;微者必著","微者必著"是事物运动变化发展之必然,对这种必然性之把握,却是"不倚于闻见",不依靠于闻见之知,而是"唯神能见之","存神以知几"。又云:"'深'者精之藏;'几'者变之微也。极而至之、研而察之者,神也。圣人之神合乎天地,而无深不至、无几不察矣。"❸ 而"知几",既是圣人之神原本合乎天地之所能,亦是学圣之功最开始于"见几"。

(二) 用心

洞悉"幽明之故",仅仅是"审几"就足够了吗?在船山看来,仅此而已仍然是不够的。如果仅仅是"审几",难免会陷入"慧而懁者"的局限,即固执其一,利用吾几以应对天下之几。

船山在理解《尚书》所云之"安汝止,惟几惟康"时曰:"何安乎?何几乎?何康乎?事无定名,物无定象,理无定在,而其张弛开

---

❶ 王夫之. 张子正蒙注 [M] //船山全书:第12册. 长沙:岳麓书社,1992:158.
❷ 王夫之. 张子正蒙注 [M] //船山全书:第12册. 长沙:岳麓书社,1992:89.
❸ 王夫之. 周易内传 [M] //船山全书:第1册. 长沙:岳麓书社,1988:555.

合于一心者如是也,则百王之指归,千圣之权衡也。"❶ 船山以为,事情并没有恒定之名,万物也没有恒定之象,理亦没有恒定不变之理,但是天地万物及其理却是张弛开合于一"心"。船山强调要"用心":"循其序,定其志,远其危疑,非见闻步趋之可顺乎天则也。循夫理者,心也。故曰惟其所以用心者也。"❷ 这里不仅指出"循夫理者,心也","心"作为人的认知"主官",当是"循理"而动。但是"理"不离乎"天","心"之"循理",其实就是"顺乎天则"。这就并非是简单的亦步亦趋地跟从见闻习见,而是要"循其序,定其志,远其危疑"。

据上文所述及,"几"与天命同质而相贯通;心统性情,亦与天地之道相同一。因此,所谓"用心",自然包括了"审几""知几";但对于"用心"而言,图安、审几、从康,三者不可偏于其一。船山云:"心之用,患其不一也。一之用,又患其执也。执以一,不如其弗一矣。用一而执之,不如其弗用矣。流俗之迷而往返,异端之诐而贼道,无他,顺心所便,专而据为一也。"❸ 流俗与异端"用心"之失,就是因为用一而执,"顺心所便,专而据为一"。

船山特别批评了"弱而固者"的"吾以图安也""慧而僄者"的"吾以审几也"和"傲而妄者"的"吾以从康也"这样三种言行倾向,他们各有所偏,所以船山认为当以"心"之灵慧,足以进行而应对天下万物,不能仅仅是从如上三个方面而言;止安、审几和从康三者,亦是相互统一,不能偏废。如对于"止安"而言,必然有其所当止而得安;但是运动之几并不曾停息,普天之下也并没有停滞于一隅,怎么可能使得其心毫无震动而得安呢?对于"审几"之遇见几而应对其几,如果仅是"利用吾几,以应天下之几",而无取于康,这样必然固然不能得而安康,因为天下并未有仅以改变自己的宅心而可以应对天下之变的。

故船山云:"若夫善审几者,以心察几,而不以几生心。故极心之用,可以大至无垠,小至无间,式于不闻,入于不谏,而其为几也,

---

❶ 王夫之. 尚书引义[M]//船山全书:第2册. 长沙:岳麓书社,1988:273.
❷ 王夫之. 尚书引义[M]//船山全书:第2册. 长沙:岳麓书社,1988:273.
❸ 王夫之. 尚书引义[M]//船山全书:第2册. 长沙:岳麓书社,1988:273.

尽心之用，不尽物以役心也。故胖宪如闻，寂光如烛，而不为智引，不为巧迁。夫然，而'大明终始'者，六位各奠其居矣。至此，而后心之为用也，无不尽矣。"❶船山在这里提出两组命题："以心察几"与"以几生心"，"尽心之用"（亦即"极心之用"）与"尽物以役心"。"以心察几"，谓此心通于天地之道，以心之用，细微之物、微小之变无几不察。与"以心察几"相对应的是"极心之用"和"尽心之用"，"用心"的功用，也是极其广大无限，其小也及至没有任何间隙，虽未曾听闻之事也合于法度，没有谏诤之者也未尝不入于善（《诗经·思齐》云："不闻亦式，不谏亦入"❷）。"以几生心"却是"几"为主，"心"为客，吾之心随外在之几而动（"利用吾几，以应天下之几"）。天地之几变动无限、流动不居，以此心去迎接、应对，则必然是"尽物以役心"，此心受累于外物。船山感叹："圣人之用心，至于义精仁熟，而密用其张弛开合之权，以用天地动静之几，无须臾而不操之以尽用。盖用心者，圣人以之终身，以之终食，而不曰理已现前，吾循之而无不得也。"❸

本章小结

本章所述，主要集中于船山哲学思想之宇宙本体论、存在论以及对其之认识方法论。船山关于天地宇宙幽明之思想，本原于《周易》中之"圣人知幽明之故"，特别是绍承张横渠气学的相关论述，揭示出天地宇宙"幽明"变化及其深刻本原。

从学术思想史来考察，船山思想既超拔于时代，但同时又是在宋明时期以来理、气、心学三家思想相争鸣感荡的背景下，对诸家思想的一种总结与回归。在宇宙本体论上，他继承了宋代横渠气学一派思想，批评朱子的"理在气先"，肯定横渠的"太虚即气"，以为"凡虚空皆气"，即就天地宇宙本原而言，无不是实有其"气"。

在船山看来，理解和阐明宇宙世界的本原与生成，最为重要的不是"有"与"无"的问题，而是"幽"与"明"的问题。换言之，船山将前人关于宇宙本原

---

❶ 王夫之. 尚书引义 [M] //船山全书:第2册. 长沙: 岳麓书社, 1988: 274-275.
❷ 朱熹. 诗集传 [M]. 北京: 中华书局, 2011: 144.
❸ 王夫之. 尚书引义 [M] //船山全书:第2册. 长沙: 岳麓书社, 1988: 276.

与存在是"有"还是"无"的问题,转换为"幽"与"明"之关系问题。不是"无"中生"有",也不是在"有"之前还有一个"有",而是"幽明"变化及其"故"。故船山强调"圣人所以知幽明之故而不言有无","言幽明而不言有无",用"幽明"来取代"有无"之论。

对于"幽明"之理解,幽有幽之理,明有明之理。"幽"虽然隐微而人之耳目不能闻见,但是"幽"并非无,幽有幽之内蕴。"明"为外在形体之可见、彰显,但是"明"不独其"明","明"亦有"幽"之理。故船山从其"乾坤并建"之易学理念出发,以为"幽"与"明"相成而相待。

而在对"幽明"的认知论上,船山将"幽明之故"的"故",具体为事物运动变化之"几"。"几"为动之微、事之兆,因其隐微而难以耳闻目见,因其能征兆而为事是初动。"圣人知幽明之故",圣人之道与天之道相贯通,所以圣人仰观俯察即知幽明之故。而君子却是需要"审几"与"用心"才能窥知"幽明之故"。

第二章
人性之幽明：船山幽明观之人性论

林安梧先生在其所著《王船山人性史哲学之研究》中以为："船山学约有三个面向：一是自然史哲学（即天道论），二是历史人性学（人性论），三是（狭义的）人性史哲学（历史哲学）……船山极清楚地作了'天人之分'，由天人之分而豁显人的独特性，点出唯有人性身份的人才能诠释天地宇宙，诠释历史文化。换言之，天地乃是人之天地，是人所诠释的天地，而且人参赞此天地宇宙之生化而创造了历史文化（当然人亦诠释了历史文化）。如此一来，船山学的把握便应从'人极之建立'开始而上溯至自然史哲学而下及于人性史的哲学。这一扭转才能使得船山学拨云雾、见天日。"❶ 林安梧先生的这一判断是极有见地的。船山论人性（人性论），并非是在虚无中辨析抽象空洞的人性，而是：一方面，他是将人安顿于天地宇宙之间，以为人是天地之间最有灵性者，是"天地之心"，在天地宇宙之际来考量人性之本，又从人的角度窥视天地之幽明；另一方面，船山是将人性置于政治与历史当中，在政治活动中与历史发展中彰显人之本性，亦即人性的幽与明，是故人性之根本在某种程度上亦诠释着政治与历史之必然。

第一节 天地与人："天地之际甚密，而人道参焉"

在阐释《周易》时，船山强调天、地、人三才，"易"体天地万物之道，其云："伏羲氏始画卦"，"文王乃本伏羲之画，体三才之道，

---

❶ 林安梧. 王船山人性史哲学之研究［M］. 台北：东大图书股份有限公司，1987：19.

推性命之原，极物理人事之变，以明得吉凶之故，而《易》作焉。"❶ 是以圣人在仰观俯察，洞悉天文、地理"幽明之故"的过程中，作为天地之际的"人"及其"人道"亦呈现出来。

一、"人者，天地之心"

其实在上面一章节中，我们在论述船山诠释"言幽明而不言有无"时，即已经点出，正是在天地宇宙之间，立一人极，由此由"有无"论宇宙转向了以"幽明"论宇宙。故此，船山的宇宙论（或者是说天道论）之中，并非是纯粹的天道宇宙，而是人之天地宇宙，人又是天地宇宙之最有灵性者。天地宇宙之幽明变化，正是由人之仰观俯察，以人作为主体来窥视幽明变化，并进而体认其"故"。"故"在圣人那里是自明的，对于其他人而言，则是需要通过种种努力来"审几""用心""察故"。

船山在论述《易》之广备天、地、人三极时云："且夫天地之际，间不容发，人与万物，皆天地所沦肌浃髓以相涵者也。道所必动，生生者资二气以蕃变之。乃物之生也，因地而形，因天而象，赅存乎天地，不能自其道而位亦虚。人之有道也，成性存存，凝继善以妙阴阳之会，故其于天地也，数有盈虚，而自成乎其道。有其道者有其位，无异本者无异居。故可别可同，而与天地相往来焉。……于天地之外而有道，亦入天地之中而备其道，故人可乘六位以御天而行地。故天地之际甚密，而人道参焉。相容相受，而人终不自失。别而有其三，同而统乎人。《易》之所以悉备乎广大也。"❷ 天地之际，间不容发，其间的所有人与万物，都是有"'易'之道"相涵其中。道之运行，阴阳二气相感荡而生天地，天地万物生成与运行有其天地自然之"道"；而在天地之外，亦有人之"道"。人道是立于天地之道之外，有人自己的"人道"。人何以自有其"人道"？正是因为人之"成性存存"，既禀有其始，又保有其终，人始终秉承保有而不失其本性。是

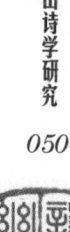

---

❶ 王夫之. 周易内传 [M] //船山全书:第1册. 长沙:岳麓书社,1988:41.
❷ 王夫之. 周易外传 [M] //船山全书:第1册. 长沙:岳麓书社,1988:1064.

以，"'易'之道"涵括了天地自然之道与人之道。

以上引文所述"且夫天地之际，间不容发，人与万物，皆天地所沦肌浃髓以相涵者也"，又云"故天地之际甚密，而人道参焉"，其中"天地之际"是船山所论人与天之关系的一个重要概念，下文还将论及。这里需要指出的是，船山通过对"际"之解读，强调天、地、人三者的密切关系，特别是将人之主动性鲜明地提出来。其主动性正是在于以人之视角观察与体认天地之道，以人之道与天地之道相贯通。

船山在诠释"复"卦时云："故夫《乾》之六阳，《乾》之位也；《坤》之六阴，《坤》之位也；《乾》始交《坤》而得《复》，人之位也。天地之生，以人为始。……人者，天地之心也。"又云："阴阳者，初不授人以危微，而使人失天地之心者也。圣人曙乎此，存人道以配天地，保天心以立人极者，科以为教，则有同功而异用者焉。"❶ "乾"之六阳是"乾"之位，"坤"之六阴是"坤"之位，"复"以阳爻开始而相交以五阴，是人之位。故人不仅是天地阴阳交相生的初始；同时还是"天地之心"和天地自然之"主持"，是最有灵性者。船山强调云："自然者天地，主持者人，人者，天地之心。"❷ 又云："道行于《乾》《坤》之全，而其用必以人为依。不依乎人者，人不得而用之，则耳目所穷，功效亦废，其道可知而不必知。圣人之所以依人而建极也。"❸ 人作为宇宙天地之初生者与最有灵性者，"存人道以配天地，保天心以立人极者"，人道与天地之大德相配，立人极而保有"天心"，这就将人之极提升到"天"之地位。道之生化运行，必有对人极而有所依，如果是"不依乎人者，人不得而用之"；因此，圣人"依人而建极""保天心以立人极"。

二、人性：历史中的人性与人性的历史

船山在论述人之本性时，并非是纯粹地玄空思辨，而是将人安置在社会与历史中来体认与思考人的本性。特别是作为明代遗臣，他有

---

❶ 王夫之. 周易外传 [M] //船山全书:第1册. 长沙：岳麓书社，1988：882-883.
❷ 王夫之. 周易外传 [M] //船山全书:第1册. 长沙：岳麓书社，1988：885.
❸ 王夫之. 周易外传 [M] //船山全书:第1册. 长沙：岳麓书社，1988：850.

着深重的"国破"之恨与民族危亡的意识,往往将自己的切身遭际与社会践履同对人性之思考结合起来,以此来体认历史中的人性与人性的历史。

(一) 天道历史发展中之"理""时""势"

船山以为,天地万物莫不是由"气"所生成,而世界之所以生化,天道的展开,是为"理"。"理者,物之固然,事之所以然也,显著于天下,循而得之。"❶ "理"是事物变化发展的必然性,是贯穿事物发展始终,遵循而能有所得。

关于"理"。天理流行,万事万物之生成与变化发展,莫不有其"理":"天之命,有理而无心者也。……生有生之理,死有死之理,治有治之理,乱有乱之理,存有存之理,亡有亡之理。天者,理也;其命,理之流行者也。寒而病,暑而病,饥而病,饱而病,违生之理,浅者以病,深者以死……夫国家之治乱存亡,亦如此而已矣。"❷ 在这里,船山是针对唐代政治家李泌(邺侯)所提出的"君相可以造命"而有所感发。李泌以为惟有君王将相才能与天争权,在天命面前发挥人之主观的创造性与能动性。而船山则以为:一方面,"乃唯能造命者,而后可以俟命,能受命者,而后可以造命","造命"与"俟命"二者是相辅相成,互为前提的,只有遵循天命的客观性与实在性,才能发挥人之主观能动性而有所创造;同时只有凸显出人之主观能动性,才能真实体悟和顺应天命之"理"的广大流行。另一方面,将"造命"与"俟命"二者的互动"推致其极,又岂徒君相为然哉","修身以俟命,慎动以永命,一介之士,莫不有造焉",即不管是"俟命"还是"造命",并非只有君相如此,作为"一介之士"的普通人,修身养性以等待顺从天命,谨慎作为以扶长性命,也是可以有所"造命"的。换言之,船山既强调天命之流行皆有其"理","理"在万物的生成、事物的发展、历史的演变中,都是亘古存在的,有其客观实在性;

---

❶ 王夫之. 张子正蒙注 [M] //船山全书:第12册. 长沙:岳麓书社,1992:194.
❷ 王夫之. 读通鉴论 [M] //船山全书:第10册. 长沙:岳麓书社,1988:934.

同时，人在等待、顺应天命之"理"，并非不可知"天命"，或者是完全被动的，而是可以发挥出自己的能动性与创造性，且这种"造命"并非君相之特有，普通人只要能修身养性、慎微慎行，亦可"造命"。故船山将人之"俟命"与"造命"亦视为普遍人性之一种。

关于"时"。天理（天道）的运行和展开，总会是在时间中展开。船山云："道之所凝者性也；道之所行者时也；性之所承者善也；时之所承者变也；性载善而一本，道因时而万殊。"❶ 道所含之性无有不善，道的运行展开却是因"时"而万殊，呈现出千变万化的态势。这里的"性"，既包括了天道流行之"物性"，亦包括了安身于天地之际的人之"人性"。故不管是"物性"，还是"人性"，因为其来自"天理流行"，其性所承载也无有不善。因此，在船山看来，人之本性与根源，无有不善。而在人之行为中所呈现出来的"不善"，乃是"情"。这是后话，后文将详述，暂且不表。

何谓"时"？船山以为，"时"本是指天道运行和万物生化的四时变化："四时之成，因乎天道之运：运乎东西则为春秋，运乎南北则为冬夏；寒暑温凉于是而序，温暑则为风雨，寒凉则为霜露。"❷ 又云："理足于己，则随时应物以利用……乃所以为时者，喜怒、生杀、泰否、损益，皆阴阳之气一阖一闢之几也。"❸ 情实变化、事态发展都是在"时"（时间）中展开与运行，在阴阳二气的阖闢之中，又有其"几"。

关于"势"。在船山的历史观中，天理流行，与"时"密切相关的另一重要概念是"势"。"势"与"理"相因相即而合一，"理外无势"，"势"必须是依于"理"；即在二者之间，"理"是起着主导作用的。"夫所谓理势者，岂有定理，而行迹相若，其势均哉？度之己，度之彼，智者不能违，勇者不能竞，唯其时而已。"❹ "理"与"势"都并非一成不变的，而是会随着时间的变化而不断变化发展。故云："势

---

❶ 王夫之. 周易外传 [M] //船山全书:第 1 册. 长沙：岳麓书社，1988：1112.
❷ 王夫之. 礼记章句 [M] //船山全书:第 4 册. 长沙：岳麓书社，1991：1208.
❸ 王夫之. 张子正蒙注 [M] //船山全书:第 12 册. 长沙：岳麓书社，1992：81.
❹ 王夫之. 宋论 [M] //船山全书:第 11 册. 长沙：岳麓书社，1992：140.

因乎时，理因乎势，智者如此，非可一概以言成败也。"❶ "时异而势异，势异而理亦异也。"❷ "理""势""时"三者，不能截然割裂，而是在历史与时序变化发展中相依相存，"势"依于"理"，"理因乎势"，"理"与"势"都是在"时"之中展开和发展。

"理"与"势"的变化，其实也即阴阳二气的运行变化，在其变化发展中，都有其最细致希微的实有与动因，即"几"。故云："乃所以为时者……皆阴阳之气一阖一辟之几也。"又云："天下不可易者，理也；因乎时而为一动一静之势者，几也。"天道流行之"理"并非是会移易的，但是"势"却会"因乎时"在而呈现为一动一静之变化，这种变动不居的"势"，即为"几"。"研几，则审乎是非之微，知动静之因微成著而见天地之心。"❸ "几"，既是天地之际、古往今来之变化发展的动因，又是这种变化的实际呈现。因此，在天地之际，人类通过"研几"，来探究天地之际的运行变化、天理的流行和阴阳二气之感荡。

在历史发展中，人性是如何呈现出来的？船山基于自己的自然宇宙观，来考察历史与时代的变化发展的规律性，以及人在历史变化发展中的性质、地位与作用。其云："太上治时，其次先时，其次因时，最下亟违乎时。亟违乎时，亡之疾矣。治时者，时然而弗然，消息乎己以匡时者也。先时者，时将然而导之，先时之所宗者也。因时者，时然而不得不然。从乎时以自免，而亦免矣。亟违时者，时未得为，而我更加失焉，或托之美名以自文，适自捐也。"❹ 是以，人充分发挥其积极的主动性与能动性，探寻发现不变之"理"在天地万物与古往今来中的展开与发展，求索思考"势"在时间移易中的变化之"几"。船山将人与历史的关系区别为"治时""先时""因时"和"亟违时"四类，在他看来这亦是历史发展的四个阶段。

概言之，正在基于对天道历史发展中之"理""时""势"关系之

---

❶ 王夫之. 读通鉴论［M］//船山全书:第10册. 长沙：岳麓书社，1988：458.
❷ 王夫之. 宋论［M］//船山全书:第11册. 长沙：岳麓书社，1992：335.
❸ 王夫之. 张子正蒙注［M］//船山全书:第12册. 长沙：岳麓书社，1992：158.
❹ 王夫之. 春秋世论［M］//船山全书:第5册. 长沙：岳麓书社，1993：509.

考察，呈现出船山对于历史中人性的思考。

（二）人之"异于禽兽"与君子小人之别

人作为天地之间最有灵性者，与其他禽兽动物所不同；即谓人与万物虽都是天道运行、阴阳之气所生化，但是人与禽兽还是有着根本的区别。船山云："人之所以异于禽兽者，其本在性，而其灼然终始不相假借者，则才也。故恻隐、羞恶、恭敬、是非，唯人有之，而禽兽所无也；人之形色足以率其仁义礼智之性者，亦唯人则然，而禽兽不然也。若夫喜怒哀乐爱恶欲之情，虽细察之，人亦自殊于禽兽。"❶ 人与禽兽之别，不管是在本性与才气生成，都有着区别，如仁、义、礼、智之性，恻隐、羞恶、恭敬、是非之本心，都是只有人类才独有，即使是喜怒、哀乐、爱恶欲之情感，人与动物禽兽，也是各不相同。

船山认为人性之生成，也是具有历史性与社会性的，即人性是在历史中生成的。

首先，在他看来，不同族类的本性，如同人之于"异于禽兽"，亦有所不同，是为"夷夏之大防"。因此，他从中夏（华夏）、夷狄之分的人性观念出发，以为华夏之族与夷狄之间亦存在着本质的区别。"人之所以异于禽兽，仁而已矣；中国之所以异于夷狄，仁而已矣；君子之所以异于小人，仁而已矣。而禽狄之微明，小人之夜气，仁未尝不存焉；唯其无礼也，故虽有存焉者而不能显，虽有显焉者而无所藏。故子曰：'复礼为仁。'大哉礼乎！天道之所藏而人道之所显也。"❷ "仁"，不仅区分着人与禽兽，同时也区分了华夏族与夷狄各族、区别了君子与小人。在船山看来，这种族类之间的差别，其根本在于"仁"之体与"礼"之用：并不是"仁"的根性的有无，而是以"仁"为根底的"礼"的是否确立。相对于人类的禽兽，相对于华夏的夷狄，相对于君子的小人，后者未尝没有"仁"之体，但是没有根据"仁"而生发、助长而成"礼"。即"仁"的种子在人与禽兽、华夏与夷狄、

---

❶ 王夫之. 读四书大全说［M］//船山全书：第6册. 长沙：岳麓书社，1991：1072.
❷ 王夫之. 礼记章句［M］//船山全书：第4册. 长沙：岳麓书社，1991：9.

君子小人，都是具有的，但是后者没有将其彰显出来，即使有所彰显，也没有将其储存、积累而使其完全确立。

其次，人性的彰显并非人与生俱来的存在，而是人类在历史中生成与培养。船山云："故吾所知者，中国之天下，轩辕以前，其犹夷狄乎！太昊以上，其犹禽兽乎！禽兽不能备其质，夷狄不能备其文。文之不备，渐至于无文，则前无与识，后无与传，是非无恒，取舍无据，所谓饥则呴呴，饱则弃余者，亦直立之兽而已。"❶ 船山以为，就华夏之中国来说，在"三皇"之前，人类茹毛饮血，其性无异于禽兽；而在"轩辕黄帝"之前的"三皇"时期，华夏族与夷狄各族亦无差异，是时虽具其质，却没有文明礼仪仁义道德；只有在黄帝以来，华夏族才始备文明礼仪，以区别于禽兽、夷狄。换言之，船山之所谓"人性"，乃是"仁义"之道德品性，是基于人的气质生产出来的"文"。

最后，人之仁义本性，既然是在历史中之生成，那么就可能会"文去"且"质不留"，返归于无文无质，无异于"禽兽""夷狄"的"混沌"野蛮。船山以为："人之生也，君子而极乎圣，小人而极乎禽兽。"人性根底虽无有不善，但是在后天的养成上，却有"成圣"与"禽兽"两个极端。又云："魏、晋之降，刘、石之滥觞，中国之文，乍明乍灭，他日者必且凌蔑以之于无文，而人之返乎轩辕以前，蔑不夷矣。文去而质不留，且将食非其食，衣非其衣，食异而血气改，衣异而形仪殊，又返乎太昊以前，而蔑不兽矣。"❷ 在船山看来，魏晋以来，"中国之文，乍明乍灭"，长此以往，将华夏中国之文明衰微、礼仪沦丧、道德泯灭；继之更可能会"食非其食，衣非其衣"，沦为与禽兽无异。这对于民族文明与文化的发展，无疑提出了极其鲜明的警醒信号。

如上所云，在船山看来，除了人之异于禽兽，天下之大防有二：其一是中国与夷狄之别，其二则是君子与小人之别。因此，与船山所云人之"异于禽兽"与"夷夏之大防"相关联的是君子、小人之别。

---

❶ 王夫之. 思问录外篇［M］//船山全书:第12册. 长沙:岳麓书社, 1992: 467.
❷ 王夫之. 思问录外篇［M］//船山全书:第12册. 长沙:岳麓书社, 1992: 467.

君子、小人之别，其根本区别则在于"仁而已矣"；但是也有"质异"与"习异"二者的综合原因。其云："君子之与小人，所生异种，异种者，其质异也；质异而习异，习异而所知所行蔑不异焉。"❶ 君子和小人之异，在其本生之质异，也在于其后天习成之差别。但是综而言之，可以归于其一。船山云："一者，何也？义、利之分也。生于利之乡，长于利之涂，父兄所熏，肌肤筋骸之所便，心旌所指，志动气随，魂交神往，沉没于利之中，终不可移于华夏君子之津涘。"❷ 船山将君子、小人之别归结为义利之分，小人趋"利"，君子趋"义"，这是人之所与生来的。以为出生于"利之乡"，成长于"利之途"，受其父兄所熏染，以至于最终是"沉没于利之中"。

对于"质异"与"习异"二者，表面上看来船山更加强调后天学习的"习异"，小人受"父兄所熏"而"沉没于利之中"。但是由"质异而习异"来看，"质异"是"习异"之基础，前者相对于后者更加具有根本性之影响与根源。因此，君子与小人、华夏与夷狄，在船山看来是不可移易的，故"君子小人殊以其类，防之不可不严"。

（三）"幽人"之"反求其本"

在船山看来，人与兽之有别、君子与小人之别，在一定程度上在于文与野、文明与野蛮、趋义与趋利之区别。而所谓已经是君子的，其间亦有其区别。如何能区别、超拔于群人，君子之"幽"，能"反求其本"，"正志而居，修身守道"，"刚而能中，于道无失"，"幽人"虽处幽隐，却不为外物与环境所蔽、正志坦荡而无所阻碍。

《周易·履卦》爻辞云："九二，履道坦坦，幽人贞吉。"虞翻注云："二失位，变成震则为'道'、为大途，故'履道坦坦'。《讼》时二在坎狱中，故称'幽人'。之正得位，震出兑说，幽人喜笑，故'贞吉'也。"❸ 据虞翻所注，《履》卦来自《讼》卦，而《讼》卦之九二

---

❶ 王夫之.读通鉴论[M]//船山全书:第10册.长沙:岳麓书社,1988:502.
❷ 王夫之.读通鉴论[M]//船山全书:第10册.长沙:岳麓书社,1988:503.
❸ 李道平.周易集解纂疏[M].北京:中华书局,1994:158.

陷于二阴之中，"坎为'狱'"❶，因此"幽人"释为"狱中幽系之人"。故清代李道平疏云："'幽人'者，幽系之人也，尸子曰'文王幽于羑里'，荀子曰'公侯失礼则幽'。"❷ 这里将"幽"释为幽闭、幽禁、幽系。

而到了宋代伊川先生释此"幽人"，则取"幽静安恬"之义，云："九二居柔，宽裕得中，其所履坦坦然，平易之道也。虽所履得坦易之道，亦必幽静安恬之人处之，则能贞固而吉也。九二阳志上进，故有幽人之戒。"❸ 伊川以为"幽人"履坦易之道而怀上进之志，"故有幽人之戒"。朱子释"幽"为"幽独守贞"，云："刚中在下，无应于上，故为'履道'平坦，幽独守贞之象。'幽人''履道'而遇其占，则贞而吉矣。"❹ 伊川、朱子所释稍异，但是同样强调"幽静""幽独"而守君子之贞正。相对于汉儒以训诂释"幽人"，宋儒则更加侧重于从义理上，来诠释"幽人"。

对此，船山则兼取汉魏经学家之训诂与宋代理学家之义理，以为"幽人"既有幽处于下不能自达之义，又兼具君子"正志以居，修身守道"之义。其云："九二刚而得中，与《乾》合德，进而从阳以行，坦坦乎无所疑阻，乃为六三所蔽而不能自明。盖君子不幸当小人干上之世而处其下、无能自达之象，故曰'幽人'。唯其正志以居，修身守道，与天下之凶危相忘，物不能自加害，不求吉，而守正者自无不吉矣。"又云："刚而能中，于道无失，可以坦坦于履，而不为三所乱矣。夫外物之蔽，岂能乱幽人哉？人自乱耳。以曹操之猜雄，而徐庶可行其志，贞胜故也。"❺

观船山所处之世，明清之际，九鼎易主，异族入华夏而贤士不能见达，社会黑暗，可谓正是幽暗之世。这种上不能达的"幽闭""不幸当小人干上"之世，"幽人"正是一种虽然身处于幽，但是心怀正志、

---

❶ 李道平. 周易集解纂疏 [M]. 北京：中华书局，1994：237.
❷ 李道平. 周易集解纂疏 [M]. 北京：中华书局，1994：158.
❸ 程颐. 周易程氏传 [M] //二程集：下册. 北京：中华书局，2004：751.
❹ 朱熹. 周易本义 [M]. 北京：中华书局，2009：72.
❺ 王夫之. 周易内传 [M] //船山全书：第1册. 长沙：岳麓书社，1988：137-138.

修身守道而不移易，虽然有外物之蔽而内心终不能乱。君子之仕与隐，不是为了自己一身之仕与隐，而是为了道之见与隐。船山云："道不可行，身必隐也。此谓爱身以爱道，见有道而不见有身。"❶ 君子之隐，并非是爱惜自己的身体，而是惟道是从。

不论修身、正志，还是守道，船山所强调的正是虽有外物所蔽而处"幽"，但是要"反求其本"，即不追随于外而返归本心之内，内心纯正，正志以居，故能所履之道坦坦然。故其在《周易外传》云："君子以涉于忧危，而用为德基，犯难而不失其常，亦反求其本而已。"❷ "反求其本"之"本"，显然不在于外与物，而在内心之"正"。

内心之"正"是船山所矢志追求的。船山云："涉大难，图大功，因时以济，存社稷于已亡而无决裂之伤，论者曰'非委曲以用机权者不克'，而非然也，亦唯持大正以自处于不挠而已矣。以机权制物者，物亦以机权应之，君子固不如奸人之险诈，而君子先倾；以正自处，立于不可挠之地，而天时人事自与之相应。故所谓社稷臣者无他，唯正而已矣。"❸ 君子之"持大正"是与奸人的"用机权"相对立的，君子能够力挽狂澜，存社稷于已倾，显然不是依靠"机权"，而是在于"持大正"。因为如果论"机权"，以奸人之险诈，君子如何能"玩得过"奸人呢？因此，君子之于存社稷，没有其他，"唯正而已矣"。

船山云："逸民之名，君子所珍也。商、周历年千岁，而《鲁论》授以其名者七人，则固与汤、武颉颃，为不世出之英，流风善世，立清和之极，非其人岂胜任哉？辞禄归老，保身家，要美名，席田园之乐，遂许之为逸民，则莽可为周公，操可为文王，朱泚、黄巢逐无道之君可为汤、武矣。"❹ 船山以为，"逸民"之名向来为君子所珍视的，但是其名并非所有隐逸之人都能称得上。故"逸民"并非仅仅是"辞禄归老，保身家，要美名，席田园之乐"，而当是"流风善世，立清和之极"，而这并非普通隐逸之士所能胜任；而真正的"逸民"则为

---

❶ 王夫之. 张子正蒙注 [M] //船山全书：第12册. 长沙：岳麓书社，1992：259.
❷ 王夫之. 周易外传 [M] //船山全书：第1册. 长沙：岳麓书社，1988：848.
❸ 王夫之. 读通鉴论 [M] //船山全书：第10册. 长沙：岳麓书社，1988：804.
❹ 王夫之. 读通鉴论 [M] //船山全书：第10册. 长沙：岳麓书社，1988：810.

"不世出之英",可以与汤王、武王相颉颃。"辞禄归老"者,仅仅是徒有其表,无以称得上是"逸民",只有能够实现"流风善世,立清和之极",才足以当之。

正因如此,船山还对所谓"处士"之不受征召,进行了仔细辨析。其云:"处士之征而不受命者多矣:或志过亢而不知时者也;或名高而藏其拙者也;或觊公孤师保之尊而蹑级以不屑小官者也。"❶ 以为一些所谓的"处士"不接受征召,其原因是多方面的,有的是志向过高而不知时,有的是名气高而名过其实,还有的是觊觎高位而不屑于小官的。船山又以《乾》卦之诸爻对应之:"龙有潜也,有见也,有亢也。孔子知不可而为,圣人之亢也;伊吕之兴,大人之见也;包之终隐,君子之潜也。潜者,非必他日之见也,道在潜,终身潜焉可矣。"❷ 对应着"龙"有潜、有见、有亢,"处士"也可以区分为亢也、见也、潜也三者。船山以为孔子是知不可而为之,是"圣人之亢",为之而"无功",故为"亢龙有悔";而伊尹、吕尚之世,恰逢明主,分别辅佐汤王、武王,而皆有大功。"包之终隐",船山独推崇薛包("吾于薛包独有取焉"),以为:"包以至行闻,尽孝友、饬门内之修而已;自尽以求仁,而无矫异惊人之节,初未尝规画天人,谓己有以利天下也。汉征之而拜侍中,非其事也,固非其志也。包曰:吾以尽吾门内之修,天子知我,征我以风示天下,而德不孤矣;吾未尝有匡济之心,而何用仕为!"❸ 薛包之不接受征召,并非在于外在的有用无用,亦非在于官大官小,而是追随自己的本心,"自尽以求仁",如果出仕"固非己志",则不须曲己以求全。

第二节 生与死:生为气之聚,死为气之散

从人之生死始终来看,人有其生,亦有其死亡。人之生死,只不过是充盈贯注于宇宙万物之"气"的聚、散。在宋明理学的理、气、

---

❶ 王夫之. 读通鉴论[M]//船山全书:第10册. 长沙:岳麓书社,1988:293.
❷ 王夫之. 读通鉴论[M]//船山全书:第10册. 长沙:岳麓书社,1988:294.
❸ 王夫之. 读通鉴论[M]//船山全书:第10册. 长沙:岳麓书社,1988:293.

心学三派相争鸣、激荡的背景下，船山以横渠之"气学"为正学。但是相较于横渠在"气"外仍有"太虚"以相依，船山更加强调"理"（"太虚"）与"气"之合一。船山云："人之所见为太虚者，气也，非虚也。虚涵气，气充虚，无有所谓无者。"❶ 即"太虚"与"气"相涵充实而不相离，人之所见"虚"与"太虚"本非虚空，"虚涵气"，"气"亦充实于太虚之中。又云："圣人知气之聚散无恒而神通于一，故存神以尽性，复健顺之本体，同于太虚，知周万物而仁覆天下矣。"❷ "气之聚散无恒而神通于一"，强调"气"之贯通天下万物，如同"太虚"之存在，是为万物生成与运行之根本。

一、阴阳相感而生人与万物

人之生死，不离乎阴阳二气之聚散。阴阳二气相聚，则天生人与万物；人之死，则是气复归于散。船山将能聚气而生人与物之神，谓之"明"；人死而气散，则为"幽"。其云："阴阳相感，聚而生人物者为神；合于人物之身，用久则神随形敝，敝而不足以存，复散而合于絪缊者鬼。神自幽而之明，成乎人之能，而固与天相通；鬼自明而返乎幽，然历乎人之能，抑可与人相感。就其一幽一明者言之，则神阳也，鬼阴也，而神者阳伸而阴亦随伸，鬼者阴屈而阳先屈，故皆为二气之良能。"❸ 船山把阴阳二气的相感而生人与万物，称作是有其"神"；气散而形体凋敝，复归于絪缊，则是"鬼"。神是主导气由"幽"而"明"，使人成其为人而具有其能，因此神是与天相通；鬼则是主导气由"明"而复归于"幽"，经历乎人之所能，因此人亦与鬼相感。

船山又云："自天地一隐一见之文理，则谓之幽明；自万物之受其隐见以聚散者，则谓之生死……天地之道，弥纶于两间者，此而已矣。"❹ 船山在此由天地隐、见之文理，而论人之生死，气聚则生，则

---

❶ 王夫之. 张子正蒙注 [M] //船山全书:第12册. 长沙:岳麓书社,1992:30.
❷ 王夫之. 张子正蒙注 [M] //船山全书:第12册. 长沙:岳麓书社,1992:31.
❸ 王夫之. 张子正蒙注 [M] //船山全书:第12册. 长沙:岳麓书社,1992:33-34.
❹ 王夫之. 周易内传 [M] //船山全书:第1册. 长沙:岳麓书社,1988:521.

为明；气散则死，则为幽。明则气聚，幽则气散，其气虽散而不灭。

二、人之天理人欲：从"理气合一"到"理欲合一"

诚如上文已经述及，船山所云："诚者，天地之道也，阴阳有实之谓诚。"又云："实者，气之充周也。升降飞扬而无间隙，则有动者以流行，则有静者以凝止。"❶ 船山通过阴阳有实之"诚"，把阴阳有实之"气"，与天地之道的"太虚"（或"太和"）贯通和统一起来。换言之，"诚"既是天地之道（"太虚"），是宇宙天地万物的根本与依据，同时又是充盈于天地之间的、阴阳生化之实有的"气"。诚如船山所云："至诚体太虚至和之实理，与絪缊未分之道通一不二，是得天之所以为天也。"❷ 以"至诚"来体悟"太虚至和之实理"与"絪缊未分之道"，可知它们是通一不二，是天之所以为天的根本依据。

船山云："天地有其理，诚也；圣人尽其心，诚之者也。"❸ 船山在这里立"诚"以为"天地之道"；又以"诚之"，是为圣人尽其心。是以人作为天地之化生，本亦具有天之"理"，只是圣人以"诚之"提升，扩张与尽其心，使人之性与天地之性相合，故亦将天之"理"与人之"欲"合而为一。

其实，早在先秦儒家那里，就将天理与人欲相区分，各据一端。《礼记·乐记》云："夫物之感人无穷，而人之好恶无节，则是物至而人化物也。人化物也者，灭天理而穷人欲者也。于是有悖逆诈伪之心，有淫泆作乱之事。"❹ 人与万物相感应，如果穷尽人欲至于极端，则就会毁灭天理，这里将天理与人欲相对立起来。

在宋明理学家那里，"理"与"欲"亦是相对立的。如伊川即云："人心私欲，故危殆。道心天理，故精微。灭私欲则天理明矣。"又云："王者如天地之无私心焉，行一不义而得天下不为。"❺ 人心之私欲危

---

❶ 王夫之. 张子正蒙注 [M] //船山全书：第12册. 长沙：岳麓书社，1992：25－27.
❷ 王夫之. 张子正蒙注 [M] //船山全书：第12册. 长沙：岳麓书社，1992：34.
❸ 王夫之. 张子正蒙注 [M] //船山全书：第12册. 长沙：岳麓书社，1992：117.
❹ 孙希旦. 礼记集解 [M]. 北京：中华书局，1989：948.
❺ 程颢，程颐. 二程集：上册 [M]. 北京：中华书局，2004：312－313.

殆，而道心天理精微，将二者相对立，因此必须要灭尽私欲以彰显天理。圣贤王者则要去私心而循天地之道心天理。朱子亦云："蔽锢少者，发出来天理胜；蔽锢多者，则私欲胜，便见得本原之性原有不善。"❶ 朱子从其"理先于气"的自然哲学出发，以为有天理之性与气质之性的区分，气质之性又有精粗、清浊之别；则理气相杂的气质之性，如果"蔽锢多者，则私欲胜"，就显出人之本性"原有不善"的一面来。在朱子看来："天理人欲，几微之间。"❷ 天理与人欲之间的差别与区分是极其细微的。尽管如此，这种差别却仍然是本原如此。他进而指出："天理人欲，无硬定底界，此是两界上分功夫"，"人只有个天理人欲，此胜则彼退，彼胜则此退，无中立不进退之理"；是故"学者须是革尽人欲，复尽天理，方始是学"❸。

区别于伊川、朱子等人将"天理"与"人欲"二者相对立，船山则更加强调"理欲合一"。前文已经述及，朱子之"天理"与"人欲"之分立，是基于其天理之性与气质之性的区分，天理之性无有不善，而气质之性却是精粗、清浊之分别。而船山则反对朱子这种天理之性与气质之性的区分对待，以及批评他对"气质之气"所作的理解与解释。船山通过强调"气"之本体与生成，"气"既真实无妄，有实有其理其性，将天理与气质相贯通，"理"与"气"相即而不分，"气"与"质"亦相即而不离。

故船山云："理即是气之理，气当得如此便是理，理不先而气不后。理善则气无不善；气之不善，理之未善也。"❹ 即谓理与气相互涵养充实，而没有先后、相离之区分。而对于"气质之性"，船山以为："所谓'气质之性'者，犹言气质中之性也。……故质以函气，而气以函理。质以函气，故一人有一人之生；气以函理，一人有一人之性也。"❺ 又云："气质者，气成质而质还生气也。气成质，则气凝滞而

---

❶ 黎靖德. 朱子语类：第1册 [M]. 北京：中华书局，1986：66.
❷ 黎靖德. 朱子语类：第1册 [M]. 北京：中华书局，1986：224.
❸ 黎靖德. 朱子语类：第1册 [M]. 北京：中华书局，1986：224-225.
❹ 王夫之. 读四书大全说 [M]//船山全书：第6册. 长沙：岳麓书社，1991：1052.
❺ 王夫之. 读四书大全说 [M]//船山全书：第6册. 长沙：岳麓书社，1991：857-858.

局于形，取资于物以资其质；质生气，则同异攻取各从其类。故耳目口鼻之气与声色臭味相取，亦自然而不可拂违，此有形而始然，非太和絪缊之气，健顺之常所固有也。"❶

在船山看来，"气质之性"并不是与"天理之性"相异的别有一种"性质"，而是说在"气质"之中亦具有"理"与"性"，只不过是"气"与"质"相合而各具有其形态。具言其性质，只不过是函有理之气升降生成，因此而有人与万物的气化生成。在这里，船山还特别强调"气"之"生"，即"气质"只不过是"气"之生成，将"质"与"理"贯通起来，故一人有一人之性的生成，实与"理"与"性"相通。

因此，在船山这里，天理和人欲虽为两端，但并非截然界限和区别，且这种区别是极为希微细致的。"天理、人欲，虽异情而亦同行。其辨之于毫发之间。……故遏欲、存理，偏废则两皆非据。欲不遏而欲存理，则其于理也，虽得复失。非存理而以遏欲，或强禁之，将如隔日疟之非发。"❷ 因此，"灭人欲"与"存天理"二者，在他看来不当是一种因果必然之关系，并不是"灭人欲"即能"存天理"；而是二者应当并行互进，不能偏废一端。

同时，与朱子的"天理""人欲"之区分对立不同，船山又将人之"欲"作出"私欲""公欲"之区分，故与"天理"相区别于对立者，并非是全然之"欲"，亦非是所谓"公欲"，而是人之"私欲"。船山云："天理、人欲，只争公私诚伪。如兵农礼乐，亦可天理，亦可人欲。春风沂水，亦可天理，亦可人欲。才落机处即伪。夫人何乐夫为伪，则亦为己私计而已。"❸ 兵农礼乐，意谓儒家知识分子的入世务实践履；春风沂水，则是逃世于山水田园之乐。在船山看来，但就入世与出世行为而言，既可以是天理，亦可以是人欲，只是有着公私、诚伪的差别。如心诚明同德，不违背自己的志向，即无损于天理；如为私计较，则是为伪，则是私欲。正因为如此，船山以为曾点的"浴

---

❶ 王夫之. 张子正蒙注［M］//船山全书：第12册. 长沙：岳麓书社，1992：127.
❷ 王夫之. 读四书大全说［M］//船山全书：第6册. 长沙：岳麓书社，1991：1108.
❸ 王夫之. 读四书大全说［M］//船山全书：第6册. 长沙：岳麓书社，1991：763.

乎沂，风乎舞雩，咏而归"之志，同老、庄的"出关"与"逍遥"是不一样的。船山又云："天下之公欲，即理也；人人独得，即公也。道本可达，大人体道，故无所不可达与之于天下。"❶天理与人欲，虽各据一端，但是二者可以相通而不悖。故人人皆得，即为公；天下之公欲，亦即为理。是以人欲而可达于大道天理。

第三节　性与心：性与生俱，心由性发

人之生死，实为气之贯注、聚散，而人之"性"与"情"，亦有着相同的本原与基本的分际。性与心、情之统一与分际，在先秦儒家那里，即已经有着明确的论述，经汉儒至宋儒朱子等人这里，情与性的区分仍然是十分明显的。到了明代，诸贤高扬人之"情"，把"人情"抬高到极高的地位。在船山这里，继续肯定"性"与"情"的区别，但是也更加注重人之"情"与天之"性"在本原上的一致性。关于何为"情"，本书将在第三章专节论述；故本节所论之"性"，虽有关涉到"情"的内容，但主要聚焦于人之"性"，因此论述循此三个层面来进行：其一，船山继承传统儒家及宋明理学关于性之本质的思想，以为性本原于天、人性贯通于天道，这是形而上的道德之"性"；其二，船山以为，性与情之分际，在于情有所偏而性无所倚，即性是来自于天命，合之于天道，是无有不善的，而人之情却有善有不善；其三，相对于伊川、朱子等人偏于将人之心性视为道德理性，船山则提出"心涵性情"，既将性、情统摄于一本原，又从心性认知、体认的角度，在承认性之道德形而上的同时，强调心性之实践性。

一、性出于天

中国的先秦、两汉儒家，从天人合一的角度，将人之心性与天命紧密联系起来，因此其心性论具有人之性与天命贯通的整体性特征，

---

❶ 王夫之. 张子正蒙注 [M] //船山全书:第12册. 长沙:岳麓书社，1992:191.

"故'心性之学'又称'性命之学'"❶。《中庸》云："天命之谓性，率性之谓道"，而《周易·说卦》则云："穷理尽性以至于命"，二者恰是从天命至人之性和从人之性至于天命的这样顺、逆两个向度提出了天人合一的整体性。

朱子在解释"天命之谓性"时，强调"性，即理也"，可谓性即天理，人、物之性莫不具有天理。但"性"既然具足"天理"，为何性生发而为情，情之"喜怒哀乐"之发，有中节、未中节之区分？亦或说，性为何有善、不善之区分？对此，朱子提出天地之性与气质之性的区分。

在本书第一章已经论及，朱子以为"理"与"气"在时间上虽然没有先后之区分，但是如果一定要做一个先后区分，他认为应该是"理先气后"；且二者又有"形而上"与"形而下"之分，其云："天地之间，有理有气。理也者，形而上之道也，生物之本也；气也者，形而下之器也，生物之具也。是以人物之生，必禀此理然后有性，必禀此气然后有形。其性其形虽不外乎一身，然其道器之间分际甚明，不可乱也。"❷ 理、气之别的区分，自然关涉到人之"性"的不同，即对于天地之性与气质之性的分别。他在解释《易传》"一阴一阳之为道，继之者善也，成之者性也"时，亦云："'继之者善'，方是天理流行之初，人物所资以始。'成之者性'，则此理各自有个安顿处，故为人为物，或昏或明，方是定。"❸ 又云："论天地之性，则专指理言；论气质之性，则以理与气杂而言之。未有此气，已有此性。气有不存，而性却常在。"❹ 从理与气的先后、形而上与形而下之区分，区别出天地之性与气质之性，天地之性是无有不善的，气质之性却有精粗之别。换言之，所谓天地之性，专指天理而言，气尚未存在聚集，这个"性"已经存在了；所谓气质之性，却因为杂糅了理与气，故与天地之性不同。

---

❶ 蒙培元. 中国心性论 [M]. 台北：台湾学生书局，1990：17.
❷ 朱熹. 晦庵先生朱文公文集·答黄道夫 [M] // 朱子全书：第23册. 上海：上海古籍出版社，2002：2755.
❸ 黎靖德. 朱子语类：第5册 [M]. 北京：中华书局，1986：1897.
❹ 黎靖德. 朱子语类：第1册 [M]. 北京：中华书局，1986：67.

对此，一方面，船山特不认可朱子的"理在气先"，以为没有脱离了气之"太虚"与"理"，也没有脱离了"理"之气。形与神，只是气之聚与未聚、气即有其清浊之分，船山云："气之未聚太虚，希微而不可见，故清；清则有形有象者皆可入于中，而抑可入于形象之中，不行而至神也。反者，屈伸聚散相对之谓，气聚于太虚之中则重而浊，物不能入，不能入物，拘碍于一而不相通，形之凝滞然也。其在于人，太虚者，心涵神也；浊而碍者，耳目口体之各成其形也。碍而不能相通，故嗜欲止于其所便利，而人已不相为谋；官骸不相易，而目不取声，而不取色；物我不相知，则利其所利，私其所私；聪明不相及，则执其所见，疑其所罔。圣人知气之聚散无恒而神通于一，故存神以尽性，复健顺之本体，同于太虚，知周万物而仁覆天下矣。"❶ 气之未聚于太虚，初未具形象，希微不可见，故清；而待气之聚于太虚之中，具有凝滞之形，故浊。

船山以为"太虚"与"气"并非二物，相即而不离，"太虚即气，絪缊之本体，阴阳合于太和，虽其实气也"；人之性是"合虚与气"，是故"秉太虚和气健顺相涵之实，而合五行之秀以成乎人之秉夷，人之所以有性也"❷。人之为气所聚，但气并非齐一，是故有圣人、君子、普通人之分。船山云："天生万殊，质偏而性隐，因而任糟粕之嗜恶攻取以交相竞，则浊恶之气日充塞于两间，聚散相仍，灾眚凶顽之所由弥长也。"❸ 性来自天，人之善恶，并非是性之差等，而是性之幽明隐显：性之幽隐并非是性之无，性之显明，更彰显性之形与用。

另一方面，不仅是理（太虚）与气并无先后的问题，"太虚即气"，太虚与气不相离，理与气也不相离。其云："天下岂别有所谓理，气得其理之谓理也。气原是有理底，尽天地之间无不是气，即无不是理也。"❹ 而且在船山看来，性是"受之于天"，"性出于天"，人之性原本于天命，那么天地（命）之性与气质之性的区分，并非如同朱子

---

❶ 王夫之. 张子正蒙注［M］//船山全书：第12册. 长沙：岳麓书社，1992：31.
❷ 王夫之. 张子正蒙注［M］//船山全书：第12册. 长沙：岳麓书社，1992：31.
❸ 王夫之. 张子正蒙注［M］//船山全书：第12册. 长沙：岳麓书社，1992：44.
❹ 王夫之. 读四书大全说［M］//船山全书：第6册. 长沙：岳麓书社，1991：1058.

所说的气质之性是由于其杂糅了理与气而表现为有善有不善,因此人之性应当是无有不善的。

船山云:"夫道何所出乎?皆出于人之性也。性何所自受乎?则受之于天也。天以其一真无妄之理为阴阳、为五行而化生万物者自曰天道。阴阳五行之气化生万物,其秀而最灵者为人,形既成而理固在其中。……由此言之,则性出于天。人无不生于天,则性与生俱生,而有一日之生,则一日之性存焉,人固宜法天以建极矣。于是而有道焉;率循此性之谓也。"❶ 这里强调人皆生于天,其性也是"与生俱生",无有不善,因此才能率循此性而达天道。因此,船山肯定了横渠的"性于人无不善",以为:"乾道变化,各正性命,理气一源而各有所合于天,无非善也。……唯人则全具健顺五常之理。"❷

而针对伊川、朱子对于天地(天命)之性与气质之性的区分,船山亦予以了认真的辨析。

关于天地之性,船山云:"天地之性,太和絪缊之神,健顺合而无倚者也。……天地之性原存而未去,气质之性亦初不相悖害,屈伸之间,理欲分驰,君子察此而已。"❸ 有天地之性,其性是太和絪缊最有神灵者,合阴阳健顺二气而没有偏倚。

关于气质之性,船山云:"气质者,气成质而质还生气也。气成质,则气凝滞而局于形,取资于物以滋其质;质生气,则同异攻取各从其类。故耳目口鼻之气与声色臭味相取,亦自然而不可拂违,此有形而始然,非太和絪缊之气、健顺之常所固有也。旧说以气质之性为昏明强柔不齐之品,与程子之说合。……此言气质之性,盖孟子所谓口耳目鼻之于声色臭味者尔。盖性者,生之理也。均是人也,则此与生俱有之理,未尝或异;故仁义礼智之理,下愚所不能灭,而声色臭味之欲,上智所不能废,具可谓之为性。……若夫才之不齐,则均是人而差等万殊,非合两而为天下所大总之性;性则统乎人而无异之

---

❶ 王夫之.四书训义 [M] //船山全书:第7册.长沙:岳麓书社,1990:105.
❷ 王夫之.张子正蒙注 [M] //船山全书:第12册.长沙:岳麓书社,1992:126.
❸ 王夫之.张子正蒙注 [M] //船山全书:第12册.长沙:岳麓书社,1992:128.

谓。"❶ 船山在此强调"性则统乎人而无异",认为性对于人而言并无差异,故仁义礼智之理与声色臭味之欲,下愚不能灭而上智不能废,都是由于其性。而所谓"气质之性",并非是由于性之差等而有此另外一"性",而是"气凝滞而局于形,取资于物以滋其质",气生质、成其形,各因从其类别而有其差异。故程子、朱子所谓的"气质之性"存在着"昏明强柔不齐之品","程子谓天命之性与气质之性为二,其所谓气质之性,才也,非性也"❷。"昏明强柔不齐之品"是才的差别和差等,而非是性。"性藉才以成用,才有不善,遂累其性,而不知者遂咎性之恶,此古今言性者皆不知才性各有从来,而以才为性尔。"❸所以说,所谓天地之性与气质之性的差别,并不知存在着两种不同的"性",而特所谓"气质之性"其时是才、而非性。

此外,船山既指出"性出于天",同时亦强调"性"在人之生的实践中的形成与完善。其云:"盖性者,生之理也。均是人也,则此与生具有之理,未尝或异。"又云:"性者生之理,未死以前皆生也,皆降命受性之日也。初生而受性之量,日生而受性之真。为胎元之说者,其人如陶器乎?"❹ 人固非陶器,不是在其之初生即已具足性之全、真,而是在人之与生成长的过程中,逐渐全其性之"真"。这里的"真",即是人之性中,最为实际、最为真实的内容。

总而言之,人之性源自于天,天无体,人之始生而具有天性。故船山云:"天与性一也,天无体,即其资始而成人之性者为体……故教能止恶,而诚明不倚于教,人皆可以为尧舜,人皆可以合于天。"❺ 正是因为人之性源自天,性与天一,故能通过圣人之教,自诚明以通神明之德,人人皆可为尧舜、皆可以人和于天。

二、"心性非二":性为体、心为用

在中国古代哲学史中,先秦孟子即已经论及心与性之问题。其

---

❶ 王夫之. 张子正蒙注 [M]//船山全书:第12册. 长沙:岳麓书社,1992:127-128.
❷ 王夫之. 张子正蒙注 [M]//船山全书:第12册. 长沙:岳麓书社,1992:129.
❸ 王夫之. 张子正蒙注 [M]//船山全书:第12册. 长沙:岳麓书社,1992:129.
❹ 王夫之. 思问录·内篇 [M]//船山全书:第12册. 长沙:岳麓书社,1992:413.
❺ 王夫之. 张子正蒙注 [M]//船山全书:第12册. 长沙:岳麓书社,1992:130.

《孟子·尽心上》云："尽其心者，知其性也。知其性，则知天矣。"❶ 以为心、性贯通于天，尽其心则可以知其性，知其性则可以知晓天理矣。横渠提出"心统性情"之说，朱子多有阐发。朱子以为："性、情、心惟孟子、横渠说得好。仁是性，恻隐是情，须从心上发出来。"❷ 在朱子看来，横渠在心、性问题上，是与孟子保持一致的。如何理解心、性、情的具体内涵，即何谓"心统性情"，朱子在回答弟子问时云："性者，理也。性是体，情是用，性情皆出于心，故心能统之。"❸ 又云："心是浑然底物，性是有此理，情是动处。"❹（以上两条引文又见《朱子语类》卷第九十八）朱子从自己的理学思想出发，以为"性"是理，亦即天理、天道；而性是体、情是用，性和情都是出于作为理的"心"所生发出来，故言"心"能统摄性与情。简言之，性与情，有体用之分，而究其本原，却是"心"做主宰。

针对横渠的"心统性情"，朱子继续发挥说："理在人心，是之谓性。性如心之田地，充此中虚，莫非是理而已。心是神明之舍，为一身之主宰。性便是许多道理，得之于天而具于心者。发于智识念虑处，皆是情，故曰'心统性情'也。"❺ 在这里，朱子看似是认可横渠的"心统性情"，却更加强调性即"理"与心为"舍"："性便是许多道理"，性来自于天之理，而心则是性的"宅舍"和载体。朱子又云："心统性情，性情皆因心而后见。心是体，发于外谓之用。孟子曰：'仁，人心也。'……是说体；'恻隐之心'是说用。必有体而后有用，可见'心统性情'之义。"❻ 性、情皆本原于天之理，但若仅有此天理，却是不可见的。天理之流行，物有物之性，人有人之性与情。朱子在这里引述和肯定孟子"仁，人心也"与"恻隐之心"之说，以为"仁"是人之性，是为体；恻隐、羞恶、辞让、是非之"心"，是人之情，是为用。先有性之体，而后才有情之用，"心统性情"正是心兼有

---

❶ 孟子. 孟子·尽心上［M］//朱熹. 四书章句集注. 北京：中华书局，1983：349.
❷ 张子语录·后录下［M］//张载集. 北京：中华书局，1978：339.
❸ 张子语录·后录下［M］//张载集. 北京：中华书局，1978：339.
❹ 张子语录·后录下［M］//张载集. 北京：中华书局，1978：340.
❺ 黎靖德. 朱子语类：第7册［M］. 北京：中华书局，1986：2514.
❻ 黎靖德. 朱子语类：第7册［M］. 北京：中华书局，1986：2513.

性情之体用。

因此，朱子释"心统性情"之"统"，理解为"兼有"，"心统性情"其实就是"心兼性情"。其云："性，其理；情，其用。心者，兼性情而言；兼性情而言者，包括乎性情也。孝弟者，性之用也。恻隐、羞恶、辞让、是非，皆情也。"又云："心者，兼体、用而言。程子曰：'仁是性，恻隐是情。'若孟子，便只说心。程子是分别体、用而言；孟子是兼体、用而言。"❶ 人之性、情，其本原无异而有其体、其用，拈出一个"心"，却是把人之性与情，合着说明白了。

关于心、性问题，船山固然继承了宋儒的观点，但是又与横渠、朱子稍有差别。船山在理解朱子《四书章句》中"'诚'者以心言，本也"之"心"时，云："此'心'字与'性'字大略相近。然不可言性，而但可言心，则以性为天所命之体，心为天所授之用。仁义礼知，性也，有成体而莫之流行者也。诚，心也，无定体而行其性者也。心统性，故诚贯四德，而四德分一，不足以尽诚。性与生俱，而心由性发。"❷ 此言心、性相近，性为体，是为天之所命；心为用，是为天之所授。船山把朱子的性为体、情为用，转换为性是体、心是用。其进而言之："心性固非有二，而性为体，心为用，心涵性，性丽心，故朱子以心言诚，以理言道，则道为性所赅存之体，诚为心所流行之用。"❸ 这里更加明确地指出，心、性并非截然不同的两种事物，互为体用而相涵：性为体，心为用，心涵摄着性，性附丽于心。心性的体、用之分，这里看似与朱子观点无异。但是仔细究之，仍然有所不同。船山在这里指出："故朱子以心言诚，以理言道，则道为性所赅存之体，诚为心所流行之用。""以心言诚，以理言道"，心是人心，它对应的是"诚"；道则是天道，道对应的是天理。朱子以为"心是神明之舍，为一身之主宰"，意谓心是神明的宅舍，是人之一身的主宰。故"心统性情"，情有未发已发之分，即有善有不善之区别；性本原自天

---

❶ 黎靖德. 朱子语类：第2册［M］. 北京：中华书局，1986：475-476.
❷ 王夫之. 读四书大全说［M］//船山全书：第6册. 长沙：岳麓书社，1991：552-553.
❸ 王夫之. 读四书大全说［M］//船山全书：第6册. 长沙：岳麓书社，1991：555.

命，但是在朱子看来，也有着天命之性、气质之性的区分——本无有善恶之性，由于与形而下之"气"的结合，使得理与气相杂而不纯。因此，朱子在《中庸章句序》中引述"人心惟危，道心惟微，惟精惟一，允执厥中"，并阐释"人心""道心"时曰："心之虚灵知觉，一而已矣，而以为有人心、道心之异者，则以其或生于形气之私，或原于性命之正，而所以为知觉者不同，是以或危殆而不安，或微妙而难见耳。然人莫不有是形，故虽上智不能无人心；亦莫不有是性，故虽下愚不能无道心。二者杂于方寸之间……而天理之公卒无以胜夫人欲之私矣。"❶ 心为"一"而有人心、道心之别，"二者杂于方寸之间"，心与形而下之气而为"人心"，呈现出人心之"私"；道心是由于心之本原于性命之正，故是为"天理之公"。因此，道心、人心呈现为公与私、原自形而上之道与生于形而下之气的差异性。

船山与朱子的差别正是在这里：朱子以为唯有天命（理）才是至高至善、无有不善；不管是心、还是性，只要是与形而下之气相杂，就是为人心、为气质之性，有着偏正、公私、粗细、善恶等区别。而船山则是从其"凡虚空皆气"的气化哲学出发，心、性并无本质的区别，而只是"性为体，心为用，心涵性，性丽心"。换言之，性、心本就是一个东西：言性为体，乃是强调性之本原于天，但又是附丽于实有之心；言心为用，在肯定人之心实有不虚的同时，又强调心涵性与情。

船山云："盖曰'心统性情'者，自其所含之原而言之也。乃性之凝也，其形见则身也，其密藏则心也。是心虽统性，而其自为体也，则性之所生，与五官百骸并生而为之君主，常在人胸臆之中，而有为者则据之以为志。故欲知此所正之心，则孟子所谓志者近之矣。……夫此心之原，固统乎性而为性之所凝，乃此心所取正之则；而此心既立，则一触即知，效用无穷，百为千意而不迷其所持。故大学之道，必于此授之以正，既防闲之使不向于邪，又辅相之使必于正，而无或倚靡无托于无正无不正之交。……此则身意之交，心之本体也；此则

---

❶ 朱熹. 四书章句集注［M］. 北京：中华书局，1983：14.

修诚之际，正之实功也。故曰'心者身之所主'，主乎视听言动者也，则唯志而已矣。"❶ 在此，船山即强调所谓"心统性情"，是"自其所含之原而言之也"。追究其本原，心之所"统"，乃是指性凝聚其中，心"为性之所凝"。性虽为心所"统"，但性自有性之体，心有心之用。

"心为用"，心之用是如何实现的呢？这恰也是船山与朱子心性论差别的一个重要方面。

三、性之于情：性著其体、效其用

上文已经论及，《中庸》云："天命之谓性，率性之谓道，修道之谓教。"将"性"抬高到与"天命"同一的位置，天命就是"性"，"性"就是天命。朱子将"性"训为理，"性"即天之"理"，云："命，犹令也。性，即理也。天以阴阳五行化生万物，气以成形，而理亦赋焉，犹命令也。于是人物之生，因各得其所赋之理，以为健顺五常之德，所谓性也。……人物各循其性之自然，则其日用事物之间，莫不各有当行之路，是则所谓道也。"❷ 即谓万物与人均有其性，人与物之初生，均为阴阳二气所生化，盈气以成形，而天理亦赋予其中，是以人与物均具其性，万物之性与人之性都是遵循着天理的。

但船山对朱子的理解稍持异议，认为"天命之谓性"不应该是兼人与物而言的。船山云："'天命之谓性'……若子思本旨，则止说人性，何曾说到物性上。物之性却无父子君臣等五伦，可谓之天生，不可谓之天命。至于'率性之谓道'亦兼物说，尤为不可。牛率牛性，马率马性，岂是道？若说牛耕马乘，则是人拿着他做，与猴子演戏一般。牛马之性何尝要耕要乘？此人为也，非天命也。"❸ 故船山以为"性""道""教"都是将对于"人"而言的，而无涉于其他事物。正因为如此，既强调了性之来自天，又将"性"与人之"情"紧密联系

---

❶ 王夫之. 读四书大全说[M]//船山全书:第 6 册. 长沙:岳麓书社, 1991:400-401.
❷ 朱熹. 四书章句集注[M]. 北京:中华书局, 1983:17.
❸ 王夫之. 四书笺解[M]//船山全书:第 6 册. 长沙:岳麓书社, 1991:125-126.

起来。

在传统儒家思想中，性与情同源而有异。在《中庸》中，虽并未明言人之"情"，但言："喜怒哀乐之未发谓之中，发而皆中节谓之和。"对此，朱子明确提出："喜怒哀乐，情也，其未发，则性也；无所偏倚，故谓之'中'。"❶ 即是说喜怒哀乐之情，未发则为"性"，发而皆中节、无所偏倚则谓之"和"。换言之，情有已发、未发之分，其未发则为"性"而与性具有一致性。

针对"中"与"和"的不同理解，船山更加明确地区分了"性"的"未有情之时"与"既有情之后"："夫性当未有情之时，则性独著其当然之则；性当既有情之后，则性又因情以显其自然之能。故自其成德而言之，浑然一善而不倚于一端以见善者，中也；众善具美，而交相融会以咸宜者，和也。夫人不皆有其喜怒哀乐未发之时乎？此可以见性之几也。盖有所偏者，情也；而无所倚者，性也。寂然无感，而可以喜，可以怒，可以哀，可以乐；可以未有其事，而具当喜、当怒、当哀、当乐之理；可以未有其念，而存无过于喜怒哀乐、无不及于喜怒哀乐之则。是则所谓中者，即此而存焉者也，可相浑于一善而已矣。"❷ 船山以为，"盖有所偏者，情也；而无所倚者，性也"，"情"与"性"二者的分际在于是否有所偏倚。"性"未有"情"之时，性无有不善，"性独著其当然之则"，"浑然一善而不倚于一端以见善"，这就是"中"；而当既有"情"之后，性"因情以显其自然之能"，"众善具美，而交相融会以咸宜"，这就是"和"。所以，所谓"中"，是已经具备情之喜怒哀乐之理，却"寂然无感"，"可以未有其事"，"可以未有其念"。所谓"和"则是"众善具美"，"可融会于众善"。

"性在情中"，由情而可窥其实；既发之情，有中节，亦有不中节。船山云："盖不中节而至于乖戾者，情背其性也；而无所乖戾以中节者，性生其情也。随感而通，而有必喜，有必怒，有必哀，有必乐；当其喜乐，不碍于怒哀；当其怒哀，不妨于喜乐；肆应于喜怒哀乐，

---

❶ 王夫之. 四书训义 [M] //船山全书:第7册. 长沙:岳麓书社，1990:103.
❷ 王夫之. 四书训义 [M] //船山全书:第7册. 长沙:岳麓书社，1990:107.

而不患其不足；独用其或喜或怒或哀或乐，而不患其有余。……盖情之为生，性著其体，而天命存焉；情既得，性效其用，而率性之用著焉。"❶ 即"情"之生于根本，是"性著其体"，性是情的本原与本质；而情已发之后，性仍然体现在情之用，合其则、中其皆，则为"和"。

性与情，有着体用之别，但是其本原一致，通达于天理。故船山强调："是以天命之性，不离乎一动一静之间，而喜怒哀乐之本乎性，见乎情者，可以通天地万物之理。"❷

本章小结

本章所述，则是由船山天地宇宙之幽明观而窥天地间之人及人之心、性、情。天地宇宙之"幽明"，本就是从"人极"之视角而言之。人是天地间之人，而天地亦因人的生化，而具有存在论上"幽明"之意义。而以此"幽明"来审视人性，则这个"人"亦有其"幽明"。

就人之生死而言，在船山看来，天生万物与人，莫不是神之气化流行，故由太虚之气而生化万物与人，则为神、为明；由人之生成而归于气之太虚，则为鬼、为幽。由此方面来看，则人与天地相通，而与万物无异。故船山云："且夫天地之际，间不容发，人与万物，皆天地所沦肌浃髓以相涵者也。"天地之际甚密而间不容发，其中之"密"，船山提出"无畛"之概念，以为没有明确的界限，所以天地之间无不是气之生化流行。

人之人性，则是被置之于政治和历史当中来考察。社会历史的发展，圣人之道畅行，其政治昌明，则为明；圣人之道无得以行，则君子贤士"隐"于世，则为幽。而船山对于"幽人"（"逸民""处士"）却有独到的理解，他们虽为外与物所蔽，但是内心明朗，坚守己志而不移易。故人性之中，有其幽明，治世则是性善彰明而性恶隐幽；乱世则是性恶彰而善隐。"道在潜，终身潜焉可矣"，即谓如果当世道之潜而不见，作为正人君子不正是应当终身潜隐的吗？

就人之心性情而言，人之心性本原于天，心兼性情，即心为性情之宅体，性情为心之发用。心性互为体用，性又为情之体，情为性之用。

---

❶ 王夫之. 四书训义［M］//船山全书:第7册. 长沙:岳麓书社, 1990: 108.
❷ 王夫之. 读四书大全说［M］//船山全书:第6册. 长沙:岳麓书社, 1991: 451.

第三章

诗际幽明：船山诗学之本体与生成

船山哲学思想，以"气学"为正宗，其"气"固然是实有而不虚，故其自然哲学强调"知幽明之故而不言有无"；而其人性论（或曰"人学"）则强调，在天地之际立一"人极"，人是为"天地之心"，乃天地之际最有灵性者。船山幽明观，由《易》之"一阴一阳之谓道"，圣人所知之"幽明之故"通于这一天地之道，故人能通过"审几"与"用心"，达于天地之道；而于人之自身，心统性情，"情有所偏而性无所倚"，亦呈现出人性之幽明变化。

船山作为传统的儒家思想家，其诗学与理学思想并非截然区分，而是相融会贯通：一方面，他常以诗的方式来思考与把握外在世界、人的世界，诗化地言说对人生践履的独特体悟；另一方面，在船山看来，诗也不是纯粹的、纯文学的诗，而是经典化的"诗"，他把诗赋予了一种把握宇宙、思索人生的神圣使命。故船山诗学，自然不离其儒家思想之底蕴；同时，其对于世界与人生之体悟，通常是以诗学的方式表达出来。概言之，其诗学与理学，有着水乳交融的密切联系；而在船山看来，诗与理，在本质上亦存在着共通之处。

第一节 "情者，阴阳之几也"

关于情与性，上文已经略有述及，即性为情之本体；天生人与万物，人有人之性，万物有物之性。情之喜怒哀乐，本原于人之性，由性所生发，动而发，生而表现为性之情状。性与情之关系，固然是一体一用、一静一动。而到底何为"情"，船山亦有着明确的阐述。

船山云："情者，阴阳之几也；物者，天地之产也。阴阳之几动于心，天地之产应于外。故外有其物，内可有其情矣；内有其情，外必有其物矣。袗衣之被，不必大布之疏；琴瑟之御，不必抱膝之吟；嫔御之侍，不必缟綦之乐也。絜天下之物，与吾情相当者不乏矣。天地不匮其产，阴阳不失其情，斯不亦至足而无俟他求者乎？均是物也，均是情也，君子得甘焉，细人得苦焉；君子得涉焉，细人得濡焉。无他，择与不择而已矣。……故曰发乎情，止乎理。止者，不失其发也。有无理之情，无无情之理也。"[1] 在这里，船山对于情与理的关系、情与物的关系以及情到底为何，说得分外明白。一是对情与物进行区分，分析何者为情，何者为物。二是论析情与物的关系问题，情在内，物在外，情与物相感而相应。三是情与理之关系，情与理别为二物，而二者又相即不离。

一、"情便是人心"

在先秦文献中，即已对"人心""道心"予以区分，《尚书》即云："人心惟危，道心惟微。"[2] 意谓人心是甚为危险，道心是甚为幽微；危险则难安，幽微则难明。但是到底"人心"是什么？"道心"是什么？"人心""道心"的相同与相异之处是什么？却是众说纷纭，莫衷一是。要理解船山所论的人心、道心，可以从三个层面来进行：其一，人心与道心之分野与区别，即何为人心，何为道心？其二，人心与道心之同本同源，人心与道心互藏其宅而交发其用。其三，心统性情，以心兼统人之性与情，故人之为人也，兼有人心、道心。

船山以为，人心、道心，二者迥然有别，究其实际："喜、怒、哀、乐（兼未发[3]），人心也。恻隐、羞恶、恭敬、是非（兼扩充），道心也。"[4] 又云："性，道心也；情，人心也。恻隐、羞恶、辞让、

---

[1] 王夫之. 诗广传 [M] //船山全书:第3册. 长沙:岳麓书社,1992:323-324.
[2] 孔安国,孔颖达. 尚书正义 [M]. 上海:上海古籍出版社,2007:132.
[3] 括号中文字原书为小字,下同。
[4] 王夫之. 尚书引义 [M] //船山全书:第2册. 长沙:岳麓书社,1988:262.

是非，道心也；喜、怒、哀、乐，人心也。"❶ 人心与道心之异，首先在其所涵摄内容上，道心之性，于人而言其道心包含了恻隐、羞恶、辞让、是非等内容。"然天所成人而为性者，则固但有元、亨、利、贞，以为仁、义、礼、智；而见端于人者，则唯有恻隐、羞恶、辞让、是非之心而已矣。"❷ 换言之，恻隐之心是天（道心）所见端于人之性，可以由人而扩而充之。人心则是喜、怒、哀、乐之情，情有未发、已发之分。

船山特别批评了常有人将人心、道心相混淆：或者是以人心为道心，即以情为性；或者以道心为人心，即以性为情。其云："情便是人心，性便是道心。道心微而不易见，人之不以人心为吾俱生之本者鲜矣。故普天下只识得个情，不识得性，却于情上下工夫，则欲为之而愈妄。"❸ 道心之性，以其幽隐细微而不易发现。故人常常多以"人心为吾俱生之本"，将人之情作为人与生俱来之根本，即"以情为性"，是以只知道人之有情而不知性，因此只知道在情上下工夫，如此则越多作为越多虚妄。

船山分析云："或人误以情为性，故曰'性可以为善，可以为不善'。今以怵惕恻隐为情，则又误以性为情，知发皆中节之'和'而不知未发之'中'也。（言'中节'则有节而中之，非一事物矣。性者节也，中之者情也，情中性也。❹）曰由性善故情善，此一本万殊之理也，顺也。若曰以情之善知性之善，则情固有或不善者，亦将以知性之不善与？此孟子所以于恻隐、羞恶、辞让、是非之端见于心者言性，而不于喜、怒、哀、乐之中节者征性也。有中节者，则有不中节者。若恻隐之心，人皆有之，固全乎善而无有不善矣。"❺ 船山在这里分析得极为明白，即针对有人错误地"以情为性""以性为情"两种情况：有"以情为性"者，所以才会说"性可以为善，可以为不善"；亦有

---

❶ 王夫之. 读四书大全说［M］//船山全书：第6册. 长沙：岳麓书社，1991：964.
❷ 王夫之. 读四书大全说［M］//船山全书：第6册. 长沙：岳麓书社，1991：960-961.
❸ 王夫之. 读四书大全说［M］//船山全书：第6册. 长沙：岳麓书社，1991：1066.
❹ 括号中文字原书为小字。
❺ 王夫之. 读四书大全说［M］//船山全书：第6册. 长沙：岳麓书社，1991：965.

"以性为情"者，仅是知道人之情发而皆中节谓之"和"，而不知情之未发之为"中"。人心是情，情固然是这个情，情有善有不善，可以为善亦可为不善；道心是性，性则人人皆有之，性无有不善，纯乎全善。"以情为性"者，其错谬之处在于以人之情之有善有不善，来认知和理解性，以为性也是有善有不善。

同时，船山批评云："若以情知性，则性纯乎天也，情纯乎人也，时位异而撰不合矣，又恶可合而知之哉？"❶ 如果是"以情知性"，仅是从情的角度理解和看待性，就会以为性是纯乎为天生的，而情则纯乎为人为的，二者时位不同而又天生材质不相合，自然就难以认识到情、性之相合。其实这是将人心与道心、情与性相割裂来看，而不知二者亦有相统一吻合的地方。船山以为，如朱子在《四书集注》中"以怵惕恻隐之心为情者"，即是"以情知性"、把性误识作情的"未审之说"；但到了在《朱子语类》中之答问，才有所纠正，"固知其不然"❷。船山又云："盖以性知天者，性即理也，天一理也，本无不可合而知也。"❸ 在这里，"以性知天"与"以情知性"，两个"知"均当有知道、理解之义，更具有"推知"之义，即以性推知天，以情来推知性。性与天，均为形而上者，无形无象而不可形见，而只能从其细微之几推理而知。性即理，天亦只是一个理，故以性推知天，可推知性、天之本原相契合（"本无不可合"）。同理，所谓"以情知性"，以情之有善有不善来推知无有不善之性，固然谬也。

以上所论，是人心、道心固有其别也，这是从第一层面来理解人心、道心。而从第二层面来看，人心、道心虽然有别，"斯二者，互藏其宅而交发其用"❹。

何谓"互藏其宅"？船山云："于恻隐而有其喜，于恻隐而有其怒，于恻隐而有其哀，于恻隐而有其乐，羞恶、恭敬、是非之交有四情也。于喜而有其恻隐，于喜而有其羞恶，于喜而有其恭敬，于喜而有其是

---

❶ 王夫之. 读四书大全说 [M] //船山全书：第6册. 长沙：岳麓书社，1991：965.
❷ 王夫之. 读四书大全说 [M] //船山全书：第6册. 长沙：岳麓书社，1991：965.
❸ 王夫之. 读四书大全说 [M] //船山全书：第6册. 长沙：岳麓书社，1991：965.
❹ 王夫之. 尚书引义 [M] //船山全书：第2册. 长沙：岳麓书社，1988：262.

非、喜、怒、哀、乐之交有四端也。故曰互藏其宅。"❶ 在船山看来，仁、义、礼、智是恻隐、羞恶、恭敬、是非之根本，有其本则有其恻隐之心、羞恶之心、恭敬之心、是非之心之"四端"。此道心，性有善而无有不善；此有善无恶之心，求则得之，是因为人人皆固有之；舍弃则失之，则不能由此怀疑其不存。何谓"交发其用"？船山云："以恻隐而行其喜，以喜而行其恻隐，羞恶、恭敬、是非，怒、哀、乐之交待以行也。故曰交发其用。"❷ 细而言之，喜、怒、哀、乐之心：有仁而喜，不仁而喜，甚至其下而有避弹之笑；有仁而怒，不仁而怒，其下而有斥责母亲之愤恨，等等，人心之发用，与仁、义、礼、智之道心相交发。道心之始端虽宥密幽隐，人心道心交相发用，静而犹如浮云之散无似有实质；而其发用，则动有垂堂奔马之势。

人心、道心之"互藏其宅而交发其用"，乃是针对告子的"性无善无不善"之说以及释家的"无有自性"与"缘起无生"，强调人心、道心均有其"宅"，"宅"是其根本、本性，人心、道心之发用亦有其本与体。船山云："故人心者，阴阳翕闢之不容已；道心者，动静之实，成材建位之富有，和顺而为光辉之自发也。"❸ 虽言二者"互藏其宅而交发其用"，又云"斯二者藏互宅而各有其宅，用交发而各派以发"❹。但概言之，道心者人心之宅也；人心者，道心之用也。道心者，动静之实；人心者，阴阳动静之不已。

从第三层面来观人心、道心，心统性情，故人兼有人心、道心，既有人心之发用，又有道心之本体。

船山云："且夫人之有人心者，何也？成之者性也，成于一动一静者也。一动一静，则必有同、异、攻、取之机。同、异、攻、取，而喜、怒、哀、乐生矣。一动一静者，交相感者也，故喜、怒、哀、乐者，当夫感而有；亦交相息者也，交相息，则可以寂矣，故喜、怒、哀、乐者，当夫寂而无。……孰知夫其感也，所以为仁义礼智之宅，

---

❶ 王夫之. 尚书引义 [M] //船山全书：第2册. 长沙：岳麓书社，1988：262.
❷ 王夫之. 尚书引义 [M] //船山全书：第2册. 长沙：岳麓书社，1988：262.
❸ 王夫之. 尚书引义 [M] //船山全书：第2册. 长沙：岳麓书社，1988：266.
❹ 王夫之. 尚书引义 [M] //船山全书：第2册. 长沙：岳麓书社，1988：263.

而无可久安之宅；其寂也，无自成之性，而仁义礼智自孤存焉。则斯心也，固非性之德，心之定体，明矣。故用则有，而不用则无也。"❶船山以为，人之有人心，并无恒定之体（"宅"）；当一动一静之相感而发用，而以道心之仁义礼智为"宅"。一动一静相交感，异则相攻，同则可取，是以喜、怒、哀、乐生。所以说"成之者性也"，人心之所成，本原于道心之性；当其寂静无感，人心"无自成之性"，则为无。

何为人之有道心？船山云："若夫人之有道心也，则'继之者善'，继于一阴一阳者也。一阴一阳，则实有柔、刚、健、顺之质。柔、刚、健、顺，斯以为仁、义、礼、智者也。当其感，用以行而体隐；当其寂，体固立而用隐。用者用其体，故用之行，体隐而实有体。体者体可用，故体之立，用隐而实有用。显诸仁，显者著而仁微；藏诸用，用者著而藏微。微虽微，而终古如斯……故曰始显继藏，天命流行，物与无妄也。"❷船山强调人之有道心，是"始显继藏"："显"者，"显诸仁"，道心呈现之于仁体当中，道心彰显而仁体隐微；"藏"者，"藏诸用"，道心隐藏之于发用之中，心之发用显著而道心隐微。当道心之感发动用，其体则隐微，其体虽隐微而实有不虚；当其寂然不动，发用虽停息，而实有其用。

船山论人之有道心的"显"与"藏"，浸润着其深刻的幽明思想：当其道心之"显"，其仁体则隐微，显者则为明，隐微者则为幽，虽隐微而体不虚；当其道心之"藏诸用"，其用显著则为明，道心"微虽微，而终古如斯"，即终古不失其实存。

概言之，船山论"情便是人心"，人心即为人喜、怒、哀、乐之情。人之心，亦有人心、道心之别：道心为性、为体，人心为情、为用。人心无有自性（"故用则有，而不用则无也"），以道心之性为本原，成之于阴阳一动一静之交感，发而为用。

二、"情元是变合之几"

船山以为"情者，阴阳之几也"，又云"情元是变合之几，性只是

---

❶ 王夫之. 尚书引义［M］//船山全书:第2册. 长沙：岳麓书社，1988：264.
❷ 王夫之. 尚书引义［M］//船山全书:第2册. 长沙：岳麓书社，1988：264.

一阴一阳之实"❶。以上合而言之，阴阳者，气之实也；几者，细微之初动也。故情乃性之阴阳变合之几也。

所谓"一阴一阳谓之道"，阴阳二气，既是构成天地之间、世界万物的真实无妄之气，二者相感相荡、相辅相成又是事物存在和发展的动力因。船山在释横渠《正蒙·太和》篇时即云："轻者浮，重者沈，亲上者升，亲下者降，动而趋行者动，动而赴止者静，皆阴阳和合之气所必有之几，而成乎情之固然，犹人之有性也。"❷ 浮沉、升降、动静之变化，均是天地世界之存在和呈现之固然，世事万物都有其生成和变化。而究其本质，则是阴阳之气的聚散变化，必有其"几"。如在本书第一章所述，"几者，动之微"，"阴阳之几"，即是阴阳实有之"几微"，又是一动一静运动不息之"动几"。人之情本原于性，其性隐微不可目见，发而为用，故称之"元是变合之几"。

故"情者，阴阳之几也"，可分而言之，即为阴阳之实（诚）与阴阳之动。一方面，情本原于性，并非外铄，亦非无中生有之妄起，而是心有其诚，其情亦固有之。另一方面，情之动几，其最初之动虽不可察，然又有着极其细微的运动变化而不可谓之无。

因此，船山论气之"诚"与"几"时指出："气之诚，则是阴阳，则是仁义；气之几，则是变合，则是情才。若论气本然之体，则未有几时，固有诚也。"❸ 理不离气，但气只是纯然一气之时，理只是这个理，无所谓善与不善，故该气不得称作善，而只能称作是"诚"。所谓"气之诚"，即是针对着气之本原和本性（"本然之体"）来说的，气是阴阳二气，亦具足仁义礼智之性；而"气之几"，是气之动与变合，是情才（"情者阳之动，才者阴之合"❹）。故性为情之体，情、才为性之用。

船山云："阴阳之实，情才各异，故其致用，功效亦殊。……故直言气有阴阳，以明太虚之中虽无形可执，而温肃、生杀、清浊之体性

---

❶ 王夫之. 读四书大全说［M］//船山全书：第6册. 长沙：岳麓书社，1991：1066.
❷ 王夫之. 张子正蒙注［M］//船山全书：第12册. 长沙：岳麓书社，1992：15.
❸ 王夫之. 读四书大全说［M］//船山全书：第6册. 长沙：岳麓书社，1991：1055.
❹ 王夫之. 读四书大全说［M］//船山全书：第6册. 长沙：岳麓书社，1991：1055.

俱有于一气之中，同为固有之实也。"❶ 这是将情与才合着说，船山从肯定"太虚即气"出发，以为太虚虽无形无状，不可目见耳闻，却固有其实而不虚。亦即太虚之中亦有阴阳之气，一气之中具足温肃、生杀、清浊之体性。气有阴阳之实，其实不同，情才亦各异；情才各异，因此其致用、功效亦不相同。

船山以为，情与才有其一致性，即如才、情皆本原于天与性。但是，才、情更有其相异之处：情本原于性，则有已发、未发之分，已发之情有善、有不善；才是天生之材质，"才之降自天者无所异"❷，亦有尽其才、未尽其才之分，而惟有"情""能尽其才"与"不能尽其才"❸。

船山对于"情"与"才"之差异的认识，更体现在：情、才是为天性之动用，是阴阳二气之动几，有善而有不善。船山云："天不能无生，生则必因于变合，变合而不善者或成。其在人也，性不能无动，动则必效于情才，情才而无必善之势矣。在天为阴阳者，在人为仁义，皆二气之实也。在天之气以变合生，在人之气于情才用，皆二气之动也。"❹ 情、才为人性之动用，情才之效用可以有善，亦可以有不善。阴阳变合，动而有善有不善，但是分而言之：情是动之主，情可以为善，可以为不善；才者材质，可以有善，可以有不善，有善非才之功，有不善亦非才之罪。

阴阳之实，有其定位；变合之几，则无有定。故船山又云："情元是变合之几，性只是一阴一阳之实。情之始有者，则甘食悦色；到后来蕃变流转，则有喜怒哀乐爱恶欲之种种者。性自行于情之中，而非性之生情，亦非性之感物而动则化而为情也。"❺ 性为其实，情有所变；情之本原于性，但不是以性为情，亦不是性化为情，更非是情之生于性，而是"性自行于情中"。情有未发、已发之分，未发即寂然不动；

---

❶ 王夫之. 张子正蒙注 [M] // 船山全书：第12册. 长沙：岳麓书社，1992：80.
❷ 王夫之. 读四书大全说 [M] // 船山全书：第6册. 长沙：岳麓书社，1991：1071.
❸ 王夫之. 读四书大全说 [M] // 船山全书：第6册. 长沙：岳麓书社，1991：1067.
❹ 王夫之. 读四书大全说 [M] // 船山全书：第6册. 长沙：岳麓书社，1991：1053.
❺ 王夫之. 读四书大全说 [M] // 船山全书：第6册. 长沙：岳麓书社，1991：1066.

已发而中节谓之"和",所中之"节"即是性之善。情之变合动几,一动一静,故有其始有,有其蕃变:情之始有者,食美食("甘食"),悦美色("悦色");情之蕃变流转,则有喜、怒、哀、乐、爱、恶、欲等之类。

"外物虽感,己情未发,则属静;己情已发,与物为感,则属动。"❶ 情为阴阳之动几,己与物相交感,已动而有善与不善。船山在论性、情之善与不善时,云:"凡不善者,皆非固不善也。其为不善者,则只是物交相引,不相值而不审于出耳。"❷ 已发之情有善有不善,其不善者并非其固有之不善,而是己与物交感之"不相值"。因此,虽有仁义礼智之"四端",但如果只是缘物动而不是缘性动,则亦是成其为不善,故云:"盖从性动,则为仁、义、礼、智之见端;但缘物动,则恻隐、羞恶、辞让、是非,且但成乎喜、怒、哀、乐,于是而不中节也亦不保矣。"❸

概言之,情是为"变合之几",几者动之微也,情固有未发、已发之别;与外物相交感而生之情,已发则有善与不善之分。情有其不善,非性不善,乃是缘物而动,有其变几。

三、"《诗》之情,几也"

以上所论之"情",诸如"情者,阴阳之几也","情元是变合之几","情便是人心",皆人之情。乃情之所生,本原于性,人之感于物而动其几,已发则有善有不善。与人之情相关,则有诗之情。人之情与诗之情的关系,简言之:人之情本原人之性,人之性则与天地之道相准则,性与未发之情,均无有不善,已发之情则有善有不善;诗之情,人心之与万物相感,与天地自然之广大无垠相响应,情之发也则节之以文,故诗之情生多端而终归于贞正。船山所论,亦大量涉及"诗之情",而尤以《诗广传》最为集中,诸如"情至""余情"等。杨松年先生所撰《王夫之诗论研究》,列举了船山诗论中所使用"情"

---

❶ 王夫之. 读四书大全说 [M] //船山全书:第6册. 长沙:岳麓书社,1991:667.
❷ 王夫之. 读四书大全说 [M] //船山全书:第6册. 长沙:岳麓书社,1991:960.
❸ 王夫之. 读四书大全说 [M] //船山全书:第6册. 长沙:岳麓书社,1991:960.

的十余种含义❶，船山论"情"之复杂性可见一斑。现从诗之情与人之情的区别及分野出发，船山对"诗之情"论述之基本内容，择其要者简述如下。

船山强调诗之情是人之情在诗歌作品中的透射，故诗之情亦有其"几"。船山云："夫觌其所不可见，觉其所不及喻者，其惟几与响乎！而几与响，亦非乍变者也。《诗》之情，几也；《诗》之才，响也。因《诗》以知升降，则知其治乱也早矣，而更有早焉者，故曰《雅》降而《风》，《黍离》降而衰周道之不复振。"❷"几"与"响"，分别是《诗》之情与才。

船山以为，社会政治发展之治与乱，治极而乱，乱极而治，均非一旦一夕遽然之变，而是有其递渐之变化，就如同丘陵地区延伸至于平原，并没有明显的分界。所以，在治至于乱、乱至于治之间，虽然没有明显的遽变，但是有其"几"与"响"："方乱之终，治之几动而响随之"，"方治之盛，乱之几动而响随之"❸。"几者，动之微"，故其几之动极其隐微而难以明察；"几动而响随之"，响者，声响也。几动与声响，其几之形看似隐微不可见，其声响也单调，看起来没有多余的意义，但是仍然能够从中发现其"所不可见"，察觉其言语所不能比喻的更为深层和丰富的内涵。对于二者，其变动还有着量的区别，即由隐微不可察而逐渐明显。"方乱之终""方治之盛"，则有其"几动"，呈现为"幽明"之变化：乱之极，是为乱之"明"，则其时亦有治之几"初动"，是为治之"幽"；反之，治之盛，是为治之"明"，则其时亦有乱之几"初动"，是为乱之"幽"。"圣人知幽明之故"，而船山云"《诗》之情，几也"，以为《诗》之情，其内容与社会现实紧密联系，真实地呈现出当时社会政治之治乱兴衰的几微征兆与变化。

而《诗》之情"几"，几动而响随之，几与响虽有其逐渐变化之过程与隐显程度之不同，但其情却无异："《菀柳》而下，几险而响孤，

---

❶ 杨松年. 王夫之诗论研究 [M]. 台北：文史哲出版社，1986：25-38.
❷ 王夫之. 诗广传 [M] //船山全书：第3册. 长沙：岳麓书社，1992：479.
❸ 王夫之. 诗广传 [M] //船山全书：第3册. 长沙：岳麓书社，1992：479.

《瞻卬》而降，几危而响促。取而置之《黍离》之间，未有辨也。"❶从内容主旨来看，《菀柳》是"王者暴虐，诸侯不朝，而作此诗"❷；《瞻卬》是"刺幽王嬖褒姒，任奄人以致乱之诗"❸，但是从其几与响所呈现之情来看，都是在周朝末年所创作的哀悼周王朝之正道衰微不复振兴，这其实也就与《黍离》之悲情无二致。

船山论"《诗》之情，几也"，尤其有两点值得注意：其一，《诗》之反映社会功能问题。社会治乱，有其"几动而响随之"，而《诗》亦有其几与响。因为《诗》之情有其几与响，"因《诗》以知升降，则知其治乱也早矣，而更有早焉者"。《诗》有喜、怒、哀、乐情之"几"，是以知民之喜、怒、哀、乐之情几，是以知社会治乱之"几"；是"故曰《雅》降而《风》，《黍离》降而衰周道之不复振"。

其二，《诗》之鉴赏与审美问题。《诗》之"几"与"响"隐微依稀不可见，但是船山强调："虽然，更有早于《菀柳》《瞻卬》者，密而察之，渐迤之势，几愈微，响愈幽，非夔、旷之识，谁从而审之哉！"❹ 诸如《菀柳》《瞻卬》等诗篇之几与响，以其隐微而能呈现社会治乱之实情，然而仍有更加早先的预兆和隐微情况。简言之，由几而至响，有其隐微逐渐变化，然在"几"之呈现之先前，仍然有"几愈微，响愈幽"之情。几与响且难以察审，而况"愈微之几""愈幽之响"，如何才能审之？恐怕这只有像夔、师旷这样的优秀乐师才能做到。

其实在这里，船山亦提出诗歌艺术之鉴赏与审美的问题。在本书第一章，曾由"圣人是故知幽明之故"而论及"审几"，这是认识论的认知方法问题，当是需要逻辑的思考与理性的推理；《诗》之有几与响，而至于如何才能"审之"，则是涉及诗歌艺术的鉴赏与审美，而非纯粹的理性认知。船山云"非夔、旷之识，谁从而审之哉"，以为这并非是常人能够轻易做到的。当如何才能"审之"《诗》之"几"，下文将会展开讨论，在此暂且不表。

---

❶ 王夫之. 诗广传 [M] //船山全书:第3册. 长沙:岳麓书社，1992：479.
❷ 朱熹. 诗集传 [M]. 北京：中华书局，2011：222.
❸ 朱熹. 诗集传 [M]. 北京：中华书局，2011：292.
❹ 王夫之. 诗广传 [M] //船山全书:第3册. 长沙:岳麓书社，1992：479-480.

第二节 "诗者，幽明之际者也"

船山论人之情，以为情乃阴阳变合之几；而《诗》之情亦有其几。诗有其情，情有其几，由此而可以逐步进入船山诗学之"幽明"。

船山幽明观，发轫于其对于《周易·系辞》"仰以观于天文，俯以察于地理，是故知幽明之故"的理解与解释。他在《周易内传》《张子正蒙注》《思问录》等论著中，均有对"幽"与"明"之讨论。船山论"幽"与"明"，由宇宙本原、万物存在而至于人之性、情，特别又由"人之情"，而转入"诗之情"的深刻思考。人之作为天地之际最有灵性者，其性其情，无不本原于天地之道。对于人而言，天地之道恰是以"幽明之故"的方式来予以呈现。从圣人何以洞悉"幽明之故"，而人之如何"用心""研几"，这也正是人之体认天地之道的重要方式。而人所创制的诗篇（先秦时期则以《诗》为最典型之代表），是展现"幽"与"明"之最切近者。这即是船山所提出的"《诗》者，幽明之际者也"，即"诗际幽明"之命题。

船山云："礼莫大于天，天莫亲于祭，祭莫效于乐，乐莫著于《诗》。《诗》以兴乐，乐以彻幽，《诗》者，幽明之际者也。视而不可见之色，听而不可闻之声，抟而不可得之象，霏微蜿蜒，漠而灵，虚而实，天之命也，人之神也。命以心通，神以心栖，故《诗》者，象其心而已矣。……呜呼！能知幽明之际，大乐盈而《诗》教显者，鲜矣，况其能效者乎？效之于幽明之际，入幽而不惭，出明而不叛，幽其明而明不倚器，明其幽而幽不栖鬼，此《诗》与乐之无尽藏者也，而孰能知之！"❶

在这里，船山明言"《诗》者，幽明之际者也"，相较于儒家传统的"诗言志"之说，提出"诗际幽明"的命题。有学者以为："'诗际幽明'与'诗言志'有别，体现出王夫之基于哲学思想，对《诗经》的独特体认。它的核心是诗歌具有超越现实的功能，这种功能是以音

---

❶ 王夫之.诗广传［M］//船山全书:第3册.长沙:岳麓书社，1992:485-486.

乐来实现。"❶ "诗欲'际幽明',欲达神明,还需另一个重要的介质,即乐,这是指音乐在祭歌中的作用。"❷ 在船山那里,相较于"诗言志"之说,具有超越现实的功能固然是"诗"的本质特征之一。但"诗际幽明"命题所彰显的诗歌的超越现实的特征,却并非是有待于音乐的介质作用,而是诗歌自身发展的这一阶段,诗乐本是合一,故在艺术情境上呈现为"诗乐合一"审美境界,诗歌亦自然而具有超越现实的超越性功能。

我们现在来看待船山的"诗际幽明"之说,固然不能离其哲学思想之基础来考察船山诗学。而船山的"诗际幽明",是其在诠释《诗经》中,对诗的本质之洞察。因此,理解船山的"诗际幽明"之说,首先必须理解何为"幽明之际",才能更好地理解"诗"何以成为"幽明之际者也"。

"幽"与"明"之基本含义,本书第一章已经有所讨论。而它们的这一辩证互通关系,则可以从对"际"的理解得到印证。"际",繁体为"際",《说文》云:"际,壁会也。"❸ 段注云:"两墙相合之缝也。引申之,凡两合皆曰际。际取壁之两合,犹间取门之两合也。"❹ 由此可知,"际"由"两墙相合之缝"而引申为"凡两合皆曰际"。"际"既具足"两",又趋向于"合",因此其具有两边之"边界""缝隙","中间""之间"之距离,以及两者"交遇""交会""交际"等多重含义。

在《周易》之六十四卦中,"泰"卦在卦象上是下乾为天、上坤为地之象。故《象》曰:"天地交,泰;后以财('财'同'裁')成天地之道,辅相天地之宜,以左右民。"对此,船山解释云:"'裁成'地者,天也。'辅相'天者,地也。天道下济,以用地之实,而成之以道。地气上升,以效用于天,而辅其所宜。'后'则兼言裁、辅者:于天亦有所裁,而酌其阴阳之和;于地亦有所辅,而善其柔刚之用;教

---

❶ 纳秀艳. 王夫之《诗经》学研究 [M]. 北京:中国社会科学出版社,2016:161.
❷ 纳秀艳. 王夫之《诗经》学研究 [M]. 北京:中国社会科学出版社,2016:168.
❸ 许慎. 说文解字 [M]. 北京:中华书局,1963:306.
❹ 段玉裁. 说文解字注 [M]. 上海:上海古籍出版社,1981:736.

养斯民，佐其德而佑之以利，参而赞之，函三于一，所以立人极也。"❶ 强调乾之天与坤之地的际会与交通。船山在《周易外传》中进一步明言"泰"卦的"天地之际"："今欲求天地之际，岂不微哉！有罅可入皆天也，有尘可积皆地也。其依附之朕，相亲相比而不可以毫发间者，密莫密于此际矣。然不能无所承而悬土于空，无其隙而纳空于地。其分别是限，必清必宁而不可以毫发杂者，辨莫辨于此际矣。夫凡有际者，其将分也必渐。治之绍乱，寒之承暑，今昔可期而不可期也。大辨体其至密，昔之今为后之昔；无往而不复者，亦无复而不往；平有陂，陂亦有平也。则终古此天地，终古此天地之际矣。"❷ 在船山看来，"天地之际"的"际"，具有辩证的意味，阐明了天地之间这种絪缊生成、相辅相成的关系：在呈现的状态上，既是"相亲相比而不可以毫发间者"，亲密亲近而毫无间隙；同时又是"必清必宁而不可以毫发杂者"，其区分界限清宁而无杂染；在运动生成的发展趋势上，既是运行有渐有变的，其运动又是循环往复的，这种运动与变化永不停息，"终古此天地"。

是故，有学者指出船山之"际"："分际与会通意义相反，但却同被包含在'天人之际'之'际'中，因此，'际'乃是一个'思辨的字眼'。……从这种思辨性的字眼来看，'天人之际'中的'际'既意味着'分际'之'际'，又意味着'交际''际遇'之'际'。"❸ 所以在船山那里，"天人之际"之"际"，"分际、相际、交际，三者共同构成了际之意蕴"❹。

何谓"幽明之际"？幽明之际就是天地之际吗？从《周易》来看，乾代表天，代表阳，代表刚健，也代表明，故云"大明终始"；坤代表地，代表阴，代表柔顺，也代表幽闭，故云"天地闭，贤人隐"。天、地、人三才，天有天之幽明，地也有地之幽明，人亦有人之幽明。因

---

❶ 王夫之.周易内传［M］//船山全书：第1册.长沙：岳麓书社，1988：143.
❷ 王夫之.周易外传［M］//船山全书：第1册.长沙：岳麓书社，1988：852.
❸ 陈赟.回归真实的存在：王船山哲学的阐释［M］.上海：复旦大学出版社，2007：237.
❹ 刘梁剑.王船山哲学研究［M］.上海：上海人民出版社，2016：4-5.

此，船山所谓"诗者，幽明之际者也"，其"幽明之际"，既是天地之际，也是人之性情之际，同时也是社会发展的政治治乱之际。其"际"：既是由此至彼的空间距离——但是这种空间距离是"无畛"的，即没有明确的界限，涵括了巨大无垠之广阔天地宇宙空间，和细致入微耳目所不能察的幽微；也是从历史延续至现在，乃至纵深到未来的时间向度——这种时间区间亦非截然区分为治乱兴衰，其"际"之"无畛"，在兴之至极亦含衰之"幽"，在乱不可返亦含治之"幽"；又是人之性情幽隐交际，人之性本原于天，无有不善，而性为体、情为用，情之发用有善有不善，其有善有不善之动，故能复归于无有不善之性。

一、天人之际

从存在现象来看，所谓"幽明之际"，它是对于宇宙天地的生成发展的"幽"与"明"之运行呈现；从本原上来看，宇宙天地之"幽明"，并非离于人的自在自为的机械运动变化，而是就"人极"的一种呈现。是以，船山提出"《诗》者，幽明之际者也"的命题，正是强调"诗"之产生，是自我生成与呈现于"天人之际"：宇宙天地之生，在天地之间立一"人极"，这是诗之产生的逻辑前提；诗之生成与呈现，又是与天地宇宙、与天人之际并存的。

在哲学思想的世界宇宙观层面，船山主张"言幽明而不言有无"，以为世界之本原，在本质上不是"有"与"无"的问题，而当是"幽"与"明"的问题。"有无"之争，或本"世界本有"，"有生有"故不成逻辑，难以解释世界本原之"道"；或以为"有生于无"，本"无"何能生"有"。"有无"说之谬，更为关键的是，论者所论之"有无"，并非世界本来之"有无"，而是以人之所见、所不能见，来持论世界之"有无"。如果人能看见有物，即为"有"；未能见物，即为"无"。但是，人的眼睛视力是有限的，所见无物，并非世界的"本无"；宇宙之道并非眼见，却是实有。故船山论世界本原，在天地间立一人极，以为人是天地之间最有灵性者，对世界本原之理解，是世界对于人之自然呈现：人之所见为"有"，在本质上是世界对人的呈现与彰显，是宇宙世界乃至万物之"明"；人之所见为"无"，并非世界"本无"，而是宇宙世界之"幽"，仅仅是人之所未能"看到"罢了。

船山对"幽明之故"的理解与阐释，是本于他对《易》的根本精神的理解。船山云："性之旨尽于《易》，《易》卦阴阳互相参伍，随时变易，而天人之蕴，幽明之故，吉凶大业之至赜备矣。'乾'有六阳，'坤'有六阴；而其交也，至'屯''蒙'而二阳参四阴，至'需''讼'而二阴参四阳，非阴阳之有缺也。'屯''蒙'之二阳丽于明，四阳处于幽，'需''讼'之二阴丽于明，四阴处于幽，其形而见者为'屯''蒙'，其隐而未见者为'鼎''革'，形而见者为'需''讼'，隐而未见者为'晋''明夷'。变易而各乘其时，居其位，成其法象，非所见者有，所不见者无也。故曰'《乾》《坤》其《易》之蕴邪'，言《易》藏畜阴阳，具足充满，以因时而成六十二象。惟其富有，是以日新，有幽明而无有无，明矣。"❶ 船山强调"乾坤并建"，以为"乾"卦与"坤"卦是《周易》最为首要和根本的，是《易》之变化的最重要承担者，其他的六十二卦，都只不过是"乾坤""阴阳"的幽明变易，"《屯》《蒙》以下，或错而幽明易其位，或综而往复易其几，互相易于六位之中，则天道之变化、人事之通塞尽焉"❷。因此，宇宙世界的日新变化，其根本是"幽"与"明"，而非"有"与"无"；"幽"与"明"，其实也是宇宙世界之移易变化，最为实在明显的呈现。

而船山所云"礼莫大于天，天莫亲于祭，祭莫效于乐，乐莫著于《诗》。《诗》以兴乐，乐以彻幽"，正是对"《诗》者，幽明之际者也"的理论概括。我们试一一来看：

"礼莫大于天，天莫亲于祭"，祭祀之"诗"在本质内涵上与"礼"（理）相合，同时也是对上天的最为切己的亲近。从字义来看，《说文》云："礼，履也。所以事神致福也。""祭，祭祀也。从示，以

---

❶ 王夫之. 张子正蒙注［M］//船山全书：第12册. 长沙：岳麓书社，1992：30.
❷ 王夫之. 周易内传［M］//船山全书：第1册. 长沙：岳麓书社，1988：41.

手持肉。"❶ 段注云："礼有五经，莫重于祭，故礼字从示，豊者，行礼之器。"❷ 礼是祭祀天与神的活动与仪式；而祭祀的仪式，不仅是以肉献祭于天，而且还配以诗乐。诗乐是祭祀之"礼"的一部分。

"祭莫效于乐，乐莫著于《诗》"；"《诗》以兴乐，乐以彻幽"，祭祀诗（即颂诗）是"诗乐合一"的典型代表，祭祀天（上帝）之诗乐，正是通彻于"幽"与"明"之载体与途径。"乐莫著于《诗》"，乐与诗，乐为诗体，诗为乐用，二者互为体用而为一。"乐为神之所依"，其作为"音"，本通于神而无形迹；诗为人之所"文"与"言"。乐之质"幽"而因诗之文"明"；诗之为"文"与"言"，因乐之本于神，而至于人与神相通。诗与乐在本质上是具有一致性，诗与乐相辅而相成："诗"是用以起兴"乐"，"乐"又与宇宙天地之幽明相贯通。

对于《诗经·周颂·昊天有成命》的主题，历来多有争议。"《毛序》《郑笺》《孔疏》、韦昭《国语》注等都认为此诗是'郊祀天地的乐歌'，解'成王'是'成其王功'，不是指周成王。"❸ 朱熹以为："此诗多道成王之德，疑祀成王之诗也。……《国语》叔向引此诗而言曰：'是道成王之德也。成王能明文昭，定武烈者也。'以此证之，则其为祀成王之诗无疑矣。"❹ 但是船山以为，该篇之主题当从《毛诗序》说，其依据是："据云'成王不敢康'，'不敢'者，非颂德之词，故知非祀成王之诗，从《序》为允"，故云："惟《昊天有成命》可以事上帝。"❺ 因此，船山认为《昊天有成命》当是祭祀上天（上帝）的乐歌。暂且不论该篇的具体主题到底为何，船山所以为的"祭祀诗"可以沟通人与天（上帝），确为的论。

船山云："幽则有鬼神，以大质体之。"❻ "幽"是"鬼神"之所存，亦是阴阳二气相感荡存在的一种状态。"阴阳相感，聚而生人物者为神；合于人物之身，用久则神随形敝，敝而不足以存，复散而合于

---

❶ 许慎. 说文解字 [M]. 北京：中华书局，1963：7-8.
❷ 段玉裁. 说文解字注 [M]. 上海：上海古籍出版社，1981：2.
❸ 程俊英，蒋见元. 诗经注析 [M]. 北京：中华书局，1991：943.
❹ 朱熹. 诗集传 [M]. 北京：中华书局，2011：300.
❺ 王夫之. 诗广传 [M] //船山全书：第3册. 长沙：岳麓书社，1992：485.
❻ 王夫之. 诗广传 [M] //船山全书：第3册. 长沙：岳麓书社，1992：485.

絪缊者为鬼。"❶ 所以，以"诗"所兴之"乐"，最能感通宇宙天地之"幽"。因为"鬼神"之恍兮惚兮的状态，如同"道"一样，没有可见之形象，"视而不可见之色，听而不可闻之声，抟而不可得之象"。"无形则人不得而见之，幽也。无形，非无形也，人之目力穷于微，遂见为无也。心量穷于大，耳目之力穷于小。"❷ 这种"幽"之状态，并非空无之无形，只是人之眼力所限未能所见。恰恰是诗、乐却能通彻于"幽"。

上文曾论及"圣人知幽明之故"，何以如此？这是因为圣人之仰观俯察，"仰以观于天文，俯以察于地理，是故知幽明之故"。圣人不仅知晓"幽明之故"，而且还将其表达出来，这就是《易》之产生。"古者包牺氏之王天下也，仰则观象于天，俯则观法于地，观鸟兽之文，与地之宜。近取诸身，远取诸物，于是始作八卦，以通神明之德，以类万物之情。"❸ "八卦"的诞生，象征着"人文"之产生；而诗乐又是标志着"人文"的兴盛。人类正是通过诗乐，与天（上帝）相沟通。

二、治乱之际

治与乱之际，在其最初之始端，其情几微难见，是由幽而逐渐为明。船山云："乱极而治，非一旦之治也；治极而乱，非一旦之乱也。方乱之终，治之几动而响随之，为暄风之试于霜午，忧乱已亟者，莫之觏焉耳；方治之盛，乱之几动而响随之，为凉飔之扬于暑昼，怙治而骄者，莫之觉焉耳。"❹ 由乱之极致而至于治，或由治之鼎盛而至于乱，都不是一旦一夕之间。故治乱之际，都是有其由幽至显之变化过程：在乱之极，而有治之几微而始动；在治之极，而有乱之几微而始动，就像在严寒之有暖风，酷暑之有凉风，而不能由此可知晓寒、暑之将变。

为了更好地阐述"治乱之际"之"际"，船山提出了"无畛"的概念。"畛"，是指边界、界限；"无畛"，即是没有明确的界限。船山

---

❶ 王夫之. 张子正蒙注 [M]//船山全书：第12册. 长沙：岳麓书社，1992：33-34.
❷ 王夫之. 张子正蒙注 [M]//船山全书：第12册. 长沙：岳麓书社，1992：28.
❸ 李道平. 周易集解纂疏 [M]. 北京：中华书局，1994：621-623.
❹ 王夫之. 诗广传 [M]//船山全书：第3册. 长沙：岳麓书社，1992：479.

云:"何以谓之陵夷?陵之夷而原,渐迤而下也。故陵之于原,无畛者也。"❶ 以山坡之缓平为喻,其间"渐迤"变化,既没有忽高忽低,也没有突兀的高低落差,由此说明治乱之际而非一旦一夕之遽变,而是日复一日的细微、逐渐变化。社会治乱变迁如此,《诗》情之变化亦复如是。其云:"故曰《雅》降而《风》,《黍离》降而哀周道之不复振。然则《黍离》者,《风》《雅》之畛与?阅《黍离》而后知《黍离》,是何知之晚也!《风》与《雅》,其相为畛大也,而《黍离》非其畛也。"❷《风》与《雅》之畛分明,《黍离》以降而知周道的衰微,但《黍离》并非其《风》《雅》之畛,因为二者之间"迤以渐夷,而无一旦之区分",都是有其逐渐的、细微之变化,故是"无畛"。因此,船山以为《菀柳》《瞻卬》之情与《黍离》无异,将其置于其间也没有什么明显区别。"际"之际会,看似与"无畛"相对立,但是虽曰"无畛",恰又有"渐迤之势",而成其际会。

治乱之际,有其几微之逐渐变化。治乱之际,而诗能达其情。故船山不惟称"诗者,幽明之际",更有明确提出"诗有际",其云:"《易》有变,《春秋》有时,《诗》有际。善言《诗》者,言其际也。寒暑之际,风以候之;治乱之际,《诗》以占之。极寒且燠,而暄风相迎;盛暑且清,而肃风相报。迎之也必以几,报之也必以反。知几知反,可与观化。"❸ 治乱之际,人虽然难以知晓其"几动",但是《诗》能"占之",通过言其情,呈现幽明之变化。由《诗》之情,而观其变几,"知几知反",故能知治乱之幽明变化。

变动之几幽微难辨,但仍有愈加幽微之"几"。治乱之际,动几之势渐迤变化,如《菀柳》《瞻卬》有其"几"与"响",但是更有早于《菀》《瞻》者,其"几愈微,响愈幽",除非有夔、师旷之卓识,而不能审其"几"。故船山云:"故观乎《民劳》,而国无不亡之势;观乎《柏舟》,而民无不散之情。兆其乱者,其《六月》乎!《六月》未有乱,而正与《菁莪》相反,则其为乱可知已。一治一乱之际,如掌

---

❶ 王夫之. 诗广传 [M] //船山全书:第3册. 长沙:岳麓书社,1992:479.
❷ 王夫之. 诗广传 [M] //船山全书:第3册. 长沙:岳麓书社,1992:479.
❸ 王夫之. 诗广传 [M] //船山全书:第3册. 长沙:岳麓书社,1992:458.

反覆，故曰：'道二，仁与不仁而已矣。'生杀之几，无渐迤之势，无疑似之嫌也。"❶观《民劳》"而国无不亡之势"，由此而可观国之必亡；观《柏舟》"而民无不散之情"，由此而可观民心之必散。国家即将灭亡，民心散乱失序，哀怨载道而民声鼎沸，其国亡民散之情状彰显而有目共睹。但是在散乱之前，即已经有了征兆——如同上文所说"愈微之几、愈幽之响"而难以察见——《六月》即有《民劳》"国无不亡之势"、《柏舟》"民无不散之情"的"乱之兆"。朱子即注《小雅·六月》诗云："成、康既没，周室渐衰。八世而厉王胡暴虐，周人逐之，出于居于彘。玁狁内侵，逼近京邑。王崩，子宣王靖即位，命尹吉甫帅师伐之，有功而归。诗人作歌以序其事如此。《司马法》：'冬夏不兴师。'今乃六月而出师者，以玁狁甚炽，其事危急，故不得已，而王命于是出征，以正王国也。"❷内忧外患，六月出征，故虽然征战凯旋而宴饮，但亦不免是"兆其乱者"。因此，船山亦评《六月》云："君子立公论于廷，而武人参之；大臣捍社稷于外，而一介之士持之；元老载震主之威，而借清流之重以揽大名而收之：皆非国之福也。为人臣者弗戒，而歌咏以助其声光，宣王中兴之不永，概可知已。"❸船山从名与实不易兼得的角度立论，以为《六月》之吉甫是欲"举名实而两获之以为荣"，这对于国家而言并非幸事，由此推知"宣王中兴之不永"，是以察知"国无不亡之势"的细微征兆。

概言之，治乱之际，并非一旦一夕之变，既有其动几微变，又是幽明变化。如以《六月》来看，王命出征，凯旋而归，故曰"《六月》未有乱"，这是"明"；但是从其中所透露出来的"举名实而两获之以为荣"，却是"非国之福"，乃是"兆其乱者"，也即是"几愈微，响愈幽"。

特别是船山在这里提出"一治一乱之际，如掌反覆"，又云"生杀之几，无渐迤之势"。"一治一乱之际"，从其固有其"明"来看，治固是治，乱固是乱，不可把治当作乱，亦不可以把乱当作治。但是从

---

❶ 王夫之. 诗广传 [M] //船山全书:第3册. 长沙:岳麓书社, 1992:459.
❷ 朱熹. 诗集传 [M]. 北京:中华书局, 2011:151.
❸ 王夫之. 诗广传 [M] //船山全书:第3册. 长沙:岳麓书社, 1992:399.

其固有之"几"来看，当是治之盛时，也有乱之几，虽然此"几"幽隐难以发现；当是乱之极时，亦有治之几。"一治一乱之际，如掌反覆"，即谓治与乱相即而不离，虽有彰显与隐微、幽与明，但治世明而有乱之幽，乱世明而有治之幽。因此，船山云："《六月》未有乱"，而"则其为乱可知矣"。

三、诗—际—幽明

（一）《诗》与诗

至此，再反观船山所论"《诗》者，幽明之际者也"这一论断。此句引文学者多有论及，而在展开论述中，学者们或标点为"诗者"，以为在此船山这是就所有诗歌而言的；或标点为"《诗》者"，这当是仅就《诗三百》而言的。笔者以为，在这里——乃至在船山《诗广传》，甚至在船山诗学中——二者在本质上当是一致的。换言之，船山所论之"《诗》"与其所论之"诗"，即狭义的《诗经》与广义的作为一种文学样式之诗，在本质上是一致的。这就是说，《诗经》之篇什作为诗的经典样式，是诗之所以为诗之样本；而诗歌之体在后世历代虽有体式之流变，而仍为诗，乃是在根本上与《诗经》之本质保持一致。故在先秦、秦、汉，文献中所论之"诗"，既是特指《诗经》，也用以指本原于《诗》之传统的文人所作之诗。而具体对于《诗经》其中的篇什，也有风、雅（亦谓正风、正雅），与变风、变雅之别，这既是对具体诗篇风格内容之区分，也是对于"诗"之所以为《诗》的确认。如《毛诗序》即云："至于王道衰，礼义废，政教失，国异政，家殊俗，而变风、变雅作矣。"❶ 由正风、正雅传统而至于变风、变雅，其内容、风格有变，而根本之诗学精神却没有变化。刘勰《文心雕龙》亦云："自商暨周，《雅》《颂》圆备，四始彪炳，六义环深"，并强调"四言正体，则雅润为本"❷，可见《诗》之作为诗歌根源与本原的"正"与"本"。

---

❶ 郭绍虞. 中国历代文论选：第1册[M]. 上海：上海古籍出版社，1979：63.

❷ 王运熙，周锋. 文心雕龙译注[M]. 上海：上海古籍出版社，2012：30-34.

船山特别认可孟子的"王者之迹熄而《诗》亡，《诗》亡然后《春秋》作"❶之论❷，其云："故周以情王，以情亡，情之不可久恃久矣"，周之兴亡皆以情，生情则诗兴，情不可达则诗亡；"故隐公之三年，平王崩，桓王立，《春秋》于是乎托始。"❸虽然"《诗》亡然后《春秋》作"，但是《诗》之为诗之艺术特征与审美精神如一。故船山所云"《诗》者"，也即为"诗者"。

船山以《诗》为"诗"，更为重要的意义体现为，在儒家思想传统中，《诗》是儒家"五经"的经典之一，故《诗》在船山眼中，不惟是经典之"经"，而且也是经典之"诗"（文学作品）。因此有学者以为："王氏对《诗》学的贡献，并不在于如何疏解《诗经》内容，而在于能将《诗经》作为文学作品来进行艺术研究。清代三百年，王氏是从文学角度研究《诗经》的第一人，《诗译》则是从文学角度研究《诗经》的第一部专著。"❹"从文学角度研究《诗经》"，这是船山诗学对于《诗经》学史的重要贡献，也是船山诗学之突出价值。长久以来，《诗经》作为儒家经典之一，传、注、疏、笺等，历代著作层出不穷、汗牛充栋，但是能够返归于"诗"之本原，以文学的态度来认识、诠解《诗经》的，在明清之际船山当是别开生面。船山所撰《诗广传》等著作，在诠解《诗经》时，既肯定其"经"之价值，又能极力挖掘其诗学意蕴，特别是突出《诗》相对于其他经典之本质。故船山明确强调，"五经"虽都概称经典，却是有本质之不同，其云："诗以道性情，道性之情也。性中尽有天德、王道、事功、节义、礼乐、文章，却分派与《易》《书》《礼》《春秋》去，彼不能代《诗》而言性之情，诗亦不能代彼也。"❺性之中尽含有天德、王道、礼乐、文章等诸事，诗之所道，却惟是"性之情"，与《易》《书》《春秋》等所

---

❶ 朱熹. 四书章句集注［M］. 北京：中华书局，1983：295.
❷ 《诗广传》"论兔爰"引作"王者之迹息而《诗》亡，《诗》亡然后《春秋》作"，"息"同"熄"。
❸ 王夫之. 诗广传［M］//船山全书：第3册. 长沙：岳麓书社，1992：342-343.
❹ 洪湛侯. 诗经学史［M］. 北京：中华书局，2002：560.
❺ 王夫之. 明诗评选［M］//船山全书：第14册. 长沙：岳麓书社，1996：1440-1441.

言说自然不同。

　　船山这种超拔于传统的对待和解释《诗经》之路径与方式，虽难免受人非议，但仍能体现出其独特价值。清四库馆臣将《诗经稗疏》与《诗译》相割裂开来，并且以为：《诗经稗疏》卷末"惟赘以《诗译》数条，体近诗话，殆犹竟陵钟惺批评国风之余习，未免自秽其书，今特删削不录，以正其失焉。"❶ 这恰是未能理解船山诗学之价值的体现。

（二）诗与际

　　"《诗》者，幽明之际者也"，前后两个"者"，尤为显眼，值得注意。《说文》云："者，别事词也。"❷ 即"者"乃是表示对事物判断之词。"《诗》者，幽明之际者也"，这里两个"者"，即是对何为"诗"的"这一个"所作出判断，"诗者"就是（或者说是"等于"）"幽明之际者"。从概念范畴来看，"幽明"是限定和概括"际"，换言之亦可，即"幽明之际者，诗也"。天地宇宙有其"幽明"，这个"幽明之际"就是诗，"际"是诗之可能与条件。

　　"际"作为诗的条件与可能，在上文已经有所论及，如所论之"天人之际""治乱之际"等。幽明之"际"，天人有"际"，治乱有"际"，故有"诗"。船山云："《易》有变，《春秋》有时，《诗》有际。善言《诗》者，言其际也。寒暑之际，风以候之；治乱之际，《诗》以占之。"

　　由"诗际幽明"到"《诗》有际"，既有联系，又有区别："诗际幽明"之"际"，是诗之为诗的前提与条件，诗以"际"来实现贯通天地人、通于宇宙天地之幽明；"《诗》有际"之"际"，正因为诗能贯通宇宙幽明，寻此"际"，则能追根溯源其本原。

　　因此，"际"之于"诗际幽明"：其一义为"情"，情是诗所言志正情政教之根本前提；其二义为"道"，即"言说"之"辞"，诗是歌咏之辞，以语言呈现"幽明之际"。

---

❶ 四库全书总目提要［M］//船山全书:第3册.长沙:岳麓书社，1992：288.
❷ 许慎.说文解字［M］.北京:中华书局，1963：74.

第三节 诗与道:"诗以道情,道性之情"

《说文》解释"道"字云:"道,所行道也。从辵从首。一达谓之道。"❶ 可见"道"之基本含义,即是人所行走之道路,抑或是"直达的道路"。从"道"的基本含义引而伸之,则为"道理"。天地有天地之道,万物有万物之道,人亦有人之道。故老子《道德经》开篇即云:"道可道,非常道。"❷ 其第一个"道"和第三个"道",即为玄之又玄、希夷不可见之"道"。孔子云:"吾道一以贯之。"❸ 这里的"道"则为孔子一生矢志不渝坚守的"仁道"。《论语》又云:"子曰:'君子道者三,我无能焉:仁者不忧,知者不惑,勇者不惧。'子贡曰:'夫子自道也。'"❹ 这里强调有所谓"君子之道"。而"道"亦有言说、道说之义。"道可道"的第二个"道","夫子自道也"之"道",即为"言说"之义。

船山论诗与道之关系,其"道"则兼有"道路"与"言说"两种含义。如云"夫诗以言情也"❺,又云:"诗以道情,道之为言路也。情之所至,诗无不至;诗之所至,情以之至。"❻ 诗之成篇,是在言说中生成;而诗之为诗,亦有其道。而诗之所道(言)为何?即"诗以言情",或谓"诗以道情"是也。

而从《尚书·尧典》之"诗言志"论开始,"志"与"情"也就一直是中国古代诗论的中心议题之一。《汉书·艺文志》云:"《书》曰:'诗言志,歌咏言'。故哀乐之心感,而歌咏之声发。诵其言谓之诗,咏其声谓之歌。"❼ 历代以来,学者对"情"之讨论辨析,亦不曾停息。在明清之际,船山承续儒家理学传统,对"情"亦有着深入见

---

❶ 许慎. 说文解字 [M]. 北京:中华书局,1963:42.
❷ 王弼. 老子道德经注 [M] // 王弼集校注. 北京:中华书局,1980:1.
❸ 程树德. 论语集释 [M]. 北京:中华书局,2013:298.
❹ 程树德. 论语集释 [M]. 北京:中华书局,2013:1161-1162.
❺ 王夫之. 诗广传 [M] // 船山全书:第3册. 长沙:岳麓书社,1992:341.
❻ 王夫之. 古诗评选 [M] // 船山全书:第14册. 长沙:岳麓书社,1996:654.
❼ 陈国庆. 汉书艺文志注释汇编 [M]. 北京:中华书局,1983:40.

解，且其对"情"之内涵的理解与融通，深刻影响到其诗学理论。如船山所云："若情固繇性生，乃已生则一合而一离。如竹根生笋，笋之与竹终各为一物事，特其相通相成而已。"❶ 又云："情元是变合之几，性只是一阴一阳之实。情之始有者，则甘食悦色；到后来蕃变流转，则有喜怒哀乐爱恶欲之种种者。……情便是人心，性便是道心。道心微而不易见，人之不以人心为吾俱生之本者鲜矣。"❷ 在这里，船山虽是从人之本性角度，谈论"性"与"情"之关系问题，但是其对"情"之理解，与其诗论有着重要关联。本节所论，从"情"与"性"、"情"与"感"以及"情"与"道"等三个层面予以展开，并结合船山所论"幽"与"明"之哲学维度，探讨船山诗学中"情"之本质、地位与特征：其一，分析情与性之关系，以此揭示诗所达之情与人之性的本原性关系；其二，论述情与感之关联，情在内，物在外，人之心与外物交感，即生情，摇曳性情，嗟叹吟咏，故诗歌以生；其三，讨论情与道之关系，诗歌毕竟是情感的外在形式，诗歌之情是人之情的外化与物化，是情感的言说。诗歌所言之情，正是"性之情"。故"情"与心性、与交感感、与言说三者，形成一个周密之圆环。

一、诗情之本原："惟性生情，情以显性"

在中国古代思想史上，"情"与"性"是一对古老的命题。在先秦儒家看来，"性"，在一般意义上理解，指的是人与生俱来的本性。孔子即曰："性相近也，习相远也。"❸ 人之本性是相近不差的，但是由于后天的习成而呈现出差异性。《中庸》亦云："天命之谓性，率性之谓道。"对于"天命之谓性"，朱子释云："命，犹令也。性，即理也。天以阴阳五行化生万物，气以成形，而理亦赋焉，犹命令也。于是人物之生，因各得其所赋之理，以为健顺五常之德，所谓性也。"❹《中庸》所论之"性"，认为"性"是来自于自然之"天"的，含有

---

❶ 王夫之. 读四书大全说［M］//船山全书:第6册. 长沙:岳麓书社，1991:964.
❷ 王夫之. 读四书大全说［M］//船山全书:第6册. 长沙:岳麓书社，1991:1066.
❸ 朱熹. 四书章句集注［M］. 北京:中华书局，1983:175.
❹ 朱熹. 四书章句集注［M］. 北京:中华书局，1983:17.

"天命"之运行。朱子将"性"转换为"理",认为所谓"性",是天地万物的生化运行,都有"天理"蕴含其间。

关于人之"情",先秦及秦汉时期文献多有论及。《中庸》言:"喜怒哀乐之未发,谓之中;发而皆中节,谓之和。"对此,朱子注云:"喜、怒、哀、乐,情也。其未发,则性也,无所偏倚,故谓之中。发皆中节,情之正也,无所乖戾,故谓之和。"❶《左传》昭公二十五年云:"民有好恶、喜怒、哀乐,生于六气。"❷《礼记·礼运》则云:"何谓人情?喜、怒、哀、惧、爱、恶、欲,七者弗学而能。"❸ 关于"情"的内容,《中庸》《左传》《礼记》所云虽然有所差异,《左传》较之《中庸》"喜怒哀乐"多出"好恶"二种,《礼记》与《左传》比较,多一"欲",又有"惧"与"乐"、"爱"与"好"之差别。

在许慎《说文》中解释"性"与"情"时,分别以为:"性"是"人之阳气性善者也";"情"是"人之阴气有欲者"❹。这里将"性"与"情"作为阳与阴对应提出,两者在本质上又有"性善"与"有欲"之区分,即前者是与生俱来无有不善的;后者却是与人之欲望相纠缠,有善有不善。在郭店楚墓竹简《性自命出》篇中,亦将"性"与"情"相对应提出:"性自命出,命自天降。道始于情,情生于性。始者近情,终者近义。知情者能出之,知义者能纳(入)之。"❺ 该篇所论的"性自命出,命自天降",与《中庸》篇中所论的"天命之谓性"相似,但是"性自命出"更加强调"性"的根源性,它是来自于"天命"所出。而且,与《中庸》不同的是,《性自命出》多有谈到"情",以为"道始于情,情生于性",又说"始者近情,终者近义",等等。在这里,"情生于性"揭示出"情"与"性"的关系,是生成之关系。

船山对于"性""情"之关注,是延续儒家孔孟、《中庸》以及朱

---

❶ 朱熹.四书章句集注[M].北京:中华书局,1983:18.
❷ 左丘明,杜预,孔颖达.春秋左传正义[M].北京:北京大学出版社,1999:1454.
❸ 孙希旦.礼记集解[M].北京:中华书局,1989:606.
❹ 许慎.说文解字[M].北京:中华书局,1963:217.
❺ 郭沂.《性自命出》校释[J].管子学刊,2014(4):99.

子对其之理解解释等而来。孔子的"性相近也,习相远也"之说,即有着先天后天之区分;《中庸》亦是强调"性"之本有,而"喜怒哀乐"有未发和已发的区别;孟子则提出"性善"之论,人从本性而言无有不善,但是需要"求放心",而"情可以为善"。

要理解"情"及其与"性"之关系,首先就要理解何为"性"。"性"在儒家思想体系中,显然处于更加重要的位置。朱子以"理"释"性",以为"性,即理也"。船山亦云:"性只是理。'合理与气,有性之名',则不离于气而为气之理也。为气之理,动者气也,非理也,故曰'性不知捡其心'。心则合乎知觉矣。"❶ 因此,"性"不只是"理",而是"合理与气"。"性"具有"理",又具有"气"之实有不虚,动则运行气化而无碍。

船山理解《中庸》之"中"和"庸",以为"中"为体,"庸"为用,体用互函而互用:"故'性''道',中也;'教',庸也。'修道之谓教',是庸皆用中而用乎体,用中为庸而即以体为用。故《中庸》一篇,无不缘本乎德而以成乎道,则以中之为德本天德,性道。而庸之为道成王道,天德、王道一以贯之。"❷ 船山在这里强调"庸皆用中"和"以体为用",看似是将"中""庸"体用二分,却又把二者通过体用关系统一起来。

以此视角来观人"情"之"喜怒哀乐"之未发、已发,船山云:"喜怒哀乐之未发,体也;发而皆中节,亦不得谓之非体也。所以然者,喜自有喜之体,怒自有怒之体,哀乐自有哀乐之体。喜而赏,怒而刑,哀而丧,乐而乐(音岳),则用也。虽然,赏亦自有赏之体,刑亦自有刑之体,哀乐(音岳)亦自有哀乐,亦是终不离乎体也。"❸ 据《中庸》所言:"喜怒哀乐之未发,谓之中;发而皆中节,谓之和。"人情之"喜怒哀乐"未发,即谓之"中",是为体;"发而皆中节,谓之和","情"已发,则是用,虽是"用"而"亦不得谓之非体"。船山以为,人情之"喜怒哀乐"既是体,发而为用,而为"赏、刑、丧、

---

❶ 王夫之. 读四书大全说[M]//船山全书:第6册. 长沙:岳麓书社,1991:1108.
❷ 王夫之. 读四书大全说[M]//船山全书:第6册. 长沙:岳麓书社,1991:451.
❸ 王夫之. 读四书大全说[M]//船山全书:第6册. 长沙:岳麓书社,1991:450.

乐",但"赏、刑、丧、乐"亦有其体。"中为体,故曰'建中',曰'执中',曰'时中',曰'用中'……庸为用,则中之流行于喜怒哀乐之中,为之节文,为之等杀,皆庸也。"❶ 换言之,人"情"之"喜怒哀乐",既是未发之"中"体,又是已发流行之用,故有人"情"之节文与等差;而已发之"喜怒哀乐"之"情",亦有其体。

因此,船山所论之"情",既肯定朱子所认为的"其未发,则性也"的观点,但是同时又对朱子所以为的"无所偏倚,故谓之中"提出质疑。因为既然其未发,就无所谓"偏倚";所谓"中",即是体,而非"无所偏倚"之用。因其未发的状态为"中"、为体,虽"发而皆中节,亦不得谓之非体"。其实这就是肯定了"情"之本体地位。

"喜怒哀乐之未发,体也",人"情"自有其体,"情"以"性"为本原,但是人之已发之"情",即呈现出来"喜怒哀乐"之情,与"性"终归是为两途,是为两物。船山云:"若情固繇性生,乃已生则一合而一离。如竹根生笋,笋之与竹终各为一物事,特其相通相成而已。"❷ 即谓情虽为性所生出,但是如同竹根生笋一样,虽同根所出,终归是各为一种不同之事物,根自是根,笋自是笋。因此,船山反对混淆情与性,驳斥以情为性和以性为情。

船山云:"或人误以情为性,故曰'性可以为善,可以为不善'。今以怵惕恻隐为情,则又误以性为情,知发皆中节之'和'而不知未发之'中'也。言'中节'则有节而中之,非一事物矣。性者节也,中之者情也,情中性也。云由性善故情善,此一本万殊之理也,顺也。若曰以情之善知性之善,则情固有或不善者,亦将以知性之不善与?"❸ 船山在这里,批评了"以性为情"和"以情为性"的两种倾向。孟子言"性善",以为"性"无有不善;言"乃若其情,则可以为善矣",则是"情"可以为善,亦可以为不善。故虽"情由性生",情性固有差别。"性"是为道心,"道心惟微",恻隐之心、羞恶之心、辞让之心、是非之心,均道心是也。"情"是为人心,"人心惟危",喜、怒、

---

❶ 王夫之. 读四书大全说[M]//船山全书:第6册. 长沙:岳麓书社,1991:451.
❷ 王夫之. 读四书大全说[M]//船山全书:第6册. 长沙:岳麓书社,1991:964.
❸ 王夫之. 读四书大全说[M]//船山全书:第6册. 长沙:岳麓书社,1991:965.

哀、乐，则是人心。

对于"道心""人心"，诚如本书第二章所阐述的，船山以为，喜怒哀乐之情，"只是人心，不是人欲"，"惟性生情，情以性显，故人心原以资道心之用。道心之中有人心，非人心之中有道心也。则喜、怒、哀、乐固人心，而其未发者，则虽有四情之根，而实为道心也。"❶ 性为情之体，情为性之用。情为发之时，即是道心。性中之仁、义、礼、智以为本，必于喜、怒、哀、乐方能显之。

针对"情无有不善"，即认为"喜怒哀乐未发，何尝不善，发而中节，亦何往而不善"的观点，船山以为"性、情之分"是非常明显的："喜怒哀乐未发，则更了然无端倪，亦何善之有哉！中节而后善，则不中节者固不善矣，其善者则节也，而非喜怒哀乐也。学者须识得此心有个节在，不因喜怒哀乐而始有，则性、情之分迥然。"❷ 船山认为，在孟子那里，性与情的区分是十分明显的：恻隐、羞恶、辞让、是非是道心，是人之性；喜、怒、哀、乐则是人心，是人之情。两者区别分明而又相近。故孔子云："性相近也，习相远也。"人性与人情相近，而由于后天之已发与习成的差别，因此人之情往往是相距甚远。

"性无有不善"，但情却是"有善有不善"，即谓情可以为善，可以为不善。针对程子（程颐）"全以不善归之于才"，船山提出："既是人之才，饶煞差异，亦未定可使为恶。""故愚决以罪归情，异于程子之罪才也。"❸ 人之于禽兽，其本性自然相异，其才也"灼然终始不相假借者"；"故恻隐、羞恶、恭敬、是非，唯人有之，而禽兽所无也；人之形色足以率其仁义礼智之性者，亦唯人则然，而禽兽不然也。若夫喜怒哀乐爱恶欲之情，虽细察之，人亦自殊于禽兽，而亦岂人独有七情，而为禽兽之所必无，如四端也哉！……而性自有几希之别，才自有灵蠢之分，到底除却者情之妄动者，不同于禽兽。"❹ 人之性与才

---

❶ 王夫之. 读四书大全说［M］//船山全书:第6册. 长沙:岳麓书社,1991:472-473.

❷ 王夫之. 读四书大全说［M］//船山全书:第6册. 长沙:岳麓书社,1991:1065.

❸ 王夫之. 读四书大全说［M］//船山全书:第6册. 长沙:岳麓书社,1991:1071-1072.

❹ 王夫之. 读四书大全说［M］//船山全书:第6册. 长沙:岳麓书社,1991:1072.

之于禽兽皆有不同，但是人与禽兽之别，归根结底最为明显的还是在于情之"妄动"。人之性与禽兽之性各异，人之才与禽兽之才亦是不同，人之"七情"与禽兽也有不同，人之情失其"节"，"喜禽所同喜，怒兽所同怒"，是以情可以为不善。

或以为，既然情可以为不善，那"何不去情以塞其不善之原"？船山认为这是异端之说兴起的一个缘由，他们并不知道人无情则不能无恶，但无情亦不能为善矣。孟子言"情则可以为善，乃所谓善也"，这是专就"尽性"而言的。船山一方面强调"为不善者情之罪"，即情可以为不善；另一方面亦强调情可以为善。"不善虽情之罪，而为善则非情不为功。……情虽不生于性，而亦两间自有之几，发于不容已者。虽其然，则亦但将可以为善奖之，而不须以可为不善责之。故曰'乃所谓善也'，其言可以谓情善者此也。"❶ 正是因为情可以为不善，所以见性之后，须在情上用功，"亦必省察以治情，使之为功而免于罪"❷。这正是强调了"情"之未发，即为体，通于性本身；发而"中节"是为善；由此亦可知"情"之已发，未"中节"而可为不善。

概言之，船山强调："发而始有、未发则无者谓之情，乃心之动几与物相往来者，虽统于心而与性无与。即其统于心者，亦承性之流而相通相成，然终如笋之于朱，父之于子，判然为两个物事矣。大抵不善之所自来，于情始有而性则无。……情以性为干，则亦无不善；离性而自为情，则可以为不善矣。"❸ 情与性终归是两种物事，性无有不善，情未发之时与性合，也是无有不善，情已发而离性，可以为善，亦可以为不善。情之善与不善，船山强调这并非"情"之本体固然，而关键在于情之变几，他以为："若论情之本体，则如［木＋巳，音sì］柳，如湍水，居于为功不善者之间，而无固善固恶，以待人之修为而决导之，而其本则在于尽性。"❹ 对于"情"之本体而言，没有"固

---

❶ 王夫之. 读四书大全说［M］//船山全书：第6册. 长沙：岳麓书社，1991：1069.
❷ 王夫之. 读四书大全说［M］//船山全书：第6册. 长沙：岳麓书社，1991：1069.
❸ 王夫之. 读四书大全说［M］//船山全书：第6册. 长沙：岳麓书社，1991：964－965.
❹ 王夫之. 读四书大全说［M］//船山全书：第6册. 长沙：岳麓书社，1991：1070.

善固恶"，而是有待于人的修为以决导之。

二、诗情之动感：感于物而动

《礼记·乐记》云："人生而静，天之性也。感于物而动，性之欲也。"❶ 人之生而具有其本性，性内存于心而乃天生之固有，外感于物者为欲之动，即为情。对此，朱子释云："人生而静，天之性也，感于物而动，性之欲也，何也？曰：此言性情之妙，人之所生而有者也。盖人受天地之中以生，其未感也，纯粹至善，万理具焉，所谓性也。然人有是性即有是形，有是形即有是心，而不能无感于物，感于物而动，则性之欲者出焉，而善恶于是乎分矣。性之欲，即所谓情也。"❷ 朱子本于理欲之分，以为天生之性本静，无有不善；外感物而性之欲动，则未必是不善，故有善有不善，"至于'物至知知，然后好恶形焉；好恶无节于内，知诱于外，不能反躬，天理灭矣'，方是恶。"❸ 因此可知，性之本静，因物而欲动，好恶无节而不能反躬，则是恶。而《礼记·礼运》则云："何谓人情？喜、怒、哀、惧、爱、恶、欲，七者弗学而能。"❹ 故据《礼运》中所云，"欲"即本为"人情"之一种。因而，船山肯定朱子的理解，则直接以"情"释"欲"，故船山云："'欲'，谓情也。……人具生理，则天所命人之性故在其中，特其无所感触，则性用不形而静。乃性必发而为情，因物至而知觉之体分别遂彰，则同其情者好之，异其情者恶之，而与物有所攻取，亦自然之势也。"❺ 情本原于性，性发而为情，即人之心与外物相感而生其情，异同攻取，则喜怒有好恶之类。

船山以为，诗情之产生，从其动力来看，则是"感于物而动"，将《乐记》所云"感于物而动，性之欲也"，及"感于物而动，故形于声"，转而为"感于物而动，性之情也"。由此，船山特别对"情"与

---

❶ 孙希旦. 礼记集解 [M]. 北京：中华书局，1989：984.
❷ 孙希旦. 礼记集解 [M]. 北京：中华书局，1989：984.
❸ 黎靖德. 朱子语类：第6册 [M]. 北京：中华书局，1986：2252.
❹ 孙希旦. 礼记集解 [M]. 北京：中华书局，1989：606.
❺ 王夫之. 礼记章句 [M] //船山全书：第4册. 长沙：岳麓书社，1991：897-898.

"欲"作出明确区分，进而强调"诗达情"而非"诗达欲"。

（一）情与欲之分际

概言情与欲之分际，即谓情与欲既有其合，亦有其分。就其合而言，情欲未分，情偏于欲，则谓之"浮情"，情无有恒定而不知止；就其分而言，情自是情，欲自是欲，"诗达情"而非"达欲"。

诚如上文所言，人之性本静，与外物相感而生情；性无有不善，情却是有善有不善。既然已生之情或有不善，何不遏制寂灭其情而不相感呢？显然，心物之相感而情之生，情有其不得不生，而非必然寂灭其情而窒息其欲。故船山释《损》卦时云："故君子之用《损》也：……用之于'窒欲'，而欲非已滥，不可得而窒也。此'二簋'之不必其丰，而盈虚之必偕于时者也。是何也？处已泰之余，畜厚而流，性甫正而情兴，则抑酌其遇，称其才，而因授之以节已耳。若夫性情之本正者，固不可得而迁，不可得而替也。性主阳以用壮，大勇浩然，亢王侯而非忿；情宾阴而善感，好乐无荒，思辗转而非欲。而尽用其惩，益摧其壮；竟加以窒，终绝其感。一自以为马，一自以为牛，废才而处于錞；一以为寒岩，一以为枯木，灭情而息其生。彼佛、老者，皆托《损》以鸣其修。"❶君子之用"损"，并非必然之"减损"，亦非必然"损己以利人"；而是斟酌其情（"酌其遇，称其才"），能不损则不损，知其节制，性正而情兴，损其有余。由此而窥船山所论之性、情、欲，可从如下三个层面来看。

其一，性情得其正，性与情各有其用。船山云："《泰》者，天地之正也。惟至正者为能大通，故曰'一阴一阳之谓道'。建立于自然，而不忧品物之不亨矣。乃性静而止，情动而流；止以为畜，畜厚则流。迨其既流，不需其长，随应而变，往而得《损》者，亦固然之势。"❷船山以为正如"泰"卦所显示卦象，天地各得其正，品物流行各行其用。性与情各有不同：性静，静则蓄积；情动，动则流通。蓄积丰厚

---

❶ 王夫之. 周易外传[M]//船山全书:第1册. 长沙:岳麓书社, 1988: 923-924.
❷ 王夫之. 周易外传[M]//船山全书:第1册. 长沙:岳麓书社, 1988: 923.

则自然而流通，动静各得其宜。概言之，由性之静与止，至情之动与流，"建立于自然"，"随应而变"。性本静，静止而能蓄积至厚，盈满而又自然流动而不居，是性静自然而动感，动感而情兴。换言之，情之兴，本原于至正之性；无有其性，则无有其情。性与情各有其用，"性主阳以用壮，大勇浩然"，性为主，属阳，故能以用壮，气与力达至于极致，生命勃发无限；"情宾阴而善感，好乐无荒"，情为宾（客），属阴，因此善于感发，虽有喜好娱乐而无所荒废。由此观之，性、情各有其宜，情已发而有善、有不善，并非固不善。特别是情之"思辗转而非欲"，忧思辗转，情仍归于正，因而与"欲"相区别。

其二，若非欲已滥，则不可得而窒也。性主阳、情宾阴，情动而不知止，由势观之，则情有欲动，而且可能泛滥而不可收。情、欲有其分际，因而情与欲相即而不离，情之能节制，则趋于欲，欲不能止，而泛滥之。故船山所云"君子之用《损》也：……用之于'窒欲'，而欲非已滥，不可得而窒也"，君子固然需要"窒欲"，即窒息人之浮情与奢欲，但是其所为用，当是在"欲已泛滥"，则应该"窒欲"。换言之，如果不是情欲之泛滥，则未必需要来"窒欲"；所窒之欲，是已经泛滥而不知止的"浮情"与"滥欲"。

其三，特别批评佛、老之"灭情而息其生"。在船山看来，佛、老仅仅只是知道人之情生，而不知情本原于性；只知情欲动而有为，不知性之清静无动而固有其善；只知人之有情与欲，而不知其有性与生。船山批评佛、老二者"皆托《损》以鸣其修"，以为他们对于"损"之理解与践行存在着偏差："损"并非固然之减损，人之情生，固有其恰当的地方，只有当"欲已滥"，才"可得而窒也"。船山正是从"故君子之用《损》也"，"用之于'窒欲'，而欲非已滥，不可得而窒也"，由此视角来批评佛、老之"灭情而息其生"。

综合以上来看，情与欲之合，所谓"情欲"。故云："情欲，阴也；杀伐，亦阴也。阴之域、血气之所乐趋也，君子弗能绝，而况细人乎！"[1] 情欲与杀伐，均属阴，这些都是人之"血气"所乐于趋往，故

---

[1] 王夫之. 诗广传［M］//船山全书：第3册. 长沙：岳麓书社，1992：369.

有云血气方刚而好动,这是君子也不能避免的。

　　船山评论《诗经·唐风·蟋蟀》云:"方忧而思乐,方乐而思忧,无定情而已矣。故以《蟋蟀》之诗为有陶唐氏之风者,吾不知也。……忧事近利,乐事近欲。圣人惮纳其民于利与欲也,故以乐文忧,而后不迫民于利;寓忧于乐,而后不荡民于欲。是其民无一日之'瞿瞿'焉,适然而已矣。今曰'今我不乐,日月其除',则前乎此者,皆非其乐也。又曰'好乐无荒',苟其乐焉,而即乎荒也。于忧而见乐,渴而望乎甘泉,吾不知其所自戢矣。于乐之时而有忧,且必舍乐而后得免于忧。自非大利以夺其情,抑将何挟以制其欲哉?我故知《蟋蟀》之言乐,非乐也,欲而已矣;其言良士,非良士也,利人而已矣。以欲为乐,以利为良,民之不疾入于乱者几何,而奚望其有固情哉?故忧乐相涵,利欲相竞。相涵则一,相竞则疑。疑而无以为之制,则'瞿瞿'而善警,崇利以求欲也,不知所止,国之不亡,幸也,奚陶唐氏之风云!"❶

　　关于《蟋蟀》一诗的主旨,清代方玉润《诗经原始》云:"其人素本勤俭,强作旷达,而又不敢过放其怀,恐耽逸乐,致荒本业。故方以日月之舍我而逝不复回者为乐不可缓,又更以职业之当修、勿忘其本业者为志不可荒。无已,则必如彼瞿瞿良士,好乐而无荒焉可也。"❷"瞿瞿良士"这种"欲行乐而还复忧"的矛盾心理,在诗中得到了形象地呈现。但是船山对《蟋蟀》所表达这种矛盾之情总体是持批评的态度,以为其诗并非有尧帝之遗风❸。因为在船山看来,它是"方忧而思乐,方乐而思忧",情无有定,而无"定情"。之所以无"定情",究其原因是忧非其忧、乐非其乐。船山以为,"忧事近利,乐事近欲",人之所忧之事,与利益相近;所乐之事,去欲望不远。《蟋蟀》之诗情,正是"以欲为乐,以利为良",即其民把欲望的满足当作"乐",

---

❶ 王夫之. 诗广传 [M]//船山全书:第3册. 长沙:岳麓书社,1992:363-364.
❷ 程俊英,蒋见元. 诗经注析 [M]. 北京:中华书局,1991:306.
❸ 朱子云:唐国"本帝尧旧都","其地土瘠民贫,勤俭质朴,忧深思远,有尧之遗风"。又云:"唐俗勤俭,故其民间终岁劳苦,不敢少休。及其岁晚务闲之时,乃敢相与燕饮为乐。……盖其民俗之厚,而前圣遗风之远如此。"(朱熹. 诗集传 [M]. 北京:中华书局,2011:87-88.)

而把对物质利益的追求("崇利")当作"良"。"以欲为乐",就会欲望泛滥而不知返;"以利为良",就会崇尚利益而不能知道义、贤良。

"以乐文忧,而后不迫民于利;寓忧于乐,而后不荡民于欲",船山强调圣人之教,正是由于圣人担心其民一味追求利与欲,所以采取"以乐文忧""寓忧于乐"的办法。"以乐文忧",是以乐来文饰其忧;"忧事近利",人们在追求物质利益的时候,能够以诗乐予以文饰,就不会偏于物欲,而能"不迫于利"了。"寓忧于乐",是寓忧患之思于行乐之中;"乐事近欲",人们在追求娱乐愉悦的时候,适当地寄寓着忧患之思,就不会有情欲之泛滥了。

这里尤其需要注意的是,船山在此并非是有意来混淆"忧乐":一方面,船山所批评"方忧而思乐,方乐而思忧",这是无有定情,忧、乐均不得其情,忧非其忧而乐非其乐;另一方面,"以乐文忧",这个"忧"仍然是"忧",而以"乐"文饰"忧","忧"是明,"乐"是幽;"寓忧于乐","乐"仍然是"乐",而寓之以"忧","乐"是明,"忧"是幽。因此,船山云"相涵则一",忧与乐相涵,但"忧"仍是"忧","乐"仍然是"乐"。

船山所强调"以乐文忧"与"寓忧于乐"的意义在于:在区分忧、乐之别的基础上,为了防止偏于一端——因为忧事近利,偏执于忧则执着于利,以利为良;乐事近欲,偏执于乐则泛滥于欲。如此"利欲相竞","崇利以求欲也,不知所止",而国之不亡,岂非是很幸运的?

(二)"诗达情,非达欲也"

情与欲固有其别,因此,在诗歌本质及其功用的认识上,船山肯定"诗言志"与"诗达情",而反对诗之"言意"与"达欲"。船山云:"诗言志,非言意也;诗达情,非达欲也。心之所期为者,志也;念之所觊得者,意也;发乎其不自已者,情也;动焉而不持者,欲也。意有公,欲有大,大欲通乎志,公意准乎情。但言意,则私而已;但言欲,则小而已。"[1] 在他看来,"欲"虽有"大欲"而通乎志,"意"

---

[1] 王夫之. 诗广传 [M] //船山全书:第3册. 长沙:岳麓书社,1992:325.

则亦有"公意"而与情相准；但是仅单就"意"与"欲"而论，则是为个人的"私意"与"小欲"。故船山对诗中所充斥着的"私意"与"小欲"极其不满。其出发点在于，船山以为："《诗》之教，导人于清贞而蠲其顽鄙，施及小人而廉隅未刓，其亦效矣。"❶"诗言志"，言说其志向（"心之所期为者"），其志也非为"私"与"小"；"诗达情"，表达其不能一己之情感，其情也非为"私情"与"私意"。诗歌的教化作用真正体现在于，通过诗歌教导，使人成为清白坚贞之君子，清除其性之顽鄙；即使是施之于小人，也能保存其端方不苟之品格。如果诗任由"私意"与"小欲"泛滥，则是人之理、诗之教的沦亡。

在船山看来，诗之有言意、达欲者，"二《雅》之变，无有也；十二国之《风》，不数有也。汉、魏、六代、唐之初，犹未多见也"；但是至于盛唐之杜甫"诞于言志"，"迨其欲之迫而哀鸣"，其后则有"韩愈承之，孟郊师之，曹邺传之，而诗遂永亡于天下"❷。船山特别就诗之"言志"与"达情"提出自己的理解，以为："意之妄，忮忒为尤，几倖次之；欲之迷，货私为尤，声色次之。货利以为心，不得而忮，忮而忒，长言嗟叹，缘饰之为文章而无怍，而后人理亡也。"❸私意之妄动、欲望之沉迷，对于诗歌创作而言，显然是极其有害的因素。由于人对物质利益、个人欲望的追求，其物质与欲望需求不能满足而"长言嗟叹，缘饰之为文章"，如此诗歌创作倾向是船山所极力反对的，故对杜甫等人的创作提出严厉批评。由此也可见出船山所主张的"诗达情"，其情乃是有益于诗歌的教化，促进人之"情"归于贞正。

船山肯定"诗达情"，这就引出下一个问题，即诗所传达之"情"，其内容到底为何？而从船山自己所述观之，"诗之情"至少包含三个方面的内容：一是情绪、情感；二是情况、实情；三是情理、道理。因此，船山论诗歌所包含之"情"，或含上述之其一，或兼而有之。

---

❶ 王夫之.诗广传[M]//船山全书:第3册.长沙：岳麓书社，1992：326.
❷ 王夫之.诗广传[M]//船山全书:第3册.长沙：岳麓书社，1992：326.
❸ 王夫之.诗广传[M]//船山全书:第3册.长沙：岳麓书社，1992：325-326.

三、诗情之言说：诗以道性之情

诗歌是吟咏，是言说的艺术。船山云"诗达情"，即是将"情"作为诗歌言说与表达的中心。《诗广传》在其开篇论《关雎》时，即云夏、殷（商）、周所尚之别，以为"周尚文，文以用情"，"是故文者，白也，圣人之以自白而白天下也。匿天下之情，则将劝天下以匿情矣"❶。"文者，白也"，诗、文所白，白情也。白与匿相对，白者彰显之，匿者隐匿之。诗文以情之言说与表达为中心，《诗三百》之兴，圣人、君子乃至细人（小人）能有其情而白之，情之显现，则有《诗》；君子、小人匿其情，情无其情，则《诗》亡也。故云："故隐公之三年，平王崩，桓王立，《春秋》于是乎托始。"❷

船山以情之表达为中心论诗，以情之有无，而论《诗》之存亡，其云："周道衰弛，人无白情，而其诗曰'岂不尔思，畏子不奔'，上下相匿以不白之情，而人莫自白也。"❸ 周道之衰微不振，其上下之情不白而相隐匿，人不自白其情，天下之情亦不相白。上下之情相匿而不得知，"上不知下，下怨其上；下不知上，上怒其下。怒以报怨，怨以益怒，始于不相知，而上下之交绝矣。夫诗以言情也，胥天下之情于怨怒之中，而流不可反，奚其情哉！"❹ 上下之相知，虽有怨有怒，而其情当其实；如果上下不相知，上不知下之所怨、所恶，下不知上之所怨、所恶，上下交相绝，怨不知所怨，怒不知所怒，国之危亡也速。这也即船山所谓的"流而不反"，如已覆之水不可收，上下交相怨，其情亦无存。"故周以情王，以情亡，情之不可恃久矣。是以君子莫慎乎治情。"❺ 周之王治兴，上下交相知，其情相通，故其治兴；周之衰也，上下之交绝，其情不通，故其国日危。

概而言之，诗情之见与隐，可以观一国之兴与衰。上下相交相知，

---

❶ 王夫之. 诗广传 [M] //船山全书：第3册. 长沙：岳麓书社，1992：299.
❷ 王夫之. 诗广传 [M] //船山全书：第3册. 长沙：岳麓书社，1992：343.
❸ 王夫之. 诗广传 [M] //船山全书：第3册. 长沙：岳麓书社，1992：299.
❹ 王夫之. 诗广传 [M] //船山全书：第3册. 长沙：岳麓书社，1992：341.
❺ 王夫之. 诗广传 [M] //船山全书：第3册. 长沙：岳麓书社，1992：342.

则其情相通，诗之兴观群怨，无不涵有其情，由此可观其政通人和；而上下交相绝，无有其情，其诗情亦绝，由此则可观其国之衰。

（一）诗情之见（现）与隐

船山所云"诗以道情"，又云："诗以道性情，道性之情也。性中尽有天德、王道、事功、节义、礼乐、文章，却分派与《易》《书》《礼》《春秋》去，彼不能代《诗》而言性之情，诗亦不能代彼也。"❶在上文中，已经论及性与情之本原性关系及其区别，而此处需要强调的是，船山特别提出《诗》与《易》《书》《礼》《春秋》所言之"性"有不同，诗所言道乃是"性之情"。正是基于此，船山对"以史为诗""以意为诗"等倾向予以严厉批评，以为杜甫等人决破诗与史之界限，"桎梏人情，以掩性之光辉"，是为"风雅罪魁"❷。船山具体之诗学批评实践或可商榷，但是其强调明确诗与史之界限，而对于诗学中人之性情的肯定与高扬，应当是有过人之处的。

船山以为"周尚文，文以用情"，又云"周道衰弛，人无白情"，"故周以情王，以情亡"，即在周代之历史发展过程中，既有其情见，又有其情隐。其情见，用情以起诗文；其情隐，则《诗》亡而"《春秋》于是乎托始"。故船山云："平王弱而情见，桓王弱而情隐。"❸船山以为，从《兔爰》所表现主题来看，当是周之遗民思周平王而歌之。平王之世，国虽弱而自强，东迁立国，"民虽劳怨，犹有缱绻之情焉。迄乎桓王，而忠厚之泽斩矣"❹。简言之，诗情之见（现）与隐，其实就是诗歌产生与发展在"情"上根本立足：有其情，则有其诗；无有其情，则诗亡矣。这不仅是船山对于《诗三百》之"情"的考察所得出的结论，同时也是船山所持一种诗学历史发展脉络之基本态度。

---

❶ 王夫之. 明诗评选［M］//船山全书：第14册. 长沙：岳麓书社，1996：1440-1441.
❷ 王夫之. 明诗评选［M］//船山全书：第14册. 长沙：岳麓书社，1996：1441.
❸ 王夫之. 诗广传［M］//船山全书：第3册. 长沙：岳麓书社，1992：343.
❹ 王夫之. 诗广传［M］//船山全书：第3册. 长沙：岳麓书社，1992：343.

（二）诗之性情："情之性"与"性之情"

论及诗情之根本与本原，船山往往不孤言"情"，而是多言"性情"，故云"诗以道性情"，又云："圣人者，耳目启而性情贞，情挚而不滞，己与物交存而不忘，一无蔽焉，《东山》之所以通人之情也。"❶ 以为圣人开启耳目以听闻，而性情贞正，情感真挚而不凝滞，因此内之心与外之物相交而能存而不忘，无所遮蔽。正因为如此，《东山》所呈现出之诗情，"至于室家忘女、男女及时，亦皆其心之所愿而不敢言者，上之人乃先其未发而歌咏以劳苦之，则其欢欣感激之情为何哉"❷，周公所作之《东山》"通人之情"，其情与普通士卒之情相通而无凝滞。所谓"性情"，是性与情偕，故圣人是以"性情贞"，而其诗能"通人之情"。

不惟言"性情"，船山亦言"情之性"与"性之情"，而三者含义大同而小异。

如云："孝子之于亲，忠臣之于君，其爱沈潜，其敬怵惕，迫之而安，致命而己有余，历乱离而无不督，情之性也。"❸ 子之为孝，臣之为忠，其之于亲、君，爱则沉潜，敬则怵惕，虽经历离乱、生命遭受威胁而无有变，其不变者，正是情之有"性"。在船山看来，对于众人而言，其情有定，不会因人不同而变易其性。故所谓"情之性"，情自然是为情，但是情之有性，情就其本原来说它是根源于性。这是侧重于从情之所根本而言的。

又云："不毗于忧乐者，可与通天下之忧乐矣。忧乐之不毗，非其忘忧乐也，然而通天下之志而无蔽。以是知忧乐之固无蔽而可为性用，故曰：情者，性之情也。"❹ 船山在这里提出"情者，性之情也"，并且以为"忧乐之不毗"，"以是知忧乐之固无弊而可为性用"云云，其中"不毗"与"无蔽"尤为值得注意。

---

❶ 王夫之. 诗广传［M］//船山全书:第3册. 长沙:岳麓书社,1992:384.
❷ 朱熹. 诗集传［M］. 北京:中华书局,2011:124.
❸ 王夫之. 诗广传［M］//船山全书:第3册. 长沙:岳麓书社,1992:328.
❹ 王夫之. 诗广传［M］//船山全书:第3册. 长沙:岳麓书社,1992:384.

"不毗于忧乐""忧乐之不毗",当是针对《庄子·在宥》来说的。《在宥》云:"人大喜邪? 毗于阳;大怒邪? 毗于阴。阴阳并毗,四时不至,寒暑之和不成,其反伤人之形乎!"❶ 关于此"毗",成玄英疏云:"毗,助也。喜出于魂,怒出于魄,人禀阴阳,与二仪同气。尧令百姓喜,毗阳暄舒;桀使人怒,助阴惨肃。人喜怒过分,则天失常,盛夏不暑,隆冬无霜。既失和气,加之天灾,人多疾病,岂非反伤形乎!"❷ 成玄英在此将"毗"释为"助"。清代俞樾考证云:"案此毗字当读为毗刘暴乐之毗。《尔雅·释诂》云,毗刘,暴乐也。合言之则曰毗刘,分言之则或止曰刘……或止曰毗,此言毗于阳毗于阴是也。……喜属阳,怒属阴,故大喜则伤阳,大怒则伤阴。毗阴毗阳,言伤阴伤阳之和也,故四时不至,寒暑之和不成。"❸ 诸家对"毗"之理解,或以为"助",或以为"比",俞樾则以为应该理解为"伤","毗"为"毗刘"之省,"毗刘"意即"暴乐","暴乐"通"爆烁",犹剥落,脱落稀疏的样子。对于其字的训诂虽然有差异,但是就《在宥》所言,皆能意会。故船山也云:"喜则其性必淫,欣欣然趋乐利者导之以靡也。怒则其德必迁,瘁瘁焉恶死亡者、为善不能、为恶不可、无所据以自安也。……阳之德生;知生之为利,而不知生之必有杀,则足以召天下之狂喜,而忘其大忧。阴之德杀;谓杀为固然,而不知杀之害于生,则足以召天下之狂怒,而丧其不忍。夫阳有至和,阴有至静。至静以在,至和以宥,而其发为喜怒者,乃阴阳之委也。一念毗于阳,而天下奔于喜,罚莫能戢也。一念毗于阴,而天下奔于怒,赏莫能慰也。君天下者与天下均在二气之中,随感而兴。天气动人而喜怒溢,人气动天而寒暑溢,非得寰中以应无穷者,鲜不毗也。圣之毗无以异于狂矣。"❹ 据船山对《在宥》的理解,毗于阳而大喜("狂喜"),毗于阴而大怒("狂怒");"狂喜"则是仅"知生之为利,而不知生之必有杀","狂怒"则仅是"谓杀之为固然,而不知杀之害于

---

❶ 郭庆藩. 庄子集释 [M]. 北京:中华书局,1961:365.
❷ 郭庆藩. 庄子集释 [M]. 北京:中华书局,1961:366.
❸ 郭庆藩. 庄子集释 [M]. 北京:中华书局,1961:366.
❹ 王夫之. 庄子解 [M] //船山全书:第13册. 长沙:岳麓书社,1993:205.

生"。天与人，无不是在阴阳二气之中，二气之相感，天与人相应，故"非得寰中以应无穷者，鲜不毗也"，乃至于像尧这样的圣人之治理天下，其之"毗"也是无异于"狂喜"。《在宥》所云："昔尧之治天下也，使天下欣欣焉乐其性，是不恬也；桀之治天下也，使天下瘁瘁焉人苦其性，是不愉也。夫不恬不愉，非德也。"❶《在宥》的作者以为，尧与桀之治天下，一者使天下人乐其性而不恬（恬，静也），一者使天下人忧苦其性而不愉（愉，乐也）；前者即是大喜毗于阳，后者则是大怒毗于阴。

船山正是针对《在宥》所言的或毗于阳、或毗于阴，提出人之性情当"不毗于忧乐"。由以上观之，"不毗"意即不偏极于、不过分地执于一端，不会因为顾此而失彼、只知显而不识幽；"不毗于忧乐"，即既不毗于忧（即不毗于阴而大怒），也不毗于乐（即不毗于阳而大喜），不毗于忧、乐各为一端。故云："惟毗于忧，则不通天下之乐；毗于其所忧，则不通天下之所忧。毗于忧，而所忧者乍释，则必毗于乐；毗于乐，亦将不通天下之忧；毗于其所乐，抑将不通天下之所乐。故曰：'一叶蔽目，不见泰山；两豆塞耳，不闻雷霆。'言毗也。"❷ 船山在此明言，所谓"毗"，则是偏执于一端，偏执于"忧"，则不能通天下之"乐"，偏执于自己之所"忧"，则不能通于天下他人之所"忧"；偏执于"乐"，亦复如是，毗于忧乐，则犹如一叶蔽目、两豆塞耳。

而"不毗"的最根本原因在于"无蔽"。"忧乐之不毗，非其忘忧乐也，然而通天下之志而无蔽"，不毗于忧乐，并非是完全否定忧乐，不执有忧来否定乐，也不执有乐来否定忧。不毗于忧乐，合而言之，亦是不偏执于忧乐，所以能"通天下之志而无蔽"，"以是知忧乐之固无蔽而可为性用"，不毗于忧乐之情，则忧乐之情为显为明，而人之性为幽为微；情之显与明，并不遮蔽性之幽与微；忧乐之情无蔽，则可以为性之用。

---

❶ 郭庆藩. 庄子集释［M］. 北京：中华书局，1961：364.
❷ 王夫之. 诗广传［M］//船山全书:第3册. 长沙：岳麓书社，1992：384.

概言之，人之情是明，人之性是幽；人之情性幽明，性之幽，正是在情之明中呈现，而情之无蔽，而能为性体之用。正是因为如此，船山云："人心之动，有可知者，有不可知者。不可知者，人心之天也。治天下者，恒治其可知，而不能治其不可知。"❶ 人心之动为情，情有可知和不可知者；人心未动之时，虽不可知而非无。而于其不可知者，"慎乎其喜，天下不淫；慎乎其怒，天下不贼；喜怒守其知，天下不骜。"❷ 人能"慎"乎其喜怒之情，而能见不可知之性而无蔽，而人情万物复归到其本根，固然其自生，则其性自正、其情自达。因此，船山评《豳风·东山》云："圣人者，耳目启而性情贞，情挚而不滞，己与物交存而不忘，一无蔽焉……"

因此，船山所云"情者，性之情也"，特是强调诗情之本原与性，情为性之用，故圣人之诗情能通天下之情，"且圣人者，非独能裕于情也，其裕于情者裕于理也"❸，并非仅仅是宽裕于情，而是能将情与理相贯通而"裕于理"。

正因为情与性有着根源性的关联，其情表现虽然各异，但是情有所定，人人皆有定情。船山以为，对于诗之情而言，其情定而无异，即人之经历今昔而情无异，"通贤不肖而情有所定"❹。之所以"情有所定"，是因为人之情，其情本原于人之性，故其情皆可归于性之贞正。

故船山云："其或异与？必非其情者也。非其情，而乍动于彼于此，不肖之淫，而贤者惊之以为异矣。情同而或怨焉，或诽焉，或慕焉，或有所冀而无所复望，而情之致也殊，贤者以之称情，而不肖者惊之以为异矣。由不肖者之异，而知情之不可无贞。无贞者，不恒也。由贤者之异，而知贞于情者怨而不伤，慕而不匿，诽而不以其矜气，思而不以其私恩也。"❺ 在贤者与不肖者看来，皆以为自己可以认识到

---

❶ 王夫之. 庄子通 [M] //船山全书:第13册. 长沙:岳麓书社, 1993:506.
❷ 王夫之. 庄子通 [M] //船山全书:第13册. 长沙:岳麓书社, 1993:506.
❸ 王夫之. 诗广传 [M] //船山全书:第3册. 长沙:岳麓书社, 1992:384.
❹ 王夫之. 诗广传 [M] //船山全书:第3册. 长沙:岳麓书社, 1992:320.
❺ 王夫之. 诗广传 [M] //船山全书:第3册. 长沙:岳麓书社, 1992:320.

其情"或异"。但在其本质上,二者对于情的认识却又有不同。贤者以为人之有"异情",意识到"情非其情",是情有贞有不贞(无贞),不贞则为"淫情";不肖者以为有情之不同,诸如有哀怨之情、诽议之情、羡慕之情以及"有所冀而无所复望"之情等。概言之,贤者之情致各殊,故不肖者以为"情异",但其情为"贞"无疑。因其情贞,故能"怨而不伤,慕而不暱,诽而不以其矜气,思而不以其私恩",即不会因为其情之各致怨、慕、诽、思而有损于其"贞"。不肖者之情妄动("而乍动于彼于此"),是为情之淫,由不肖者情之淫而知必归于贞正。因此,船山所以为的"情有所定",其恒定不变者是"情之性"。

情虽然可以分为贞情、淫情,但就其本原而言,无有差异,情皆本原于性。故船山以为情之贞、淫,"同行而异发"。其云:"情之贞淫,同行而异发久矣。……贞亦情也,淫亦情也。情受于性,性其藏也,乃迨其为情,而情亦自为藏矣。藏者必性生而情乃生欲,故情上受性,下授欲。受有所依,授有所放,上下背行而各亲其生,东西流之势也。"❶ 同行者,同其本原,不论是贞情还是淫情,皆为情,情皆本原于性,这是针对情之最根本来源所说的。异发者,情之生发,或贞或淫,其发展各异,这是针对情的发展来说的。情之生发,"上受性",即谓情本原于性,以性作为情的根底与藏宅;"下授欲",情既已生,"情亦自为藏",即情亦自为其本原与根底,情发而欲生。情之本原于性,情又生欲,所生之欲,或本于情之性,或本原于情之发。人之性无有不善,故性之情皆归于贞正;情有善有不善,故欲之发,或纵放而淫情。

人之性情有定,贤者与不肖者皆有其性情,但是对于不同的人而言,惟其情又有异。农有农之情,兵亦有兵之情。二者其情之差异,并非性情之异,而是具体而言,各有所偏。船山云:"故曰情之不洽,虽其才之堪而弗能为用。是故圣人劳之必异其情,惟其情之异而不可强也。情异而才迁,才异而功不相谋。古之人因情以用才,因才以起

---

❶ 王夫之. 诗广传 [M] //船山全书:第3册. 长沙:岳麓书社,1992:327.

功。农专而勤，兵专而精，无事富强而天下自竞，道之不易也。故《七月》《东山》有异情，而知兵农之分；《鹿鸣》《四牡》有异道，而知文武之分。岂可强哉！岂可强哉！"❶ "圣人劳之必异其情"，圣人不无意识到农与兵之情相异（"不洽"），并且针对二者之情的差异，"因情以用才，因才以起功"。

本章小结

此章所述，由船山幽明观之宇宙论、人性论而进于诗学。船山所云："诗者，幽明之际者也"，即"诗际幽明"，正是以"幽明"而直观诗之本体与生成。

据船山所云，情元是阴阳变合之几，而诗情亦有其"几"，故由诗之"几"而能窥诗之"幽明"：这个幽明，既是天地宇宙之幽明，也是社会治乱、人之性情之幽明，更是"诗情"之幽明。"诗际幽明"，而且"诗有际"——诗之"际"，由幽而渐明，由明而返幽，无有其"畛"，是诗通达于幽明世界的"中介"。具体而言，"际"既是"诗情"之"几"，也是"诗道"之"辞"（道、言说）。"诗情"呈现了诗的本质，而"诗道"（"辞"）则展示了诗的生成。

---

❶ 王夫之. 诗广传［M］//船山全书：第3册. 长沙：岳麓书社，1992：383.

第四章
诗乐合一：幽明之际的审美境界

船山提出"诗者，幽明之际者也"，换言之，"诗者，际于幽明之间"，即天地之际、天人之际、治乱之际等，无不有其幽隐显明，而"诗"正是这种幽明之沟通与呈现。船山又云"诗有际"，诗之际正是通向幽明之途。

船山诗学特别强调以情为中心，而诗情亦有其隐现幽明。船山云："圣人达情以生文，君子修文以函情。琴瑟之友，钟鼓之乐，情之至也。……何言乎情为至？至者，非夫人之所易至也。圣人能节其情，肇天下之礼而不荡，天下因圣人之情，成天下之章而不紊。情与文，无畛也……故圣人尽心，而君子尽情。心统性情，而性为情节。自非圣人，不求尽于性，且或忧其荡，而况其尽情乎？虽然，君子以之节情者，文焉而已。"[1] 这里的"文"当是"诗文"，诗情之文也：情是内在的，幽微不显的；而文则是外在的，是情的外在表现形式。圣人之诗文异于君子之诗文，因为圣人是通过表达其情即生成其文，而君子却是需要修炼诗文以涵养其情。究其原因，圣人之心通于天地之心，圣人之节通于天地之节，故"圣人能节其情"，即圣人之情顺其自然而有节有止；而天下之君子却无不是"因圣人之情"，像圣人学习以实现如何来节制其情，而其具体途径即是"修文"（"君子以之节情，文焉而已"）。圣人、君子诗文之区别，不仅在于前者"达情以生文"与"修文以函情"，而且还在于圣人之诗情无有不贞正，而君子却是需要通过修文来节制其情，以避免于其情之淫与性之荡。

---

[1] 王夫之. 诗广传［M］//船山全书: 第3册. 长沙: 岳麓书社, 1992: 308.

船山这里所云"情与文，无畛也"，情与诗文并无明确之界限，情呈现为诗文，而诗文亦无不涵其情。诗文之为"文"，正是强调外在的形式；诗情之为"情"，则是内在的实情与情感。《诗三百》之"诗"，既外有其文，又内涵其情，这种情与文的呈现，从审美来看，有其美学之境界。

因此，考察船山"诗际幽明"的诗学审美境界，可以从如下四个层面展开。其一，从诗之审美的本质与根源而言，如同"诗"之所以为"诗"，并非仅仅在于诗所具有的外在形式，诸如有"韵律"就可以称作是"诗"❶；"诗"的审美，应当是本原于更加"隐蔽"（"幽"）的某种内蕴和本质。对此，船山提出"神者"，"天之所致美者"，又云"致美于人而为神"，以此回答这一诗学审美的本原性问题，揭示审美之可能性前提。

其二，从诗人与作品关系而言，诗人之所以为诗人，是因为诗人作诗——诗作为艺术作品，它赋予了的作者以"诗人"的身份。故诗与诗人，亦有其"幽明"之关系。这种"幽明"关系主要在于："修辞"❷"做文章"作为诗人（君子）的"职业"，这是一种外在的表现（可以称作是诗人之"明"）；与此密切相关联的是君子内在的道德修为（可以称作是诗人之"幽"），因此"修辞"与"立诚"成为君子做文与做人相互统一、无法割裂的两个部分。正是因为诗人与诗的这种"幽明"关系，才赋予了诗歌以"诗教"的社会功能与审美的艺术价值。

其三，从诗的形式与内容，即"言意之辨"来看，船山强调诗"以意为主"。通过对其"以意为主"不同态度的辨析，"言"与"意"存在或"幽"或"明"的关系，诗作为语言艺术因此而具有"隐"之美与"秀"之美。

---

❶ 古希腊的亚里士多德即云："历史家与诗人的差别不在于一用散文，一用'韵文'；希罗多德的著作可以改写为'韵文'，但仍是一种历史，有没有韵律都是一样；两者的差别在于一叙述已发生的事，一描述可能发生的事。因此，写诗这种活动比写历史更富于哲学意味，更被严肃的对待"（亚里士多德.诗学[M].北京：人民文学出版社，2008：28.）

❷ 修辞，亦指文教。

最后，从诗作为审美对象、作为艺术作品本身来看，诗之"情几"是内在意蕴之"幽"；乐之"声律"是外在形式之"明"，"诗乐合一"呈现出"诗际幽明"的充实而又光辉之审美境界。

第一节 "絪缊""神化"作为审美范畴

"絪缊""神化"本来就是极具哲学意蕴的词语，它们是与中国传统气学思想密不可分的。这两个术语并非船山首创，但是船山在继承儒家传统气学思想的基础上，对二者皆有发挥，进而将之纳入诗学审美之范畴，并且将"神"作为致美之根源。

一、絪缊之为本然

《周易·系辞下》云："天地絪缊，万物化醇；男女构精，万物化生。""絪缊"，本作"壹壹"，又作"氤氲""烟煴"，在这本是指天地上下相交感作用、阴阳二气升降的状态。孔颖达疏云："絪缊，相附着之义。言天地无心，自然得一。唯二气絪缊，共相和会，万物感之变化而精醇也。天地若有心为二，则不能使万物化醇也。"❶ 朱子亦注云："絪缊，交密之状。醇，谓厚而凝也，言气化者也。化生，形化者也。"❷ 故絪缊之义，由其所彰显形状描述，而入于本体的本原之义。从所描述形状而观之，"絪缊"是气之相附着、交密之形状；而由此阴阳二气的升降、交感，直观天地存在的本原状态，"絪缊"是万物化醇之本原。

横渠正是以此"絪缊"而窥"太和之道"，其云："太和所谓道，中涵浮沈、升降、动静相感之性，是生絪缊、相荡、胜负、屈伸之始。……散殊而象可为气，清通而不可象为神。不如野马、絪缊，不足谓之太和。"❸ 横渠以为"太虚即气"，太虚无形而"不可象"却并未空虚，而有其气，其气真实无妄，故"清通"而为"神"；气凝聚

---

❶ 孔颖达. 周易正义 [M]. 影印南宋官版. 北京：北京大学出版社，2017：290.
❷ 朱熹. 周易本义 [M]. 北京：中华书局，2009：252.
❸ 张载. 张载集 [M]. 北京：中华书局，1978：7.

而万物生，万物各具其形态。太和是太虚存在的一种状态，太虚即气，与气相即而不离，故能中涵气之浮沉、升降与相感，是为絪缊、相荡、胜负、取胜诸种运动之初始。由此而观，横渠亦将"絪缊"视为太虚即气之运动状态，具有升降、浮沉之性。又云"不如野马、絪缊，不足谓之太和"，以为如果不能理解絪缊之升降、浮沉，则不能知太和之本；是以理解野马、絪缊之状，是通向把握太和与太虚的必要途径。

船山亦注意到《系辞》中"絪缊"之义及其流变，其《说文广义》注释"缊"时云："《易》曰'天地絪缊'，本作'壹壹'，其作'缊'者，皆传写失之。"❶ 其释"絪缊"则云："'絪缊'，二气交相入而包孕以运动之貌。……神在气之中，天地阴阳之实与男女之精，互相为体而不离，气生情，形还生气，初无二也。"❷ 又云："絪缊，太和未分之本然。"❸ 是以船山所理解的絪缊，主要是从如下两个方面来看的：一是从"运动之貌"，"絪缊"作为阴阳二气相交而升降、浮沉运动不息之状态来看的；二是将絪缊作为本体，是太和未分之本然。

絪缊作为本体，船山多谓之"絪缊太和""太和絪缊"或"太虚絪缊"。其云："阴阳未分，二气合一，絪缊太和之真体，非目力所及，不可得而见也。"❹ "絪缊太和之真体"，其时阴阳二气具足而未分，故二气合一；因其具足阴阳而未分，故无有其形状，并非目力所能及而得见。絪缊之太和，不离太虚与气，虽不可目见却非空无。故船山又云："太虚即气，絪缊之本体，阴阳合于太和，虽其实气也，而未可名之为气；其升降飞扬，莫之为而为物之资始者，于此言之则谓之天。气化者，气之化也。阴阳具于太虚絪缊之中，其一阴一阳，或动或静，相与摩荡，乘其时位以著其功能，五行万物之融结流止、飞潜动植，各自成其条理而不妄，则物有物之道，人有人之道，鬼神有鬼神之道，而知之必明，处之必当，皆循此以为当然之则，于此言之则谓之道。"❺

---

❶ 王夫之. 说文广义 [M] //船山全书:第9册. 长沙:岳麓书社,1989:387.
❷ 王夫之. 周易内传 [M] //船山全书:第1册. 长沙:岳麓书社,1988:597.
❸ 王夫之. 张子正蒙注 [M] //船山全书:第12册. 长沙:岳麓书社,1992:15.
❹ 王夫之. 张子正蒙注 [M] //船山全书:第12册. 长沙:岳麓书社,1992:35.
❺ 王夫之. 张子正蒙注 [M] //船山全书:第12册. 长沙:岳麓书社,1992:32-33.

"太虚絪缊"，是存在的最初本体。所云"阴阳合于太和"，"阴阳具于太虚絪缊之中"，所谓阴阳具足而未分。"阴阳异撰，而其絪缊于太虚之中，合同而不相悖害，浑沦无间，和之至矣。未有形器之先，本无不和，既有形器之后，其和不失，故曰太和。"❶

"絪缊"作为本体，既是阴阳二气未分、万物生成之起始，也是万物之气散而归于太虚复归。如同一个圆寰，包括了阴阳二气运动变化的开始与复归。气之聚散，人与万物有生灭；气却只是聚散，而无生灭。这也即船山所强调的"幽明"，不是气之有无，而是可见不可见。船山云："散而归于太虚，复其絪缊之本体，非消灭也。聚而为庶物之生，自絪缊之常性，非幻成也。"❷ 气凝聚而万物生，气散而复归于絪缊，虽有气聚散，却并非生存有与消灭之别，气之聚散未尝有气的寂灭。又云："阴阳相感，聚而生人物者为神；合于人物之身，用久则神随形敝，敝而不足以存，复散而合于絪缊者鬼。神自幽而之明，成乎人之能，而固与天相通；鬼自明而返乎幽，然历乎人之能，抑可与人相感。就其一幽一明者言之，则神阳也，鬼阴也，而神者阳伸而阴亦随伸，鬼者阴屈而阳先屈，故皆为二气之良能。"❸ 船山把阴阳二气的相感而生人与万物，称作是有其"神"；气散而形体凋敝，复归于絪缊，则是"鬼"。神是主导气由"幽"而"明"，使人成其为人而具有其能，因此神是与天相通；鬼则是主导气由"明"而复归于"幽"，经历乎人之所能，因此人亦与鬼相感。

絪缊是太和之中，函神与气未分之状态。太和实有其气，故不虚；函有其神，则有其生成万物之理。船山云："至诚体太虚至和之实理，与絪缊未分之道通一不二，是得天地所以为天地也。其所存之神，不行而至，与太虚妙应以生人物之良能一矣。"❹ 天地之所以为天地，天地实有而能分明万物，究其本源是有"实理"，"实理"与太和所存之"神"，与太虚以"妙应"，而生万物，使人具其能。

---

❶ 王夫之．张子正蒙注［M］//船山全书：第12册．长沙：岳麓书社，1992：15.
❷ 王夫之．张子正蒙注［M］//船山全书：第12册．长沙：岳麓书社，1992：19.
❸ 王夫之．张子正蒙注［M］//船山全书：第12册．长沙：岳麓书社，1992：33-34.
❹ 王夫之．张子正蒙注［M］//船山全书：第12册．长沙：岳麓书社，1992：34.

船山直言这个"神"就是"理",故又云:"太和之中,有其有神。神者非他,二气清通之理也。不可象者,即在象中。阴与阳和,气与神和,是谓太和。人生而物感交,气逐于物,役气而遗神,神为气使而迷其健顺之气,非其生之本然也。"❶ 船山在这里强调"不可象者,即在象中","不可象者"所指的是"神"与"理","象中",所指的是气之象中。气有其象,神与理同气相即不离,气涵其神与理。

船山云:"幽以为缊,明以为表也。"❷ "絪缊"之"缊",本即有幽隐内蕴之义,而与明、与表相对应。

絪缊之中,内函有其神,其神周行遍布万物,万物皆有其神与气。这个"神"是万物生成的本原。万物同时无不存有阴阳二气。船山云:"盖由万物之生成,俱神为之变易,而各含絪缊太和之一气,是以圣狂异趣,灵蠢异情,而感之自通,有不测之化焉。"❸ 物具其神,故能生万物、成人之性与能;亦具有其气,气有所偏,故人有贤有不肖,万物亦各有形色不同。虽有"圣狂异趣,灵蠢异情",而能感之而自通,究其原因正是万物均"各含絪缊太和之一气"。故云:"絪缊之中,阴阳具足,而变易以出,万物不相肖而各成形色,并育于其中,随感而出,无能越此二端。"❹

人与万物"各含絪缊太和之一气",既有其神,又具阴阳之气。但是人与物之气,长短不齐;虽具絪缊之体而希微。因此,人与物各成形色,有异同,有攻取,异则相攻,同则可取。船山云:"心函絪缊之全体而特微尔,其虚灵本一。而情识意见成乎万殊者,物之相感,有同异,有攻取,时位异而知觉殊,亦犹万物为阴阳之偶聚而不相肖也。"❺ 这里是说人之"心函絪缊之全体而特微尔"。又云:"足知阴阳行乎万物之中,乘时位以各效,全具一絪缊之体而特微尔。"❻ 这里则是说万物也"全具一絪缊之体而特微尔"。概言之,人与万物莫不具有

---

❶ 王夫之. 张子正蒙注 [M] //船山全书:第12册. 长沙:岳麓书社,1992:16.
❷ 王夫之. 张子正蒙注 [M] //船山全书:第12册. 长沙:岳麓书社,1992:272.
❸ 王夫之. 张子正蒙注 [M] //船山全书:第12册. 长沙:岳麓书社,1992:43.
❹ 王夫之. 张子正蒙注 [M] //船山全书:第12册. 长沙:岳麓书社,1992:43.
❺ 王夫之. 张子正蒙注 [M] //船山全书:第12册. 长沙:岳麓书社,1992:43.
❻ 王夫之. 张子正蒙注 [M] //船山全书:第12册. 长沙:岳麓书社,1992:42.

"絪缊之体",但是这个絪缊之本体,特别希微;加之乘时位之不同,故能呈现纷繁复杂之千变万化的世界。这里的"时位",是来自《周易》的概念。每一卦,阴阳相交替,时位不同而有幽有明,时位异而有攻有取。

总而言之,船山所论"絪缊",由阴阳二气相交升降的状态,而进入太和絪缊、太虚絪缊之存在本质。因此,絪缊不仅是一种存在的气的形态,更是一种存在的根源与本质。而这种太和絪缊之本质,析而言之,既函其神,又函其气。其神无形无状,但是并非无有;其气有象成物,却又不执着于物。船山特别将作为太和絪缊之"气",与理与神所成之万物的现实的"气"相区别开来。其云:"阳为阴累则郁蒸,阴为阳迫则凝聚,此气之将成乎形者。养生家用此气,非太和絪缊、有体性、无成形之气也。"❶ 阴阳二气,有郁蒸、凝聚,此气而成物成形,却又不是太和絪缊、本原性的"气"。

船山所云"絪缊",将"气"与"神"合着说,其意义在于:一是将实有不虚之"气",因其交相升降、絪缊不息,而具有物之初动的本原之意味。故船山多云"太虚絪缊""太和絪缊"等。二是将无形无象之"神",以"絪缊"之状描摹而出,"神"由虚而入近于实,虚实相即不离。故船山强调,"神"是"絪缊不息",为万物敦化之本原。因此,在船山"幽明"哲学中,"神"是隐微之"幽","气"却是彰显之"明",神与气的"幽明之际",正可以由"絪缊"而窥知其本原与生成。"絪缊"阐明了气的本原与升降初动;"神化"却道出了天生人与万物的生成过程。

二、神化之为生成

上文即已提及,"神化"并非船山首创,《周易》即云"穷神知化",孟子亦云"君子所过者化,所存者神"。船山所撰《张子正蒙注》之《神化》篇解题云:"此篇言神化,而归其存神敦化之本于义,上达无穷而下学有实。张子之学所以异于异端而为学者之所宜守,盖

---

❶ 王夫之. 张子正蒙注[M]//船山全书:第12册. 长沙:岳麓书社,1992:82.

与孟子相发明焉。"❶ 船山所以为横渠《神化篇》"与孟子相发明",乃是横渠在该篇中,备言"神化",本原于《周易》与《孟子》之本义。如横渠《神化篇》中云:"神化者,天之良能,非人能;故大而位天德,然后能穷神知化。大可为也,大而化不可为也,在熟而已。《易》谓'穷神知化',乃德盛仁熟之致,非智力能强也。"❷ 即云所谓神化,本是天之良能,而不是人之所能。人之所能,在于能至于大,但是能够做到大而化之,却是非人所能;只有圣人贯通天德,才能"穷神知化"、大而化之。又云:"'穷神知化',乃养盛自致,非思勉之能强,故强德而外,君子未或致知也。神不可致思,存焉可也;化不可助长,顺焉可也。"❸ "穷神知化"是圣人之所自然而然致之,如果是向圣人学习,勉强思虑,君子未必能致知。所以说,神是不可以思虑而得,化也不需要助长,只能是"存神顺化"可也。

横渠论"神化",特需要注意如下四个问题。

首先,横渠哲学以"太虚即气"为本体,"神化"论即是奠基在这一本体论的其上。郭齐勇先生《中国哲学史》即强调"太虚即气""这一命题是他(横渠)宇宙论的基本命题"❹。横渠云:"太虚不能无气,气不能不聚而为万物,万物不能不散而为太虚。""气之聚散于太虚,犹冰释于水,知太虚即气,则无无。"❺ 从横渠宇宙观看来,世界的万事万物的本原,既不是空虚虚无,也不现实的实有。"太虚"与"气"是同"一个",既是世界本原的"道",这个"道"是一,也是实有,即"无无"。同时,"太虚"与"气"也是世界本原的一体两面,以"气"之有形有性彰显世界本原的实有,以"太虚"的虚空凸显世界本原的不执着于实有形象,实是流动而不拘。基于此,横渠对佛教的"空无"与道家徇物执有的片面性予以批评,以为"彼语寂灭者往而不反,徇生执有者物而不化"❻。世界事物的发展变化,在他看

---

❶ 王夫之. 张子正蒙注 [M] //船山全书:第12册. 长沙:岳麓书社,1992:79.
❷ 张载. 张载集 [M]. 北京:中华书局,1978:17.
❸ 张载. 张载集 [M]. 北京:中华书局,1978:17.
❹ 郭齐勇. 中国哲学史 [M]. 北京:高等教育出版社,2006:254.
❺ 张载. 张载集 [M]. 北京:中华书局,1978:7-8.
❻ 张载. 张载集 [M]. 北京:中华书局,1978:7.

来，只不过是"气"的凝聚而成万物，万物消散而为"太虚"。

其次，"太虚即气"作为宇宙之本原，其关键与枢纽即是"神""化"。"一物两体，气也；一故神，两故化。"❶ "神，天德，化，天道。德，其体，道，其用，一于气而已。"❷ 与宇宙本原的"一物两体"相对应，这个"一"即是"神"，"两"可以为谓之"化"。对此，王夫之亦注云："神者，不可测也。不滞则虚，善变则灵，太和之气，于阴而在，于阳而在。""化"则是："自太和一气而推之，阴阳之化自此而分，阴中有阳，阳中有阴，原本于太极之一，非阴阳叛离，各自孳生其类。"❸ 在船山看来，气所蕴含之神，流动变化不拘，不可贸然测定；自因而化二分之为阴阳，阴阳相互变化和包含，而非是截然分离的两类。横渠自己也称谓道："神化者，天之良能，非人能；故大而位天德，然后能穷神知化。""神化"是"天之良能"和"天德""天道"，是宇宙的本原性质和变化过程；虽其一为体、其一为用，却又归之于"气"。

再次，神化运行，不待外物，不依外力，"惟神为能变化，以其一天下之动也"❹，"天下之动，神鼓之也，辞不鼓舞则不足以尽神"❺。世界万物的变化运行，正是神之鼓动，也是万物变化运行的根源。天体之运行，万物之运转，都可以说是"气"之神运变化。今世研究者多将横渠哲学视为朴素唯物主义或辩证唯物主义。而从其"神化"论来看，确实有与辩证法之矛盾正反相互作用，推动事物变化发展之学说相近。即辩证法所谓的事物的变化发展，是正反两面、矛盾变化发展的结果。而于唯物主义之不同的是，横渠哲学虽似唯物主义，但是不拘泥于现实世界及宇宙万物的实有，而是认为世界本体的气运变化，既非执着于实有，也不是拘泥于寂灭虚无。有无之间、寂灭实有之间，圆润灵动变化，也即气之鼓动变化。这也是横渠之学与佛道思想相异

---

❶ 张载. 张载集 [M]. 北京：中华书局，1978：10.
❷ 张载. 张载集 [M]. 北京：中华书局，1978：15.
❸ 王夫之. 张子正蒙注 [M] // 船山全书：第12册. 长沙：岳麓书社，1992：46-47.
❹ 张载. 张载集 [M]. 北京：中华书局，1978：18.
❺ 张载. 张载集 [M]. 北京：中华书局，1978：16.

的根本原因。

最后，横渠强调"存神过化"，即"性性为能存神，物物为能过化"❶。意谓既然神化是宇宙之根本性质与变化过程，神即天德，化乃天道，天德、天道而不可违逆，因此在这一过程中，必须是"存神过化"。所以，横渠强调说："神不可致思，存焉可也；化不可助长，顺焉可也。"神运变化是不可思虑推测，而需要蓄存而顺应其变化。"存神过化，忘物累而顺性命者乎"，宇宙的神运变化，有缓有急，摆脱物质性的拘束而顺应性命变化。

船山言"神化"，是接续横渠所云"神化"来说的。

太和絪缊，函神与气。由"太和絪缊"（或云"太虚絪缊"）之生化人与万物，如同天地之理，贯注于人与万物，有着一个由神与气之神化的过程。横渠云："神，天德；化，天道。"横渠以为神为天之德，化为天之道。对此，船山释"神"云："絪缊不息，为敦化之本。"❷神是阴阳二气之絪缊升降、生化而为万物之根本。船山以酒醴与酒糟的关系，试图形象地描述气之絪缊而神生化万物的过程，其云："生而荣，如糟粕之含酒醴；死而槁，如酒醴尽而糟粕存；其究糟粕亦有所归，归于神化。"❸酒醴与酒糟本为两物，酒糟函酒醴，如天之生人与万物之形而含神。人与万物，既有其生荣，亦有其槁亡。其所生荣，就如同酒糟含有酒醴；而其槁亡，就像是酒醴消亡殆尽而仅存酒糟粕。所谓酒醴，是酒糟之最精华、精粹之部分；而所谓糟粕，则是酒糟所呈现出来的外在的物质形式。但是哪怕是已经没有酒醴之糟粕，仍然有其最根本的根源，这个根源就是"神化"之本原与过程。

为了更好地理解"神化"，船山将之分开来理解：神与化。神，是气之神；化，是气之化。之所以如此分开来，是因为"神"无形无迹，难以捉摸言说；而"气"却是有其形状，便于摹状言说。故云："气，其所有之实也。其絪缊而含健顺之性，以升降屈伸，条理必信者，神也。神之所为聚而成象成形以生万变者，化也。故神，气之神；化，

---

❶ 张载. 张载集[M]. 北京：中华书局，1978：18.
❷ 王夫之. 张子正蒙注[M]//船山全书:第12册. 长沙：岳麓书社，1992：76.
❸ 王夫之. 张子正蒙注[M]//船山全书:第12册. 长沙：岳麓书社，1992：42.

气之化也。"❶ 阴阳二气之絪缊，升降屈伸，是因为气函其神；神之生化成象成物，则是所谓化。化是神生成人与万物的内在动因。因此，所谓气化，乃是神之气化，如无其神，则所化生无本；所谓神化，亦为气之神化，如无其气，则神无所依托。

神与气，合而无间，并没有无神之气；也并非气之外另独有其神。故船山云："盖气之未分而能变合者即神，自其合一不测而谓之神尔，非气外有神也。"❷ 又云："惟其有气，乃运之而成化；理足于己，则随时应物以利用，而物皆受化矣。非气则物自生自死，不资于天，何云天化；非时则己之气与物气相忤，而施亦穷。……圣人化成天下，而枢机之要，唯善用其气而已。"❸ 或云神之气化，或云气之神化，都是在时间中生成与变化，没有脱离了时间的生与化。因此，有上面所说的"随时应物"，又有"时行物生。""其发而为阴阳，各异序为主辅，而时行物生，不穷于生，化也。其推行之本，则固合为一气，和而不相悖害。阴阳实有之性，名不能施，象不能别，则所谓神也。"❹ 阴阳二气之生化，"时行物生，不穷于生"，是无穷无尽的。阴阳二气实有其性，无形无相而不可名状，即是所谓"神"。

因此，船山所云"絪缊"，揭示了人与万物存在之本原，即太和絪缊，或云太虚絪缊；所谓"神化"则是在阐明太和絪缊实有其气，亦有其神与理的基础上，揭示出人与万物生成变化的过程。当然，神之本与气之化，并非是截然相区别分离的两个部分。生成与变化，虽然是在时间中展开，但是气之神化不离太和絪缊之本，神化之本原亦絪缊升降屈伸不已。故将"絪缊""神化"合而言之，更能阐明宇宙天地运行不已、人与万物生生不息之本原和过程。

三、"神"与"神化"之审美意蕴

关于"神"的含义，主要有三：一是"鬼神"之"神"，变幻无

---

❶ 王夫之. 张子正蒙注［M］//船山全书：第12册. 长沙：岳麓书社，1992：76-77.
❷ 王夫之. 张子正蒙注［M］//船山全书：第12册. 长沙：岳麓书社，1992：82.
❸ 王夫之. 张子正蒙注［M］//船山全书：第12册. 长沙：岳麓书社，1992：81.
❹ 王夫之. 张子正蒙注［M］//船山全书：第12册. 长沙：岳麓书社，1992：80.

体而不可质测❶。朱子云："阴精阳气，聚而成物，神之伸也；魂游魄散，散而为变，鬼之归也。"❷ 此"鬼神"实为人之生死两端，人之生而为"神之伸"，人之死则"魂游魄散"，为"鬼之归"。二是"心神"之"神"，为人心之精力与精神状态。三是"神化"之"神"，《易》云："神无方而易无体"，又云"阴阳不测之谓神"。孔颖达疏云："神则阴阳不测，易则唯变所适，不可以一方一体明。"又云："以微妙不测谓之神，以应机变化谓之易，总而言之，皆虚无之谓也。"❸ 此"神"阴阳不测，是有形世界变动不居之所主。

钱钟书先生以为"神"主要两种含义："'养神'之'神'，乃《庄子·在宥》篇：'无摇汝精，神将守形'之'神'，绝圣弃智，天君不动。至《庄子·天下》篇：'天地并，神明往'之'神'，并非无思无虑，不见不闻，乃超越思虑见闻，别证妙境而契胜谛。《易》所谓'精义入神'，《孟子》所谓'大而圣，圣而神'，《孔丛子》所谓'心之精神谓之圣'，皆指此言。"❹ 而"神"之此两种含义并非截然区分：前者所谓之"神"义，虽"绝圣弃智，天君不动"，既可助养之，乃是可以通过养其气而得和，气得其和，存神而得化；后者所谓之"神"义，关键在"并非无思无虑，不见不闻，乃超越思虑见闻"，即不离思虑见闻，而又超越思虑见闻。而船山所论之"神"，正是承续横渠所论之"神化"，而特将其不测之"神化"引申为审美范畴，使之具有审美意蕴。

（一）"致美于人而为神"

船山云："天地之生，莫贵于人矣；人之生也，莫贵于神矣。神者

---

❶ 方密之（以智）提出"质测即藏通几"（方以智. 物理小识·自序 [M]. 上海：商务印书馆，1937：1.）之说，"质测"义近今之科学实证。船山亦云："密翁（方以智）与其公子为质测之学，诚学思兼致之实功。盖格物者，即物以穷理，唯质测为得之。若邵康节、蔡西山则立一理以穷物，非格物也（按：近传泰西物理、化学，正是此理）。"（王夫之. 搔首问 [M] //船山全书：第12册. 长沙：岳麓书社，1992：637.）

❷ 朱熹. 周易本义 [M]. 北京：中华书局，2009：226.

❸ 孔颖达. 周易正义 [M]. 影印南宋官版. 北京：北京大学出版社，2017：247-249.

❹ 钱钟书. 谈艺录 [M]. 北京：三联书店，2007：111-112.

何也？天之所致美者也。百物之精，文章之色，休嘉之气，两间之美也。函美以生，天地之美藏焉。天致美于百物而为精，致美于人而为神，一而已矣。求之者以其类，发之者以其物。是故精生神而神盛焉，神盛于躬而神明通焉，神明通而鬼神交焉。匪养弗盛也，匪盛弗交也。君子所以多取百物之精以充其气，发其盛而不憗也。"❶

船山以为，天、地、人三者，天地之生万物，没有比人更可贵，而人之所生，没有比"神"更为可贵。至于"神者"为何？船山强调是："天之所致美者也。"神是"天之所致美者也"包含了两层意蕴：其一是"神"之为天地之大美的根本；其二是天之所以至天地之间万物与人"致美"的根本原因。就第一个层面的含义来看，"天"与"神"合而为一，天不离神，神不离天，神是天之神明，天是神明之宅藏。人之所以敬天，是敬天之神明，神如无天则不彰。

从第二层面来看，"神"是天地生万物与人，并致美于万物与人之根本原因。百物之精华、文章之色彩、美好嘉祥之气，等等，这些可以说是天地之间的美的类的简要列举。天地生万物，皆是"函美以生"，万物无不有天地之美蕴藏其间。所以，船山云："天致美于百物而为精，致美于人而为神。"天是在上者与给予者，既致美于百物，又致美于人，特指出"致美于人而为神"，人之为美是因为天给予之以"神"。换言之，"神"是人之所以为美的根本因。根据古代传统思想中关于精、气、神的观点，以为精能生气，气能生神，精气又能生神。船山亦以为"精生神而神盛"，人之神盛而神志精神相互通，通过神志精神相通而鬼神相交。

在船山看来，鬼与神是"幽明"变幻不可测者，鬼神相交，即是幽明之际的相交与相通。而这种相交与相通得以实现，乃是人之精气生神，助养其神而盛，神盛而神明相通、鬼神相交。而其美学意蕴则在于：

其一，"函美以生，天地之美藏焉"，即谓：天地藏美，生函其美。神之气化而生万物以成，万物与人之生，无不是"函美以生"，自然有

---

❶ 王夫之.诗广传［M］//船山全书:第3册.长沙:岳麓书社，1992：513.

天地之大美蕴藏其间。在此，船山还列举了天地之间之美，百物有其精粹，文章各具美色，美好嘉祥亦呈现为絪缊气象，等等。一方面，"函美以生"，其美与生俱有，美不离于生。船山将此"美"，本原于生生不息之气化生成，万物之生有其美，人之生亦具有其生命之美。其实这就是将这种生生之美与"伪"（人为）之美饰相区别开来，前者是与生俱来、随生亦化，落实在人身上则是自然顺化与生命真诚之美；后者是后天"伪人"的修饰伪辩之美，与生之本与真诚是相对的。船山尤其批评脱离了人之生化之本的所谓"美"。具体到诗之创作与批评而言，即是强调"诚"，"诚"即实有而不虚，而非外在的"伪辩"。对此，本书在下一节关于"修辞以立其诚"，将论及船山对"伪人逞其伪辩之才"之批评。另一方面，从"函"与"藏"来理解，天地与万物之美，无不是絪缊以函、隐约以藏，这是一种内敛与蕴藏之美，其美有隐与显。

其二，"天致美于百物而为精，致美于人而为神，一而已矣"，谓天可以致美于百物和人，天之"致美""一而已矣"。在此，天是百物和人之至美的本原，就其本质而言，则百物之致美而为精，人之致美而为神；虽有精与神之别，但是其为美之本原为天，则是无异。不论是"精"与"神"，其本原于"天"无异，在于"精"与"神"均不离气，百物之"精"为"气之精"，人之"神"为"气之神"。故船山云："气，其所有之实也。其絪缊而含健顺之性，以升降屈伸，条理必信者，神也。……故神，气之神。"❶ 神是"气之神"，神不离气，神化运行、升降屈伸，呈现为絪缊之状而含健顺之性，故能为美。而在船山看来，百物之"精"与人之"神"，在本质上也是无有差异。其云："精者，阴阳有兆而相合，始聚而为清微和粹，含神以为气母者也。苟非此，则天地之间，一皆游气而无实矣。……太和之气，阴阳浑合，互相容保其精，得太和之纯粹。"❷ "精"为精粹，是与糟粕相对立的，其为气之精粹，有征兆而相合，其开始聚而呈现为清微和粹，

---

❶ 王夫之. 张子正蒙注 [M] //船山全书:第12册. 长沙:岳麓书社,1992:76-77.
❷ 王夫之. 张子正蒙注 [M] //船山全书:第12册. 长沙:岳麓书社,1992:54.

更为重要的是"含神以为气",即精与神在本质上是没有差异的,它是"含神之气",一方面,精与气相即不离,没有脱离了气的单独的"精";另一方面气含其神,如果是"气"不含"神",则无所谓"精",那就仅仅是"游气"而已。因此,所谓万物之"精","得太和之精粹",本原太和之气,浑合阴阳,而保有其"精"。这也是百物与人,之所以能够因"精"与"神"而致美的根本原因。

其三,"精生神而神盛焉,神盛于躬而神明通焉,神明通而鬼神交焉",描述了"精生神"而致"鬼神交"之过程。正如上文所引,船山以为:"精者,阴阳有兆而相合,始聚而为清微和粹,含神以为气母者也。"其中"阴阳有兆""始聚""气母"三者,无不强调"精"相对于"神"与"气"所具有之初始本原的含义。"兆"为古文"(兆卜)"之省,《说文》云:"(兆卜)灼龟坼也。"❶ 意即龟甲灼烧后的裂纹,以此为征兆。是以"精"是阴阳二气初有征兆而相合者;其时阴阳二气之始聚,故精之气清微而和粹;精含神而为"气母"。"气母"意谓元气之本原,《庄子·大宗师》云:"夫道,有情有信,无为无形;可传而不可受,可得而不可见……伏羲氏得之,以袭气母。"❷ 伏戏氏得道,故能调阴阳而合元气。❸ 理解船山所云"精者"为何,可知"精"为初始之原本,而不离"气"与"神",故强调说"君子所以多取百物之精以充其气"。"精生神而神盛",并非是"精"无中能生出"神"来,而是"精"乃气之初始精微,精生长而神亦长,故能"神盛"。

"神盛于躬而神明通",人之自身神旺盛,精神和智慧才能相通。"神明通而鬼神交",精神和智慧相通,而鬼神可以相交替往复不穷。船山云:"阴阳相感,聚而生人物者为神;合于人物之身,用久则神随形敝,敝而不足以存,复散而合于絪缊者为鬼。"❹ 简言之,阴阳二气

---

❶ 许慎.说文解字[M].北京:中华书局,1963:70.
❷ 郭庆藩.庄子集释[M].北京:中华书局,1961:246-247.
❸ 成玄英疏云:"气母者,元气之母,应道也。为得至道,故能画八卦,演六爻,调阴阳,合元气也。"(郭庆藩.庄子集释[M].北京:中华书局,1961:248.)
❹ 王夫之.张子正蒙注[M]//船山全书:第12册.长沙:岳麓书社,1992:33-34.

相感而生人者为"神"；人之神散形敝，气散而合于絪缊者为"鬼"。从船山所一贯坚持的幽明观来看，"神"是明与显，是气之阳；"鬼"是幽与隐，是气之阴。"神自幽而明，成乎人之能，而固与天相通；鬼自明而返乎幽，然历乎人之能，抑可与人相感。"❶一神一鬼，一阳一阴，二者相交而往复，气化运行不息，人亦生生不息。"鬼神交"，言鬼神虽然有幽明、阴阳之分，但是不可偏执于一，故船山云："就其一幽一明者言之，则神阳也，鬼阴也，而神者阳伸而阴亦随伸，鬼者阴屈而阳先屈，故皆为二气之良能。"❷

概而言之，船山所云天之"致美于人而为神"，致美于人者天，人之致美者为神。人之生而有精、气、神，精生气，气生神，人之身因为具有其神而"致美"。这等于是将审美的眼光聚焦于人之自身，发现人身之美。而人之美为何？人之美是一种精与神的内在精神之美。这种内在精神之美，并非来自后天外铄，亦非人为伪饰，而是阴阳二气升降"絪缊而含健顺之性"之神。人之生而具有"健顺之性"，人之"性以健顺为体，本太虚和同而化之理也，由是而仁义立焉"❸。"健顺之体"本于太虚之实，存养以尽性，由是仁义以立。

（二）"神浃"与"求诸其神"

"周颂"作为《诗经》中诞生最早的篇章，"颂者，宗庙之乐歌"❹，即是王者在宗庙祭祀时所奏响的酬神乐歌，因而"它多半是带有扮演舞蹈的祭歌"❺，以此"美盛德之形容，以其成功告于神明者也"❻。《执竞》即是其中一首"祭武王、成王、康王之诗"❼。既然是在祭祀仪式上献给先人的歌舞篇章，那么自然是要模仿和力图再现先人的风采神貌。船山云："孝子之事其先，惟求诸其神乎！神则无所不

---

❶ 王夫之. 张子正蒙注［M］//船山全书：第 12 册. 长沙：岳麓书社，1992：34.
❷ 王夫之. 张子正蒙注［M］//船山全书：第 12 册. 长沙：岳麓书社，1992：34.
❸ 王夫之. 张子正蒙注［M］//船山全书：第 12 册. 长沙：岳麓书社，1992：116.
❹ 朱熹. 诗集传［M］. 北京：中华书局，2011：297.
❺ 程俊英，蒋见元. 诗经注析［M］. 北京：中华书局，1991：943.
❻ 郭绍虞. 中国历代文论选：第 1 册［M］. 上海：上海古籍出版社，1979：68.
❼ 朱熹. 诗集传［M］. 北京：中华书局，2011：302.

浃矣。虚无节者，神所流也；实有节者，神所竟也。于物而见之，于器而见之，于墙屋而见之，于几筵而见之，于绣绘而见之，于歌吹考击之声而见之。于彼乎？于此乎？入其庙，践其位，行其礼，奏其乐，无一不合于漠，而后与其神浃也。"❶船山在此强调"孝子之事其先，惟求诸其神乎"，即求其先人之神降临祭祀的现场。因此，对于祭祀仪式的各种细节，包括物、器、墙屋、几筵、绣绘、歌吹考击，等等，无不要能见其神，以及在仪式上的入庙、践位、行礼、奏乐种种行为，自始至终与其"神浃"。

祭祀是神灵的在场，作为祭祀一部分的"颂"诗，既是召唤神灵的降临，也是神灵在场的可视可闻的呈现。《论语·八佾》云："祭如在，祭神如神在。"❷可见夫子祭祀之诚。换言之，祭祀之对象，即先祖与百神之亲临，并非实际的可见，惟诚能见之。故《春秋繁露·祭义》云："祭之为言，际也与？察也，祭然后能见不见。见不见之见者，然后知天命鬼神。知天命鬼神，然后明祭之意。明祭之意，乃知重祭事。"❸此段句读，或有断为"祭之为言，际也，与察也，祭然后……"，"祭之为言"，其为"际也"，或为疑问，或为肯定；然"际之为言"之为"察也"义明无疑。因此，"际之为言"，通过"察"其"几"，进而能见不见，进而能知天命鬼神。祭祀之"言"，正是沟通人与天（天命）、与鬼神的桥梁。天是有形之天，有日则天明（为"明"），无日则天暗（为"幽"），天明运行不息则有"幽明之故"。由神之气化而生万物与人，则为明；由人之气散归于鬼，则为幽，这种气化运行、神鬼变化，亦有其"幽明之故"。所以，当人之祭祀，正是以其"言"沟通人与天、人与鬼神。

关于"神浃"其义，《说文》云："浃，洽也"，"洽，霑也"❹。《尔雅·释言》云："浃，彻也。"❺由此可知，船山所谓"神浃"，乃

---

❶ 王夫之.诗广传[M]//船山全书:第3册.长沙:岳麓书社，1992：490.
❷ 程树德.论语集释[M].北京:中华书局，2013：203.
❸ 董仲舒.春秋繁露[M].北京:中华书局，1975：561.
❹ 许慎.说文解字[M].北京:中华书局，1963：234-238.
❺ 胡奇光，方环海.尔雅译注[M].上海:上海古籍出版社，2012：101.

是在祭祀仪式上，其物、其器、其实、其行，与"神"无不润泽浃洽，始终相霑彻也。诚如"祭然后能见不见"，祭祀是沟通幽明之际，能够见其所不能见的。祭祀现场，祖先神灵的降临，常人虽目不能见、耳不能闻，但是实在的"神"之亲临。故船山云："其尤者，则莫甚于仿佛之心，咏叹之旨也。从空微而溯之，溯当日之气象而仪之。功由是以兴，道由是以建。斯先王之所以为先王者乎！"❶ "仿佛之心""咏叹之旨"，正是虽然没有目见耳闻的具体形状，但却又确信是真实不妄的现实。这种不见而真实之"神"，正是船山所说的："视而不可见之色，听而不可闻之声，抟而不可得之象，霏微蜿蜒，漠而灵，虚而实，天之命也，人之神也"❷。其"神"是"幽"，没有具体的形状，视而不可见、听而不可闻、抟而不可得，但不是"无"之虚空，而是仍然有其"空微"与"气象"。所谓"空微"：空者，虚无也，即从人之目见耳闻，则是空虚无物；微者，幽微也，看似虚空当中，仍然有幽微之迹。

既然"孝子之事其先，惟求诸其神"，那么颂歌的"咏叹之旨"自然是通过写先王之"神"而实现"求诸其神"，达到"祭如在，祭神如神在"。对此，船山提出："故祀文王之诗，以文王之神写之，而文王之声容察矣；祀武王之诗，以武王之神写之，而武王之声容察矣。言之所撰，歌之所永，声之所宣，无非是也。……见其在位，闻其声，闻其叹息之声，即其事，成其诗歌，亦既见之于斯，闻之于斯矣，此所谓传先王于万年而不没者也。"❸ "以文王之神写之""以武王之神写之"，而文王、武王之神无不质明明察。故"言之所撰，歌之所永，声之所宣"，无不是写其神。通过"诗"写先王之神，"求诸其神"，"见其在位，闻其声，闻其叹息之声"，先王之声容可以闻见于斯。

概言之，船山所云"幽以为缊、明以为表"，由此"幽明"论而观诗学审美之本原，天地、人文之美，为表、为明；其所"致美"的根源却是为缊、为幽。船山云："一阴一阳之谓道，天地之自为体，人与万物之所受命，莫不然也。然在天者即为理，不必其分剂之宜；在

---

❶ 王夫之. 诗广传 [M] //船山全书：第3册. 长沙：岳麓书社，1992：490.
❷ 王夫之. 诗广传 [M] //船山全书：第3册. 长沙：岳麓书社，1992：485.
❸ 王夫之. 诗广传 [M] //船山全书：第3册. 长沙：岳麓书社，1992：490-491.

物者乘大化之偶然，而不能遇分剂之适得；则合一阴一阳之美以首出万物而灵焉者，人也。"❶这里强调人是"合一阴一阳之美以首出万物而灵"，即谓人作为天地之间，杰出于万物而最有灵者，呈现出"一阴一阳之美"。这个"一阴一阳之美"，本原于一阴一阳之道，是道之外在呈现。天与道合一不二，正是致美于天地之表、万物与人之根本。

第二节 "修辞立其诚"的道德境界与审美意蕴

"神化，形而上者也，迹不显；而由辞以想其象，则得其实。"❷船山以为，"神"与"神化"，都是"形而上者也"，形而上者没有外在可见的具体形迹。这里所谓"形而上者也"，是存在之本、固有其实，并非是完全地脱离形迹，只不过是没有明显可见的外在形迹。既然"神化"是没有外在行迹的，那么如何来把握其"神化"呢？船山提出"由辞以想其象"。形而上者虽然无有其形迹，却是可以通过心象来予以把握，以心之想象把握"神"的中介就是"辞"。因此，其具体途径就是通过言语（"辞"）来构筑其心象，由心象而达于形而上之"神"。故船山又云："辞之缓急如其本然，所以尽神，然后能鼓舞天下，使众著于神化之象，此读《易》穷理者所当知也。"❸"辞"有缓、急，"辞"尽"神"而鼓舞天下，"神化之象"由此而彰显。

这里的"辞"，本是《周易》中的一个重要概念。《周易·系辞》云："圣人设卦，观象系辞焉，而明吉凶。刚柔相推，而生变化。"❹又云："彖者，言乎象者也。爻者，言乎变者也。"❺圣人创设八卦，仰观天文、俯察地理，为了将卦、爻之义理阐释明白，而系之以卦辞、爻辞；卦辞是用以表达卦象的含义，爻辞是用来表达各爻之变化。因此，《周易》所谓"辞"，是沟通卦象与含义之间的语言中介。正如朱

---

❶ 王夫之．周易内传［M］//船山全书：第 1 册．长沙：岳麓书社，1988：526.
❷ 王夫之．张子正蒙注［M］//船山全书：第 12 册．长沙：岳麓书社，1992：79.
❸ 王夫之．张子正蒙注［M］//船山全书：第 12 册．长沙：岳麓书社，1992：79.
❹ 李道平．周易集解纂疏［M］．北京：中华书局，1994：547.
❺ 李道平．周易集解纂疏［M］．北京：中华书局，1994：550-551.

子《周易本义》所云："系辞，本谓文王、周公所作之辞，系于卦爻之下者，即今经文"，"圣人作《易》，观卦爻之象，而系以辞也。"❶ 据朱子所云，卦与辞都是圣人所作，辞是本原于卦，而用语词来阐明卦象含义。圣人作《易》，君子学《易》。君子之所学，就是通过对"辞"的理解与掌握，来洞悉卦象之意蕴与内涵。

一、君子之辞：不徇闻见，不立标榜

《周易》之卦辞、爻辞本是圣人所作，其义理自与天道相通。而君子之辞，亦非普通"言语"。对君子之"辞"的理解，它并非仅仅是见闻之知，而是超越见闻之知的对于本体与本质之理解。船山云："君子之有辞，不徇闻见，不立标榜，尽其心，专其气，言皆心之所出而气无浮诅，则神著于辞，虽愚不肖不能不兴起焉。若袭取勦说，则仁义忠孝之言，人且迂视之而漠然不应，不足以鼓舞，唯其神不存也。"❷ 所以，"君子之有辞"，是为君子之辞，对"神"的体悟与理解，这种"辞"需要"尽其心，专其气"，做到"言皆心之所出而气无浮诅"，就能是"神著于辞"。反之，如果仅仅是"袭取勦说"，哪怕是"仁义忠孝之言"，也"不足以鼓舞"，究其原因是"唯其神不存"。换言之，"辞"有两种，一种是"神著于辞"，另一种是"其神不存"之辞。这两种"辞"的关键就是有其神，还是无其神。如果"神著于辞"，辞有其神，则"虽愚不肖不能不兴起"，能够通人之情而引起广泛的共鸣和起兴；如果是"其神不存"，就如"袭取勦说"的仁义忠孝之言，不能仍然有所"鼓舞"、感动。

而船山所言"神化""神著于辞"之"神"，亦是从钱钟书所谓的第二种含义来使用的。该"神"并非是普通的见闻之知，也不是无思无虑，而是超越了思虑见闻。故船山以为，"神"是为"不测者，有其象，无其形，非可以比拟广引而拟之"❸，而是当"由辞以想其象，则得其实"。通过语言（诗）之辞而以想其象，在通过象而得"神"之

---

❶ 朱熹. 周易本义［M］. 北京：中华书局，2009：221－224.
❷ 王夫之. 张子正蒙注［M］//船山全书：第 12 册. 长沙：岳麓书社，1992：78.
❸ 王夫之. 张子正蒙注［M］//船山全书：第 12 册. 长沙：岳麓书社，1992：78.

实。这是船山以诗这一特殊之辞,来构筑人与神(天、宇宙)相沟通、互动的重要中介。

而船山对语言之"辞"的把握,是从对"修辞立其诚"的诠解中来实现的。

"诚"其本义,是指诚实而不虚。就宇宙天地之本原,太和(太虚)与实有之阴阳二气相即不离,故能"诚"。"诚"又是天地之道与理、圣人之德与性的真实无妄。圣人之道与宇宙天地之道相贯通,故其道与理、其德与性都是"诚者"之存在。而包括君子在内的普通之人,却需要一番努力,才能体认到"诚"之境界,故谓"诚之者"。

关于"诚者"与"诚之者",在《中庸》中即已经论及。《中庸》云:"诚者,天之道也;诚之者,人之道也。诚者不勉而中,不思而得,从容中道,圣人也。诚之者,择善而固执之者也。"对此,朱子《章句》云:"诚者,真实无妄之谓,天理之本然也。诚之者,未能真实无妄,而欲其真实无妄之谓,人事之当然也。圣人之德,浑然天理,真实无妄,不待思勉,而从容中道,则亦天之道也。未至于圣,则不能无人欲之私,而其为德不能皆实。故未能不思而得,则必择善,然后可以明善;未能不勉而中,则必固执,然后可以诚身,此则所谓人之道也。不思而得,生知也。不勉而中,安行也。择善,学知以下之事。固执,利行以下之事也。"❶ 朱子诠解"诚"与"诚之",其义甚明:即谓"诚"作为天之道,是"真实无妄","天理之本然",这是天地宇宙存在的真实无妄、本然之状态。天地有天地之理,宇宙有宇宙之理,其理真实无妄,故是"诚"。这一"天之道"之"诚者",不待思虑,不假思索,"圣人之德,浑然天理",圣人之德与天然之理合而为一,自相贯通,自然而本然存在着,圣人之德亦为天之道。"诚之"的"之",是"往"之义。普通人乃至君子,并非生而能"诚",也非生而能"诚明",而是以"诚"作为目标,未能做到"不思而得""不勉而中",因此才需要以"圣人"作为榜样,"必择善然后可以明善","必固执然后可以诚身",通过"诚之"的努力,实现"诚"之

---

❶ 朱熹. 四书章句集注 [M]. 北京:中华书局,1983:31.

目的。朱子所言极是："诚"是"天理之本然"；"诚之"是"人事之当然"。

船山正是循着朱子的理路，来理解"诚"与"诚之"。船山云："夫人以诚之之道而体乎天道之诚，乃其成功则一，而当其始事则有别焉。所性之诚，即天之诚也。能全乎所性之诚，即以天之德为德，是谓诚者。……求合乎天性之诚，必资人之道以尽其道，是谓诚之者，于是而学知利行之事起焉。以明善为诚身之本，则于不善之中而择其善，于善之中而择其至善。思而得之，乃以得夫不思者之得；以诚身为所以行之实，则未得而慎以执其所择，已得而力以执其所守，勉而中之，乃以中夫不勉者之中；此君子作圣之功，而即其至也，亦与圣而同功，则人道而尽乎人者也。"❶ 在这里，船山明确提出"诚者"是"能全乎所性之诚，即以天之德为德"，诚与天之德无异，天之道即为"诚"是真实不妄、诚实真有。天之诚无有不善，是人之性所往之根本。而所谓"诚之者"，"诚"是根本与目的，它是"人之道"，"求合乎天性之诚，必资人之道以尽其道"，追求以人道合于天道，以天道之诚作为向往与追求的目标。圣人与君子在诚之境界上本然相区别："诚"是圣人之境界，圣人境界与天道合一；而"诚之"则是以君子以圣人之诚为目标，在善与不善中"明善"而择其善者，需要思虑而得、体而行之。这也即是朱子所言圣人之道"不勉而中""不思而得"，是"生知"和"安行"，即生而知之，安然而行之，不待后天的思虑和勉力而行；而君子之道，"诚之者"是需要后天思虑和努力践行，择善而从，勉力而行。

因此，"诚之者"强调的"人之道"，乃是区别于圣人的普通人、乃至君子，为了实现"诚之"而在后天所付出的种种努力，这种努力必须付诸心智和行动，目的是复归到天之道与圣人之境界，即"诚"。船山云："'诚之者'，则人极用其心思耳目以求复于所性之理，则在人之实用其功，故曰人道；而所恃以行达德尽达道举九经者，皆在于此，则所以敏政者也。在天之德，无有不诚，则不可谓天为诚。诚原与不诚相对，

---

❶ 王夫之. 四书训义［M］//船山全书:第7册. 长沙:岳麓书社，1990：182–183.

在人始可名之曰诚，亦需落在知仁勇上，诚仁，诚知，诚勇，谓之诚身。仁义礼固然之实性，则在人之天道也。'诚者不勉而中'云云，言性中之仁义礼，充实足乎大用，一于善而不待择，自然执中而不待固，乃率性自合乎天，不倚于修，故亦谓之'诚者'。"❶这里仍然是强调"诚者"与"诚之者"的区别，以为天之德"无有不诚"，既然是"无有不诚"，就不能以诚与不诚来描述和定义"天之德"，即"不可谓天为诚"。"在人始可名之曰诚"，即在人身上，诚与不诚相对，有诚也有不诚，可能是诚，也可能是不诚。故君子是为"诚之者"，需要"修诚"，具体落实到对知、仁、勇之性的"诚之"上来，所以需要诚知、诚仁、诚勇，只有通过如此"诚之"，使人之身为"诚"。

因此，人之耳目见闻，虽有所短，即"耳所不闻""目所不见"，但是君子却能够"察之以诚"，故能知"无声而有其可闻，无色而有其可见"。船山云："'文王在上，於昭与天'，孰见之乎？'文王陟降，在帝左右'，孰闻之乎？直言之而不慭，达言之而不疑，我是以知为此诗者果有以见之，果有以闻之也；我是以知见之也不以目，闻之也不以耳也；我是以知无声而有其可闻，无色而有其可见，不聆而固闻之，不瞬而固见之也。……君子之所必察也，察之以诚，知其不慭而非无慭，不疑而非无疑，而后可以为君子，故君子鲜矣。"❷诸如"文王在上""文王陟降"，这类事情并非普通人能够目见耳闻。而《诗》的作者却"直言之而不慭，达言之而不疑"，君子亦"无声而有其可闻，无色而有其可见，不聆而固闻之，不瞬而固见之"，其关键即在于君子是"见之也不以目，闻之也不以耳"，是"察之以诚"。这些事情并非耳目所能闻见，却又"直言之而不慭，达言之而不疑"，"知其不慭而非无慭，不疑而非无疑"，体现了君子之"察"与普通的耳闻目见之不同。《诗》的作者正是通过"人之道"的"诚之"，"诚以立"而"辞无妄"。

换言之，对于"人之道"而言，"诚"是一种追求达于圣人化境的道德境界。如何实现"诚之"，提升而前往这一道德境界，仅仅是依

---

❶ 王夫之．四书笺解［M］//船山全书：第6册．长沙：岳麓书社，1991：145-146.
❷ 王夫之．诗广传［M］//船山全书：第3册．长沙：岳麓书社，1992：437.

靠内心的提升"诚之"还不够，必须辅助于外在的一个重要途径："修辞"。当然，内之"诚之"（"立诚"）与外之"修辞"，并非截然区分，二者相依而相成。

二、立诚以修辞，修辞而后诚可立

"修辞立其诚"，语出《周易·乾·文言》，其云："君子进德修业。忠信，所以进德也；修辞立其诚，所以居业也。"孔颖达《正义》疏云："辞谓文教，诚谓诚实也。外则修理文教，内则立其诚实。内外相成，则有功业可居，故云居业也。"[1] 孔氏以为"辞"指文教，"诚"即诚实，外修文教、内立诚实，则有功业可居。朱子亦将"忠信""修辞"，内外分而言之，其《本义》云："忠信，主于心者，无一念不诚也。修辞，见于事者，无一言不实也。虽有忠信之心，然非修辞立诚，则无以居之。"[2] 朱子以为，"修辞"是落实到现实当中，可以"见于事者"，故君子所言，"无一言不实也"，因此，"修辞"以立其诚，则有功业可居。船山则将"辞"与"诚"互相贯通之关系揭示出来，其云："业统言行，独言'修辞'者，君子施政教于天下者辞也，辞诚则无不诚矣。'诚'者，心之所信，理之所信，事之有实者也。"[3] 船山以为，君子通过"辞"来施政教于天下，因此如果能做到"辞诚"则心无所不诚。在船山看来，所谓"诚"者固是真实而不妄，是"心之所信，理之所信，事之有实者"；但是内在的"诚"，还需要外在地呈现出来。何以展现其"诚"，"修辞"正是展示其诚的语言途径。

因此，"修辞立其诚"呈现出两个方面的向度：一是内在的"立其诚"需要外在的"修辞"予以辅助，才能顺利实现"诚之"的境界；二是"修辞"亦仅非是外在的言辞修饰、文教政治，"修辞"之准确表达必须以"立其诚"作为内在支撑。对此，船山说得很明白："《易》曰：'修辞立其诚。'立诚以修辞，修辞而后诚可立也。诚者何

---

[1] 孔颖达. 周易正义［M］. 影印南宋官版. 北京：北京大学出版社，2017：21-22.
[2] 朱熹. 周易本义［M］. 北京：中华书局，2009：36.
[3] 王夫之. 周易内传［M］//船山全书：第1册. 长沙：岳麓书社，1988：62.

也？天地之撰也，万物之情也。"❶ 在这里船山将"诚"之含义拓展为"天地之撰""万物之情"，即天地之间无所不包的实有和存在。"立诚以修辞"，"立诚"是"修辞"的前提条件，没有"立其诚"，则其辞无以修饰。即如果不是先立其诚，其"修辞"不仅无益于政教、功业，相反还会损害它。"修辞而后诚可立"，"修辞"不再仅仅是外在的语词与修饰（政教、文教），而是上升为有助于"诚可立"的必要条件。"而后"一词，尤为强调了"修辞"对于"诚可立"的重要意义。

管窥船山关于"立诚以修辞"之强调，船山是在将前人理解的"修辞立其诚"——"修辞"与"立其诚"原是内外相成的平行的两个方面，以此实现"有功业可居"——转而为二者的相互促进、增益的关系，尤其强调"立诚"作为"修辞"的前提和先决条件，毅然屹立于前，这对于船山的诗学批评实践具有重要的指导性意义。

船山云："诚之弗立，拂天地之位，刉万物之几，行其小智以腾口说于天下，而天下之人乃惊疑猷怒而不可戢。辞也者，非必有损于天下之实也，而如戾气之以厉民，视无可见，听无可闻，触无可喻，而民已病矣。"❷ 船山在这里再次将"诚"与"辞"之关系摆在显要位置予以提出，以为如果是"诚之弗立"，"诚"之不立，主要体现为"拂天地之位，刉万物之几"，即违背天上地下之顺位，磨灭万物之要几，而仅仅是以小计小智张口放言游说于天下，则天下之人"惊疑猷怒"不可抑制止息。"辞也者，非必有损于天下之实也"，这句话可以从两个层面来理解：其一，"诚"与"辞"内外相合，内立其诚、外修其辞，则可以施政教于天下而有功业可居，所以外修其辞而"非必有损于天下之实"，文（辞）与质（实）相得益彰。其二，"辞"与"诚"不相合，"诚弗立"而仅外修其辞，虽"非必有损"，却在事实上造成有损于"实"之后果。对此，船山将之比作为"戾气之以厉民"，以暴戾之气苛刻地对待人民，虽然在表面上"视无可见，听无可闻，触无可喻"，但在事实上人民已经是深受其害矣。在这里，船山从正反两

---

❶ 王夫之．诗广传［M］//船山全书：第3册．长沙：岳麓书社，1992：460．
❷ 王夫之．诗广传［M］//船山全书：第3册．长沙：岳麓书社，1992：461．

个方面，揭示出"诚"与"辞"之辩证关系："诚"与"辞"相合，立诚以修其辞，则辞达而政教施；修其辞，而后诚也可立。"诚"与"辞"不相合，"诚弗立"而仅仅是"小智以腾口说于天下"，则"天下之人乃惊疑猷怒而不可戢"。

船山继续将诗学中的"拂天地之位""刓万物之几"视为"乱"与"贼"，可见在其看来危害社会之巨："拂天地之位则乱，刓万物之几则贼。贼与乱，非伪人不能，然且标门庭于辞中曰：吾能为位置也，吾能为开阖也，吾能为经脉也，吾能刮摩以净也，吾能立要领于一字而群言拱之也，吾能萦纡往来而不穷于虚也，吾能剖胸嗀沫而使老妪稚子之无不喻也。呜呼！伪人逞其伪辩之才，而烦促捭阖，颠倒黩乱，鄙媒之风中于民而民不知，士乃以贼，民乃以牿，盗夷乃以兴，国乃以亡，道乃以丧于永世。"❶ 船山以为"贼与乱，非伪人不能"，这些危害都是"伪人"逞其才（"伪人逞其伪辩之才"）、"标门庭于辞中"所造成的，以至于"国乃以亡，道乃以丧于永世"。这既反映出船山所一贯反对"立门庭"之态度❷，而尤对于"诚弗立"而仅是"伪人逞其伪辩之才"。其之所以为"伪人"与"伪辩之才"，正是因为内缺其"诚"。

三、立言者必有其度，而各从其类

船山以为诗文，其内在的内容与外在的形式，有其相合与相应，如谓"神著于辞"，"立诚以修辞，修辞而后诚可立"，等等，以此强调二者的结合，其实也就是"度"的问题。而在历史本体论看来，这个"度"，不仅是尺寸与限度，而是具有"第一范畴"的本体论意味❸。船

---

❶ 王夫之. 诗广传［M］//船山全书:第3册. 长沙:岳麓书社，1992：461.

❷ 《夕堂永日绪论·内编》云："立门庭者必饾饤，非饾饤不可以立门庭。盖心灵人所自有，而不相贷，无从开方便法门，任陋人支借也。"（王夫之. 姜斋诗话［M］//船山全书:第15册. 长沙:岳麓书社，1995：834.）

❸ 李泽厚以为：" '人类如何可能？'来自使用—制造工具。其关键正在于掌握分寸、恰恰到好处的'度'。'度'就是技术或艺术，即技进乎道。……'度'并不存在于任何对象中，也不存在于意识中，而首先是出现在人类的生产—生活活动中，即实践—实用中。它本身是人的一种创造，一种制作。从而，不是'质'或'量'或'存在'（有）或'无'，而是'度'，才是人类学历史本体论的第一范畴。"（李泽厚. 历史本体论［M］. 北京：三联书店，2008：9-10.）

山云:"有求尽于意而辞不溢,有求尽于辞而意不溢,立言者必有其度,而各从其类。意必尽而俭于辞,用之于《书》;辞必尽而俭于意,用之于《诗》;其定体也。两者相贸,各失其度,匪但其辞之不令也。为之告戒而有余意,是贻人以疑也,特炫其辞,而恩威之用抑黩。为之咏歌而多其意,是荧德也,穷于辞,而兴起之意微也。故《诗》者,与《书》异垒而不相如者也。"❶ 古人提出立德、立功、立言三者可以"不朽"之说,"立言"就是其中一个可以使人永垂不朽的重要途径。孔颖达疏云:"立言,谓言得其要,理足可传……既其身既没,其言尚存。"❷"言得其要,理足可传",即是针对内容作出的要求,"要"就是指重要之内容。船山在此则提出"立言者必有其度,而各从其类",从其"类"而言,则有《诗》《书》之别;从其"度"而言,则是"意必尽而俭于辞","辞必尽而俭于意",这也与其所说的"有求尽于意而辞不溢"与"有求尽于辞而意不溢"相应。船山从"类"的角度,区分"诗"与"书"之功用不同,则其体亦有差别。"意必尽而俭于辞",其意必"尽"(达于极致)而用词须简洁,这是用之于《书》;"辞必尽而俭于意",则是其辞达于极致而用意须简明,这是用之于《诗》。"两者相贸,各失其度,匪但其辞之不令也","辞之不令"("不令"意谓"不善、不美好")仅仅是一个方面的不好的后果,更为重要的是:从实用的角度而言,《书》是用于告诫之体,作为告诫之辞如果"有余意",就会使别人产生疑问,仅仅炫耀其辞,"恩威之用"就会受到污损;《诗》是用于起兴之辞,其辞如果是"多其意",不仅使人荧惑心意,而且辞穷而缺少"兴起之意",难以引起别人的吟咏共鸣。

船山强调,《书》《诗》之体分,各有擅长,亦各有所短;各自有所短,则是相对而言,未必不善。故云:"故《书》莫胜于文;文者,兼色者也。《诗》莫善于章;章者,一色者也。方欲使之嗟叹之,抑欲使人舞蹈之,而更为之括初终,摄彼此,喧耳烦心,口促气垒,涕笑

❶ 王夫之. 诗广传 [M] //船山全书:第3册. 长沙:岳麓书社,1992:506.
❷ 左丘明,杜预,孔颖达. 春秋左传正义 [M]. 北京:北京大学出版社,1999:1003.

蘁呹而罔所理，又奚以施诸手足而喻于行缀乎？故备众事于一篇，述百年于一幅，削风旨以极其繁称，淫泆未终而他端蹶进，四者有一焉，非敖辟烦促、政散民流之俗，其不以是为《诗》必矣。"❶《诗》当是"欲使之嗟叹之，抑欲使人舞蹈之"，诗、乐、舞是一体的，故在内容上，不必是"括初终，摄彼此"；而"备众事于一篇，述百年于一幅，削风旨以极其繁称，淫泆未终而他端蹶进"这四者，只要是有其一种，必与《诗》旨不合。

第三节　言意之辨与隐秀之美

船山从"言有其度"，区分了"诗"与"书"之别，并提出"辞"（"言"）与"意"的关系问题；而"诗"所具有的"辞必尽而俭于意"的特点，尤能凸显诗歌的审美特征。从"幽"与"明"的角度，对"言有其度"作进一步分析，呈现为三个向度：其一，言辞之"言"，如果从语言的内容与形式来看，"言"是外在形式之"明"，而这种外在形式是有限的；与此"言"所对应的是内在的"意"，"意"是"幽"，"意"之内在意蕴却是无限的。其二，"言"与"意"的幽明关系，延伸为船山所论的诗"以意为主"。然需要注意的是，"以意为主"并不是寻章摘句、字字求出处，亦非直言其"意"，而是诗之情与意的融汇与结合，形象而生动的呈现。其三，在诗歌的风格上，外在语言形式与内在意蕴的关系，在审美上可以呈现为"隐"与"秀"两种不同的审美风貌。

一、由"言不尽意"到"微言以明道"

关于"言意之辨"，在中国古代文论中已经多有论及，现在再来讨论似乎是老生常谈，没有什么新意。但是从"幽明"而观之，船山亦道出了"言不尽意"新的含义。

《周易·系辞》云："子曰：'书不尽言，言不尽意。'然则圣人之

---

❶ 王夫之. 诗广传 [M] //船山全书: 第3册. 长沙: 岳麓书社, 1992: 506.

意，其不可见乎？子曰：'圣人立象以尽意，设卦以尽情伪，系辞焉以尽其言，变而通之以尽利，鼓之舞之以尽其神。'"❶ "书不尽言，言不尽意"此论，是从言语表达的有限性与语义对象的无限性二者之间的矛盾展开的，"言有尽而意无穷，故'言之，不足以尽庖羲之意也'"❷，言语表达是有限止的，而内在含义却是无限的。一方面，言语自身具有模糊性和多义性，它的指称作用，使其能够尽力做到有所指向，但是这种意义指向的是有限的对象；另一方面，世界的丰富性、意蕴内涵的无限性，有时候无法通过具体语音和语意层面的语词来进行完全准确的传达。既然是"言不尽意"，那么如何来传达和领会"圣人之意"呢？圣人提出的解决方案是"立象以尽意"和"系辞焉以尽其言"。正如《系辞》所云"《象》者，言乎象者"，《象》是言说，所以可以"尽其言"，其所言者为"象"，而后"立象"而能"尽意"。故言、象、意三者，是从"言"而进之于"象"，再而进之于"意"。"象"介于具体指称与幽隐意蕴之间，既有具象之鲜明，又有心象之幽隐，起到了连接"言"与"意"的桥梁作用。

从"幽明"来看，言与意，既是明与幽，也是有限与无限。而言与意两端，以"立象"作为中介与桥梁。而这个"象"，不仅是"言"与"意"传达的桥梁，也是审美之"象"——偏于具体之形，是为"形象"；偏于立意之蕴，是为"意象"。而不管是"形象"还是"意象"，都不是言、象、意的截然区分，而是相互联系、涵摄。而朱子云："言之所传者浅，象之所示者深。"❸ 其中所云，正是"言"是拘泥于有限形式之"明"，而"象"则能通于无限意蕴之"幽"。

船山亦云言语表达之所"短"："言可以著其当然，而不能曲尽其所以然，能传其所知，而不能传其所觉。"❹ 船山在这里所云，析而言之，"著"是"昭著、明显"之义，"其当然"是指事物本来的样子，言语可以表达与昭著事物本来的样子，但这仅是事物之外在表现，而

---

❶ 李道平. 周易集解纂疏［M］. 北京：中华书局，1994：609-610.
❷ 李道平. 周易集解纂疏［M］. 北京：中华书局，1994：609.
❸ 朱熹. 周易本义［M］. 北京：中华书局，2009：242.
❹ 王夫之. 周易内传［M］//船山全书：第1册. 长沙：岳麓书社，1988：566.

它不能"曲尽"事物的"所以然"。所谓"曲尽",就是要能够完全展示事物之"当然"的根本原因,即"所以然"。这个"所以然",是潜藏在事物表象下面的更加幽隐、深层的意蕴。所云"不能曲尽",一方面是言语表达的可能性,它可能可以部分地呈现,或者是大略地指向事物之"缊"与"幽";另一方面,却是明确指出言语的有限性,即无法完全地、委曲而详尽地表达与呈现事物的内在意蕴。对于人与人之间的传达与沟通而言,言语是可以表达出"所知",即有限度的认知与知识;但是更加丰富的"所觉",也是言语所鞭长莫及。

既然"言意之辨"存在如此矛盾,"言意"之"明"与"幽"是否是绝对隔离与区分呢?显然,船山并不如此认为,而以为可以"微言以明道"。其云:"'书不尽言,言不尽意',是故有微言以明道。微言绝而大道隐。……尝论者曰:道者,物所众著而共繇者也。物之所著,惟其有所见之实也;物之所繇,惟其有可循之恒也。既盈两间而无不可见,盈两间而无不可循,故盈两间皆道也。可见者其象也,可循者其形也。出乎象,入乎形;出乎形,入乎象。两间皆形象,则两间皆阴阳也。两间皆阴阳,两间皆道也。夫谁留余地以授之虚而使游,谁复为大圆者以函之而转之夫?其际无间,不可以游,其外无涯,不可以函。虽然,此阴阳者,恶夫其著而由之?以皆备而各得耶?《易》固曰:'一阴一阳之谓道。'一之一云者,盖以言夫主持而分剂之也。"❶

古人以为只有圣人君子才能做到"微言大义"。《左传》云:"《春秋》之称,微而显,志而晦,婉而成章,尽而不污,惩恶而劝善,非圣人,谁能修之?"❷以为圣人(孔子)修《春秋》之"笔法",其言细致幽微而意蕴明显,所载史实而含蓄幽深。其所强调,即是言语的"明"与"幽"、有限与无限的沟通、融汇。有限之"明"与无限之"幽",并非断然隔绝,而能相互交际、沟通。但是"微言大义"的笔法,随着圣人君子的去世而没有流传。正如《汉书·艺文志》序文开

---

❶ 王夫之. 周易外传[M]//船山全书:第1册. 长沙:岳麓书社,1988:1003-1004.
❷ 左丘明,杜预,孔颖达. 春秋左传正义[M]. 北京:北京大学出版社,1999:765.

篇所云："昔仲尼没而微言绝，七十子丧而大义乖。"其中所云"微言"，李奇曰："隐微不显之言也。"颜师古则曰："精微要妙之言耳。"❶ 综而言之，所谓"微言"，虽"隐微不显"而"精微要妙"；因其"隐微"而能"隐微要妙"，道常言所不能道。这与老子的"道可道，非常道"如出一辙。诚如上文所引，船山也感叹"微言绝而大道隐"，但更为重要的是，他在此揭示了"微言"何以"明道"，将"言"与"道"、"微"与"明"相并举，隐微之言而能彰明大道。现试分析如下。

其一，"道"是什么？船山云"盈两间皆道"，这个"两间"，即是天地之间、天人之际，天、地、人之间无不是有"道"盈其间。道是万物之所共繇，是实有可见的纷纭万物的根本；万物是实有彰明而可见，有形有象，而道却是无形象而不可眼见耳闻的。两间无不充盈有"道"，但同时"其际无间，不可以游，其外无涯，不可以函"。因此，不仅道不能目见耳闻，而且不能通过"游"和"函"来把握其道。

其二，虽然不能直接目见耳闻其"道"，但是道与气相即不离，两间既有道盈其间，亦有阴阳之气盈其间："两间皆形象，则两间皆阴阳。两间皆阴阳，两间皆道也。"由可见、可循之形象、形迹，而知两间皆阴阳之气，由阴阳之气而知"道"之不离。因此，"出乎象，入乎形；出乎形，入乎象"，出入乎形、象，通过把握可见之形象，遵循可循之形迹，而能把握阴阳之气，进而体认"道"之不虚。可见，具体可见可循之"形象"，是沟通"微言"与"道"的中介与桥梁，由"言"之"隐微"，而察乎"形"与"象"之迹，而知"道"之"一阴一阳"。

其三，最为重要的是，船山在此还揭示"微言以明道"的根本，即在于"一之一"所言"主持而分剂"。所谓"一之一"，或是"一阴一阳"，或是"一阳一阴"，一为"幽"，一为"明"，二者相即不离，相辅而相成。但是"一之一"，二者既非断然隔绝，亦非平等均分；

---

❶ 陈国庆. 汉书艺文志注释汇编［M］. 北京：中华书局，1983：1.

"主持而分剂",意谓一为主,而另一为辅,一为"明",而另一为"幽"。这也与船山的"乾坤并建"思想相一致:乾非孤阳,乾阳为明而阴为幽;坤非孤阴,坤阴为明而阳为幽。"道"具一阴一阳之气,气有其形其象,由幽微而见其象、循其迹,故"微言"可以"明其道"。言与道的"主持"与"分剂"的关系还体现为:言本为明(所谓"言之有物"),隐微之言而能明幽隐之道;道本幽隐而不能目见耳闻,而微言能使之彰明。因此,言与道,虽然一为明,一为幽,但是二者之"幽明"并非断然区别,而是能够沟通与融汇。

二、诗之"以意为主"

由"言意之辨"这一论题自然延伸,进一步探讨言与道之"幽明"关系,船山以为诗作为语言的艺术,诗歌与长行文字应该都是"以意为主"。而船山在不同语境场合提及"以意为主",其态度却是截然不同:有时是持肯定态度,有时却又是截然反对。对这一矛盾进行必要的分析,即能发现在其中其实亦有贯通融洽之处。

船山云:"无论诗歌与长行文字,俱以意为主。意犹帅也。无帅之兵,谓之乌合。李、杜所以称大家者,无意之诗,十不得一二也。烟云泉石,花鸟苔林,金铺锦帐,寓意则灵。若齐、梁绮语,宋人捃合成句之出处(宋人论诗,字字求出处。❶),役心向彼掇索,而不恤己情之所处发,此之谓小家数,总在圈缋中求活计也。"❷又云:"李、杜则内极才情,外周物理,言必有意,意必由衷;或雕或率,或丽或清,或放或敛,兼该驰骋,唯意所适,而神气随御以行……此谓大家。"❸在此,船山以李白、杜甫为例,肯定诗歌要"以意为主"。李、杜之所以被称为"大家",就在于他们的诗篇之中"无意之诗"很少,而诗篇文字"寓意则灵"。"意"就像是全篇文字的统帅,将"意"喻为"帅",极力抬高潜行于文字之下的"意","寓意则灵",则全篇格调高、有灵性,或雕琢、率意,或华丽、清新,或奔放、内敛,等,

---

❶ 括号中文字为船山自注。
❷ 王夫之.姜斋诗话[M]//船山全书:第15册.长沙:岳麓书社,1995:819-820.
❸ 王夫之.姜斋诗话[M]//船山全书:第15册.长沙:岳麓书社,1995:843.

都能随心所欲，言与意相适。

正是针对宋人论诗的"字字求出处"，刻意将古人文字"拊合成句"，船山强调诗的语言要"言必有意，意必由衷"，即发自内心之"意"来驱动和安排言语文字。那种不是根据诗人自己内心之情动感的"字字求出处"和"掇索"文字，虽然刻意选择绮语丽词，铺陈文字辞藻，却是没有能做到"唯意所适"，只能算作"小家数"。

围绕诗之如何做到"尽意"，可以"不避其险""不厌其熟"，亦能"长言而非有余""芟繁从简而非不足"。其云："非此字不足以尽此意，则不避其险；用此字已足尽此义，则不厌其熟。言必曲畅而伸，则长言而非有余；意可约略而传，则芟繁从简而非不足。稽川南、汤义仍诸老所为独绝也。避险用熟，而意不宣，如扣朽木；厌熟用险，而语成棘，如学鸟吟；意止此而以虚浮学苏、曾，是折腰之蛇；义未尽而以迫促仿时调，如短项之蛙。才立门庭，即趋魔道，四者之病，其能免乎？"❶ 诗之词用险、用熟，或长言之，或芟繁从简，无不是"唯意所适"，就"意"只所需而从之。换言之，诗之言语选择使用，并不必拘泥于险、熟、繁、简，而当是根据"诗意"传达之需要，使言与意相适。如果背离了"意"之所"帅"，"避险用熟，而意不宣"，"厌熟用险，而语成棘"，则是"如扣朽木"而无真音，"如学鸟吟"而无人语。

如上所述，船山一方面是肯定诗歌要"以意为主"；但在另一方面，他又反对诗人作诗"以意为主"。

船山云："宋人论诗以意为主，如此类直用意相标榜，则与村黄冠盲女子所弹唱，亦何异哉？"❷ 又云："诗之深远广大与夫舍旧趋新也，俱不在意。唐人以意为古诗，宋人以意为律诗绝句，而诗遂亡。如以意，则直须赞《易》陈《书》，无待《诗》也。"❸ 在这里，船山却是批评唐人和宋人的"论诗以意为主""直用意相标榜""以意为古诗"

---

❶ 王夫之. 姜斋诗话 [M]//船山全书:第15册. 长沙:岳麓书社，1995:858.
❷ 王夫之. 古诗评选 [M]//船山全书:第14册. 长沙:岳麓书社，1996:537.
❸ 王夫之. 明诗评选 [M]//船山全书:第14册. 长沙:岳麓书社，1996:1576-1577.

以及"以意为律诗绝句"等创作倾向；以为诗之深远广大和舍旧趋新均是"俱不在意"，即与"意"无甚关涉。

由此观之，船山所论诗之"以意为主"，看似是前后矛盾、截然对立，但仔细推敲，这种"矛盾"并非完全不可理解。究其原因，在船山诗学中，他所使用"意"之概念范畴，具有一定的模糊性。故对其主旨的理解，需要根据所论的具体语境加以推敲，才能更加准确领会船山之"意"。❶ 而从"幽明"互具其理、互藏其宅的角度来看，更能辨析和认清船山这一看似矛盾的论点。

其一，船山著作中所论之"意"，其含义本来即具有模糊性，对"意"的含义的不同维度理解，自然影响到其"以意为主"的具体态度。其"意"既指人的主观的一己之意，是由人心而感发之动；又指潜行于言语文字之下的幽隐意蕴。

船山云："意，从音从心，察言而知意也。则闻言而记、识之于心者，亦可曰意。……思、意皆心之动几，而自体言之，思为心之灵，意为心之发；自用言之，思为推度抽绎，意为怀念记持。"❷ 船山在此本于"意"之本义，以为"意"乃是"心之动几"，就其体与用而言，则为"心之发"与"怀念记持"。概言之，从意与言的关系而言，言为表，意为蕴，意是附着于言语之内层含义；而从意与心的关系而言，意是心之发动。心之发而为"意"，则有公意、私意，有善意、恶意。

又云："意者，心所偶发，执之则成心矣。圣人无意，不以意为成心之谓也。……意则因感而生，因见闻而执同异攻取，不可恒而习之为恒，不可成者也。故曰学者当知志意之分。"❸ "意"既然为"心之动几"，"心所偶发"，因此有公私、善恶之无恒，可能会由于外在

---

❶ 陶水平先生分析云："船山在上述两种语境下所说的'意'是两种不同的'意'，前者（主张'以意为主'之'意'）是一种'审美之意'，即一种'己情之所自发''言必由衷'，并寓于景物描写中的审美之意，或曰是一种'内极才情，外周物理'、事理情志浑然一体的审美之意；后者（反对'以意为主'之'意'）则是一种直接的辩论、陈述，只宜用来赞《易》陈《书》而不宜入诗的抽象理论、道理、思想或观念。"（陶水平. 船山诗学研究 [M]. 北京：中国社会科学出版社，2001：18.）

❷ 王夫之. 说文广义 [M]//船山全书：第9册. 长沙：岳麓书社，1989：151.

❸ 王夫之. 张子正蒙注 [M]//船山全书：第12册. 长沙：岳麓书社，1992：150.

"见闻"不同而有同异攻取。所以单言一个"意",则有所偏,故不能偏执此"意"。由此而观诗中的"以意为主"之"意",则为"议论""说理""心意"。正是在此含义层面,船山反对作诗"以意为主"。如所批评"宋人论诗以意为主,如此类直用意相标榜",即是针对宋人的"直用"此"意",而没有诗的语言之蕴藉、意象之构成。换言之,诗不是不能"用意",甚至说不是不能"以意为主",而是不能径直就用此"意";如果只是一己之欲与意之表达,真的就"直须赞《易》陈《书》",无须待诗,或者是毫无语言蕴藉、意象生动,这自然无异于"村黄冠、盲女子所弹唱"。

不惟如此,船山论诗,同时又多有"意兴""情意""意致"等评语。如评徐摛《赋得簾尘》云:"浅中良有意致。"❶ 评江淹《效阮公诗》云:"已迫之,又缓之,或曲之,复直之,意致若萧散,而言情意切。"❷ 评沈满愿《咏灯》云:"就题平叙,自有意致。"❸ 上述几个"意致",其"意"或与景融,或与情洽,呈现为审美之"意"。而诗中所呈现的这些"意"却是船山所肯定的。

正是因为"意"之含义不同,船山在对待诗之"以意为主",或有肯定,或有批评。

其二,从诗文中的言与意的关系来看,言为表、为明,意为蕴、为幽,意是与言相行,附着于言语表层之下的意念与意蕴。因为但就"意"而言,"意"有所偏,是"心所偶发",船山对诗"以意为主"的创作倾向提出批评,以为"诗言志,非言意也"。

船山云:"诗言志,非言意也;诗达情,非达欲也。心之所期为者,志也;念之所觊得者,意也;发乎其不自已者,情也;动焉而不持者,欲也。意有公,欲有大,大欲通乎志,公意准乎情。但言意,则私而已;但言欲,则小而已。"❹ 船山强调"但言意,则私而已",这是从"意"的来源与构成而言,只说一个"意"字,即是偏于"私

---

❶ 王夫之. 古诗评选 [M] //船山全书:第 14 册. 长沙:岳麓书社,1996:630.
❷ 王夫之. 古诗评选 [M] //船山全书:第 14 册. 长沙:岳麓书社,1996:784.
❸ 王夫之. 古诗评选 [M] //船山全书:第 14 册. 长沙:岳麓书社,1996:851.
❹ 王夫之. 诗广传 [M] //船山全书:第 3 册. 长沙:岳麓书社,1992:325.

意"，故强调诗之所言，并非一己之"私意"。

其三，"意"作为所言之幽微、意蕴，能与情洽、与景融、与境切，具有如此审美意蕴之"意"，而又正是船山所肯定的"无论诗歌与长行文字，俱以意为主"之"意"。在此含义层面的"意"，它摆脱了一己之私，而与真性真情相合，"意"虽幽微而与景、与境相融合浃洽而彰明，呈现为审美之意象和意境。

船山云："有意之词，虽重亦轻，词皆意也。无意而着词，才有点染，即如蹇驴负重，四蹄周章，无复有能行之势。故作者必须慎重拣择，勿以俗尚而轻泚笔。至若泾阳先生，以龙跃虎踞之才，左宜右有，随手合辙，意至而词随，更不劳其拣择，非读书见道者，未许涉其津涘。"❶ "有意之词"与"无意而着词"相对立，如果是以诗人营构的"意"为帅，"意至而词随"，意为主而词随之，则意与词相合辙不悖。船山所云"非读书见道者，未许涉其津涘"，所强调的是：一方面读书可以增加"词"的积累，以此在"词"之"拣择"上能够有别于世俗之所尚；另一方面，更为重要的是要能够"见道"。"见道"，不仅需要读书之积累，同时也要具备"龙跃虎踞之才"。

综合以上分析，船山对待"以意为主"这一倾向的具体态度虽然有异，但是其诗学审美之态度却是一以贯之的。从言与意的关系来看，蕴藏于语词之内的诗意，虽为幽，但是诗之主宰，由此而强调"言必有意，意必由衷"。从意与象的关系来看，意之幽微不显，而与象相融洽，呈现为审美之意象。

因此，船山肯定诗文"以意为主"的诗学意义在于：具有审美之可能的"意"（内蕴），如同全篇的"主帅"与灵魂，有"意"则全篇灵活不滞、生意盎然；无"意"则如同"扣朽木""学鸟吟"。正是在这一层面，船山强调"立意"，而反对"填砌""钩锁""对偶"等僵硬的"诗法"。如其云："一篇载一意，一意则自一气，首尾顺成，谓之成章；诗赋、杂文、经义有合辙者，此也。以此鉴古今人文字，醇疵自见。有皎然《诗式》而后无诗，有《八大家文钞》而后无文。立

---

❶ 王夫之. 姜斋诗话［M］//船山全书：第15册. 长沙：岳麓书社，1995：858.

此法者，自谓善诱童蒙；不知引童蒙入荆棘，正在于此。"❶ 强调诗文、经义均是"以意为主"，一篇有一篇之立意；而一味推崇诗法和文章之法、拣择古人词句，则诗文亡矣。又云："对偶语出于诗赋，然西汉、盛唐皆以意为主，灵活不滞。唯沈约、许浑一流人，以取青妃白，自矜整炼，大手笔所不屑也。……"❷ 西汉、盛唐诗人"皆以意为主"，用对偶句尚且还"灵活不滞"，例外的是但唯沈约、许浑等人，只是强调对偶，这种"取青妃白"的诗法却是为"大手笔所不屑"。

沈约首创"四声八病"之说，作诗注重声律、对仗等。船山对此却尤为不满，对沈约诗评价亦不高。《古诗评选》选取沈约的五言诗仅两首，评其中一首《古意》云："'明月虽外照，宁知心内伤'，休文（沈约字休文）得年七十三，吟成数万言，唯此十字为有生人之气。其他如败鼓声，如落叶色，庸陋酸滞，遂为千古恶诗宗祖。"❸ 其中所谓"千古恶诗宗祖"，就是针对沈约之强调声律、对偶，束缚了诗歌的言情、表意，以言语、声律的刻板形式，拘缚诗意的生动表达。如果没有灵通、生动、活泼之诗意，唯有对偶形式的话，那么"村巫傩歌、巷塾对偶、老措大试牍、野和尚偈颂，皆可诗矣"❹。

因此，由船山"幽明"思想主张而观之，所谓"以意为主"，一方面是强调诗歌从内容与形式上都要做到既有所"主持"，也必将有其"分剂"，既肯定"以意为主"，同时也要把言语形式作为"分剂"；另一方面，"以意为主"是诗之审美的一种可能，既是"可能"，诗之"意"与"言"之关系，可以呈现为不同的审美风格：即"隐"之美与"秀"之美。

三、隐秀之美

从幽与明、内蕴与形式来看，诗文之"隐"与"秀"，呈现出两种不同的审美风格。刘勰《文心·隐秀》篇云："隐也者，文外之重旨

---

❶ 王夫之. 姜斋诗话［M］//船山全书：第15册. 长沙：岳麓书社，1995：848.
❷ 王夫之. 姜斋诗话［M］//船山全书：第15册. 长沙：岳麓书社，1995：847.
❸ 王夫之. 古诗评选［M］//船山全书：第14册. 长沙：岳麓书社，1996：778.
❹ 王夫之. 古诗评选［M］//船山全书：第14册. 长沙：岳麓书社，1996：778.

也；秀也者，篇中之独拔者也。隐以复意为工，秀以卓绝为巧……夫隐之为体，义生文外，秘响旁通，伏采潜发，譬爻象之变互体，川渎之韫珠玉也。"❶ 所谓"隐"，文外有"重旨"，且"以复意为工"，强调要有言外之意；所谓"秀"，即篇中有"独拔者"，如木秀于林，鹤立鸡群。

隐、秀之美，其实是言意关系在审美上的延伸，言而有"重旨""复意"即为"隐"，篇中有"独拔""卓绝"之言句而为"秀"。而由"幽"与"明"而观之，言有尽而意隐幽深远，即为"幽"、为"隐"；一篇诗文之中，其辞昭著光彩，即为"明"、为"秀"。但是正如刘勰即已经指出："或有晦塞为深，虽奥非隐；雕削取巧，虽美非秀矣。"❷ 诗文之美，是与故意做作、脱离诗意诗境而雕琢文字相对立；故隐秀之美也与有意地故作晦涩深奥、雕琢取巧相区别。

或追求意蕴深刻、意境悠远的"隐"之美，或追求华章溢彩、词句独拔的"秀"之美，它们总是与刻意雕琢相对立。诗之言与意相合，或"隐"，或"秀"，皆有其独到之美；而船山尤其反对"循辞以失意""有文字而无意义"。这既与船山的诗"以意为主"的主张相合，也是对诗歌语言的自然、素朴之美的追求。

船山云："四大家❸未立门庭以前，作者不无滞拙，而词旨温厚，不徇词以失意。守溪（王鏊，1450—1524）起，既标格局，抑专以遒劲为雄，怒张之气，由此而滥觞焉。及《文钞》盛行，周莱峰（周思兼，1519—1569）、王荆石（王锡爵，1534—1611）始一以苏、曾为衣被，成片抄袭，有文字而无意义；至陈栋（1526—1572）、傅夏器（1509—1594）而极矣。隆、万之际，一变而愈之于弱靡，以语录代古文，以填词为实讲，以杜撰为清新，以俚语为调度，以挑撮为工巧。若黄贞父（黄汝亨，1558—1626）、许子逊（许獬，约 1585—1621）之流，吟舌娇涩，如鸲鹆学语，古今来无此文字，遂以湮塞文人之心

---

❶ 王运熙，周锋. 文心雕龙译注 [M]. 上海：上海古籍出版社，2012：266.
❷ 王运熙，周锋. 文心雕龙译注 [M]. 上海：上海古籍出版社，2012：267.
❸ 明代号称"四大家"，为当时王鏊（号守溪）、钱福（号鹤滩，1461—1504）、唐顺之（号荆川，1507—1560）、瞿景淳（号昆湖，1507—1569）。

者数十年。"❶

诗之文字，是用以传情达意，而在船山看来，如上述一些诗人的诗作却是"成片抄袭，有文字而无意义"，以及"以语录代古文，以填词为实讲，以杜撰为清新"，等等。它们虽有文字粘贴拼凑，而没有诗情、诗意畅达流动，以刻意雕琢为尚，却没有诗意灵动盎然。

船山又云："孙月峰以纤笔，引申摇动言中之意，安详有度，自雅作也。乃其晚年论文，批点《考工》《檀弓》《公》《谷》诸书，剔出殊异语以为奇峭，使学者目眩而心荧，则所损者大矣。万历中年杜撰娇涩之恶习，未必不缘此而起。"❷ 船山以为孙月峰（1543—1613）能以"纤笔"，来"引申摇动言中之意"，迂回曲折之笔，即谓言曲折而意繁复，但是其中之意又能"安详有度"，故能称得上是"雅作"。但是及至月峰晚年，于古人书中寻章摘句"剔出殊异语以为奇峭"，却是只见其言而不见其意，徒"使学者目眩而心荧"。诗的言语文字，必须要与诗意相贯通，或隐或秀，二者相协调融洽才能呈现为诗的隽永之蕴、意象之美。

在前文论及诗要"以意为主"部分，已经强调"诗意"对诗歌意象形成的重要意义。同时，对"言"之要求，也是务求脱尽陈词俗语，使得"言"与"意"相浃洽。船山云："不博极古今四部书，则虽有思致，为俗软活套所淹杀，止可求售于俗吏，而牵带泥水，不堪挹取。乃一行涉猎，便随笔涌出，心灵不发，但矜遒劲，或务曲折，或夸饶美，不但入理不真，且接缝处古调今腔，两相粘合，自尔不相浃洽，纵令抟成，必多败笔。赵㑇鹤、汤义仍、罗文止何尝一笔仿古？而时俗软套，脱尽无余，其读书用意处别也。"❸ "思致"是诗之立意，只有"思致"而无精练的语言，不通过"博极古今四部书"精炼语言，仍将"为俗软活套所淹杀"；但是如果"言"与"意"不相浃洽，而仅仅是"两相粘贴"，"入理不真"，即使是抟合成篇，也必多败笔。所以，不论是隐之美，还是秀之美，都是要求"言"与"意"的两相

---

❶ 王夫之. 姜斋诗话 [M] //船山全书:第15册. 长沙：岳麓书社，1995：849.
❷ 王夫之. 姜斋诗话 [M] //船山全书:第15册. 长沙：岳麓书社，1995：851.
❸ 王夫之. 姜斋诗话 [M] //船山全书:第15册. 长沙：岳麓书社，1995：858-859.

浃洽，既要有思致，又要能"入理须真"。而且，"以意为主"和立意，不是刻意为之，也不是刻意安排，"寄意在有无之间，忼慨之中，自多蕴藉"❶。"蕴藉"正是诗意"隐"而不见，内蕴于中而不外显，多"复意"而有"余味"无穷。

第四节　"乐为神之所依，人之所成"：诗乐合一的诗学境界

孔子云："兴于《诗》，立于礼，成于乐。"汉代包咸解释曰："兴，起也，言修身当先学诗"，"礼者，所以立身也"，"乐所以成性"❷。据此看来，孔子将诗、礼、乐三者并举，主要是从君子修身成性之"用"的视角，来看待诗、礼、乐之作用发挥。君子之修身成性（仁），由诗起兴、以礼立身、最后乐以成性。礼乐固然关系紧密，而诗乐亦相渊源。李泽厚先生以为："所谓'周礼'，其特征确是将以祭祀神（祖先）为核心的原始礼仪，加以改造制作，予以系统化、扩展化，成为一整套早期奴隶制的习惯统治法规（"仪制"）。……而以孔子为代表的儒家，也正是由原始礼仪巫术活动的组织者领导者（所谓巫、尹、史）演化而来的'礼仪'的专职监督保管者。"❸其将儒家思想与诗、礼、乐的关系从容揭示出来。李氏又云："中国上古是发展得非常完备的氏族社会，其统治特重'礼乐'。'礼'以治身，'乐'以治心，即一讲外在仪文规范（礼），一讲内在心性情感（仁）。……'礼'也从'乐'出，'乐'治心比'礼'治身更为重要。"❹礼、乐的作用发挥虽然各有所偏，一主外（仪礼规范）一主内（心、性、情），同时二者又相互融汇包涵。而在历史本体与本原上，诗与乐源出一致，是无有差异；而在审美上，"诗乐合一"也呈现出古典诗歌的一种"充实而有光辉"大美境界。

---

❶ 王夫之. 古诗评选 [M] //船山全书：第14册. 长沙：岳麓书社，1996：785.
❷ 程树德. 论语集释 [M]. 北京：中华书局，2013：610–611.
❸ 李泽厚. 中国古代思想史论 [M]. 北京：人民出版社，1986：10–11.
❹ 李泽厚. 由巫到礼 释礼归仁 [M]. 北京：生活·读书·新知三联书店，2015：32.

一、质与文：文者，昭质也

船山在《诗广传》开篇第一则论《关雎》即云："夏尚忠，忠以用性；殷尚质，质以用才；周尚文，文以用情。质文者，忠之用，情才者，性之撰也。夫无忠而以起文，犹夫无文而以将忠，圣人之所不用也。是故文者，白也，圣人之以自白而白天下也。匿天下之情，则将劝天下以匿情矣。"❶ 船山以为，在夏、殷（商）、周三代，所崇尚者不同，所主用之亦有差异。夏之礼乐不存，无以观之。而殷崇尚质，故以才为用；周崇尚文，故以情为用；而质与文，又是忠之所用；殷、周所用之情才，又为夏所尚性之翼辅。故夏、殷、周三代所尚虽有所别，然其体用并非截然区分，而是又互有体用。

所谓"文者"，"白也"。"白"与"匿"相对，圣人以诗文自白其情，而天下亦白其情。周之王天下，尚文而无匿其情，上下通其情，其政通人和。据船山所论，周尚文、以情为用。文是仪文修饰，情则既本原于先天之性，又有后天情之动。圣人不免其情，而君子乃至素人亦有其性。

关于文与质之关系，船山云："文者，昭质者也。是以约言之而广，忌言之而昌，见其所不见而色艳然，闻其所不闻而声喤然，远引之而近综之，其绪縈然。"❷ 船山以为，所谓"文者"，是用以昭明显示"质"。因此，圣人之"文"，可以"约言之而广，忌言之而昌，见其所不见而色艳然，闻其所不闻而声喤然"。"约言之而广，忌言之而昌"，言之简明而含义丰富；"见其所不见而色艳然，闻其所不闻而声喤然"，言之非所见、所闻而色艳然、声喤然。"文"之所昭明"质"，并非强力使然，而是其"质"在"文"中的自然呈现。船山强调云："文者，道之显事也，而载藏以出，不可搚焉矣。"❸ "文"是"道"（"质"）之自然呈现，其所载之内"藏"流出，不能遮蔽和掩盖。

---

❶ 王夫之. 诗广传 [M] //船山全书:第3册. 长沙:岳麓书社,1992:299.
❷ 王夫之. 诗广传 [M] //船山全书:第3册. 长沙:岳麓书社,1992:508.
❸ 王夫之. 诗广传 [M] //船山全书:第3册. 长沙:岳麓书社,1992:509.

而在《诗广传》最后部分论"商颂"之《那一》，船山再次回应篇首所云"殷尚质""周尚文"，曰："周尚文，求之于臭，弗求之味；殷尚质，求之于声，弗求之色。声臭者，神之所主也。"❶ 船山在这里强调"声臭者，神之所主也"，是从祭祀备物的人道与神道之区别着眼，以为："采备五色，和备五味，乐备五音，臭备五气，孝子之以享其先者无不备也。然，有其异道矣。……采五色，和五味，以人享之也，弗忍致之死也；乐五音，臭五气，以神求之也，弗忍求之而弗得也。"❷ 这里所谓的"异道"，即人道与神道之别：色与味，人之所享，其为物则有待于人；音（声）与臭，神之所主，无待于听与嗅，其实固然。故船山云："虽有绚采，弗视弗知其色；虽有洁荐，弗食弗知其味。待食待视而亲者，人之用也。幽细之音不听而闻，缭绕之气不嗅而觉，声响之达隔垣不蔽，苾芬之入经宿而不留，不见其至，莫之能拒，斯非人用之见功、非人用之能效也，神之用也。且弗鬼神而既不能视矣，既不能食矣，笾豆俎铏，彤漆黼黻，如其生之所歆者而致之，人子之心耳，求其实，固判然未有与也。唯夫声之不待听矣，鬼神虽弗能听，而声自通也；臭之不待嗅矣，鬼神虽弗能嗅，而臭自彻也。合于漠而漠为之介绍，夫然后求之也亲，而神不暇与！"❸ 有人之道与神之道，对应人之用于神之用；特别是后者，"声之不待听而声自通"，"臭之不待嗅而臭自彻"。其所通彻，通彻于神。

殷与周之所尚有异，两者相比较，船山以为："抑周之尚臭也，又不如殷之尚声也。声与臭者，入空者也。声入空，空亦入声，两相函而不相舍，无有见其畛也。臭虽入空者也，而既有质也，居然与空有畛域也；吹之而徙，是抑有来去也。来去者，不数数矣，无定即矣。畛域者，犹自以其材质立于空之中，而与空二，不遍察矣。则惟臭入空，而空不入臭。昭明焄蒿凄怆之气，固与空为宅而质空者也。空之所入，固将假之；空之所弗入，亦弗知之；所以求者至乎神，而神不至乎其所以求，故萧艾脂膋之氤氲，诚不如鞉鼓磬筦之昭彻也。际

---

❶ 王夫之．诗广传［M］//船山全书：第3册．长沙：岳麓书社，1992：510.
❷ 王夫之．诗广传［M］//船山全书：第3册．长沙：岳麓书社，1992：509-510.
❸ 王夫之．诗广传［M］//船山全书：第3册．长沙：岳麓书社，1992：510.

之于上，涵之于下，播之于四旁，摇荡虚明而生其歆㰿，殷道至矣。"❶ 声与臭，两者皆入与空；但乐备五音，其相对于质实之臭气："声入空，空亦入声，两相函而不相舍，无有见其畛"，声与空二者相函，无有其畛，融洽无间，故"际之于上，涵之于下，播之于四旁，摇荡虚明而生其歆㰿"。而臭虽然能入于空者，但是既有质，则与空有畛域。畛域，界限也；臭，气也，实有其材质也。气入于空，以其材质立于空之中，与空终为二。故云："萧艾脂膋之氤氲，诚不如鞉鼓磬筦之昭彻也。"《礼记·祭义》云："其气发扬于上，为昭明，焄蒿、凄怆，此百物之精也，神之著也。"❷ 氤氲之臭气，为百物之精而神著之；而鞉鼓磬筦之声则摇荡虚明，昭彻寰宇。

简言之，文与质的关系：文是外在呈现的可见有限之形态，是"明"；质实内在的幽隐不可见的无限之本质，是"幽"。换言之，质之幽，幽隐不可见，达于无限；文之明，外见而彰明，是形体之有限。故对于诗与乐而言，既有其文，又有其质。诗乐的文与质二者，相辅而相成：从诗乐之体来看，惟其"质"与天地之道相贯通，诗乐才能够据此而通于幽明之际；从诗乐之用来看，惟其"文"能昭"质"，诗乐才能更好地实现人之与神鬼之沟通而际于幽明。

二、乐与神：乐为神之所依

在理解"礼乐"为"明"、"鬼神"为"幽"时，船山云："'鬼神'者，百物之精英，天地之化迹也，其精意之见于人事者则为礼乐。礼乐之所由，自无而有，以极于盛，其为功于两间者，薰蒸翔洽，不言而化成，固不见不闻而体物不遗。是以礼乐鬼神，一而已矣，言其可见者则谓之'明'，言其不可见者谓之'幽'，非二致也。"❸ 其中所谓"礼乐之所由"，即礼乐之根本。虽言"自无而有"，这里的"无"并非真的空无，而是人之"不闻不见"之"幽"。船山在此以为，礼乐与鬼神，虽然就人之目见耳闻而言，有"明"与"幽"之别，但是

---

❶ 王夫之. 诗广传［M］//船山全书:第3册. 长沙：岳麓书社，1992：510.
❷ 孙希旦. 礼记集解［M］. 北京：中华书局，1989：1219.
❸ 王夫之. 礼记章句［M］//船山全书:第4册. 长沙：岳麓书社，1991：904.

在本质上并无二致，"一而已矣"。"鬼神"之"幽"虽然是"不闻不见"，但是作为"礼乐之所由"，"其精意之见于人事"，即其精微意旨无不体现于礼与乐的"人事"当中。这也揭示出，人为作"乐"之事，其本原于"鬼神"之"幽"，是"鬼神"之"精意"的外在表现，乐自然有"神之所依"。

船山云："乐为神之所依，人之所成。何以明其然也？交于天地之间者，事而已矣；动乎天地之间者，言而已矣。事者，容之所出也；言者，音之所成也。为有其事，先有其容；容有不必为事，而事无非容之出也。未之能言，先有其音；音有不必为言，而言无非音之成也。天之与人，与其与万物者，容而已矣，音而已矣。卉木相靡以有容，相切以有音，况鸟兽乎？虫之蠕有度，鷇之鸣有音，况人乎？是以知：言事，人也；音容，天也。不可以事别，不可以言纪，繁有其音容，而言与事不能相逮，则天下之至广至大者矣。动而应其心，喜怒作止之几形矣；发而因其天，郁畅舒徐之节见矣。而抑不域之以方所，则天下之至清至明者矣。乘乎气而不逐万物之变，生乎自然而不袭古今拟议之名，则天下之至亲至密者矣。尽乎一身官窍之用而未加乎天下，则天下之至简至易者矣。该乎万事，事不足以传其神；通乎群言，言不足以追其响，则天下之至灵至神者矣。故音容者，人物之元也，鬼神之绍也；幽而合于鬼神，明而感于性情，莫此为合也。"❶

在此，船山所揭示"乐"之本原，以为乐乃是"神之所依，人之所成"。"神之所依"，乃谓乐有神所依附，最终本原于天、著有其神；"人之所成"，乐并非天地自然之音，乃是因人而成乐。要理解船山这段话所论之中心思想，当从最后一句结论开始，即"故音容者……"云云。在船山看来，音容是"人物之元也，鬼神之绍"，音容本原于天地，故能是人与万物之始端；而又能接续鬼神。因此，音容"幽而合于鬼神，明而感于性情"，隐幽而能与鬼神相合，彰明而能与人之性情相感应。音容是先于人事，而是天地之自然，先于人之

---

❶ 王夫之. 诗广传［M］//船山全书:第3册. 长沙:岳麓书社，1992:511.

生而际于天地之幽明。故可以从如下三个层面来理解何为"乐为神之所依,人之所成"。

其一,本原与生成。船山提出天地之间的事、容、言、音四者,以为事者交于天地之间者,乃容之所出;言者动乎天地之间者,乃音之所成。即在逻辑与时间先后上,先有其容,因人而后有事;先有其音,因人而后有其言。故云:"言事,人也;音容,天也。"在本原与生成上,音与人是天之所有;言与事是人之所成。

其二,无限与有限。天下有至广至大,有至清至明,有至亲至密,有至简至易者,至灵至神者,等等,而人之言与事,则是有限的,诸如"不可以事别,不可以言纪,繁有其音容,而言与事不能相逮",天之所与音、容极其复杂繁多,而不能一一予以事别、言纪;"该乎万事,事不足以传其神;通乎群言,言不足以追其响",即便是囊括万事、精通各种言语,亦不足以传其神、追其响。

其三,以音容通之鬼神。船山云:"今之鬼神,事之所不可接,言之所不可酬。仿佛之遇,遇之以容;希微之通,通之以音。霏微蜿蜒,嗟吁唱叹,而与神通理。"❶祭祀先祖鬼神,以人之事不可接续、言不可往来,而惟能以容遇之、以音通之。人之事与言是有限的,而天地之音容却是无限的,如能以有限之事与言,能逐渐进之无限之音容,正是通向天地、鬼神之"幽明"。虽然如此,人之于神相通,也仅仅是"仿佛之遇""希微之通"而已。

以容遇之、以音接之,船山以为二者也是区别的:"容者犹有迹也,音者尤无方也。容所不逮,音能逮之,故音以节容,容不能节音。天治人,非人治天也。天治者,神以依也。"❷容有其行迹,故有所不逮(逮,达到,及之);而音无形状,故能及之容所不能及。

进而言之,音又有八音与磬音之别:"八音备,大声震,荡涤于两间,而磬特诎然,至于磬而声愈希矣。音之假于物:革丝假于虫兽,竹瓠木假于草木,金鍊而土陶假于人为,石者无所假也,尤其用天也。

---

❶ 王夫之. 诗广传 [M] //船山全书:第3册. 长沙:岳麓书社,1992:512.
❷ 王夫之. 诗广传 [M] //船山全书:第3册. 长沙:岳麓书社,1992:512.

故曰：'依我磬声'，音之尤自然者也。"❶ 金、石（玉）❷、丝、竹、匏、土、革、木八音齐备，乐声大震，荡涤于天地、幽明两间，而其中唯有玉磬之音钝拙自然，到了玉磬这里而"声愈希"了，故更能通于鬼神。何出此言？八音之中，金、丝、竹、匏、土、革、木等都是有所假借，而唯有"石磬"纯其自然，无所假借，本原于天之自然。故船山以为唯有"玉磬"纯任自然，玉磬之音而能与鬼神相通。

然"乐为神之所依，人之所成"，神与人之于乐，二者不可偏废；依于神，揭示其本原，成之于人，表明其生成；神有所依，人以所成，故为乐。

"八音备，大声震，荡涤于两间，而磬特诎然，至于磬而声愈希矣"，与《尚书·舜典》所云"八音克谐，无相夺伦，神人以和"❸，其理同一，无相背离。八音齐备、和谐而无令之相夺，荡涤与天地、幽明之际，神与人因此而相和。音能通于神，但是单就是一种音而言并非是"乐"。"乐"需要多种音声的配合而至于和谐，其本之于神，却用之于人。而于"八音"，"磬""声愈希"而离神愈近——这不是距离之"远近"，而是"神"之降临现场。"磬于诸乐清而短"，船山云："诸乐合作，而以磬为度。故曰：'既和且平，依我磬声。'"❹ 以"磬声"为诸乐之法度，因"磬"本为玉石，其声音清越而短促，而与神相通。

三、"诗乐之理一"与"诗乐合一"

在祭祀鬼神之仪式中所颂诗奏乐，起着沟通天人之际的重要作用。而诗与乐本原为一，无有差别。船山强调"乐与诗相为体用者也"❺，二者相为体用而合一。"乐为神之所依"，故为体；诗乐以教化，故为

---

❶ 王夫之．诗广传［M］//船山全书：第3册．长沙：岳麓书社，1992：512.
❷ 《诗经稗疏》云："郑《笺》云：'磬，玉磬也.'按：古者通谓玉为石，故八音言石而不言玉。凡石不能俱为磬；可以为磬者，玉之属。"（王夫之．诗经稗疏［M］//船山全书：第3册．长沙：岳麓书社，1992：218.）
❸ 孔安国，孔颖达．尚书正义［M］．上海：上海古籍出版社，2007：106.
❹ 王夫之．诗经稗疏［M］//船山全书：第3册．长沙：岳麓书社，1992：219.
❺ 王夫之．张子正蒙注［M］//船山全书：第12册．长沙：岳麓书社，1992：315.

用。诗、乐皆为"人之所成",又能通之于幽明之际,故二者相为体用。船山又云:"正《雅》直言功德,变《雅》正言得失,异与《风》之隐谲,故谓之《雅》,与乐器之雅同义。即此以明《诗》《乐》之理一。"❶《雅》有正雅、变雅之分,而其本质同一无异。船山由《雅》与乐器之"雅"同义,亦云诗乐之理同一。

"诗乐之理一"之论,更是本原于《尚书·舜典》所言"诗言志,歌永言"之说。船山引申曰:"诗所以言志也,歌所以永言也,声所以依永也,律所以和声也。以诗言志而志不滞,以歌咏言而言不郁,以声依永而永不荡,以律和声而声不诐。君子之贵于乐者,贵以此也。且夫人之有志,志之必言,尽天下之贞淫而皆有之。圣人从内而治之,则详于辨志;从外而治之,则审于授律。内治者,慎独之事,礼之则也。外治者,乐发之事,乐之用也。故以律节声,以声叶永,以永畅言,以言宣志。"❷ 诗之"所以言志",歌之"所以永言",声之"所以依永",律之"所以和声",四个"所以"强调诗、乐之本原。"志之必言",强调"志"有其必然之"言"。君子之学诗乐,正在于"以诗言志而志不滞,以歌咏言而言不郁"。

其一,诗与乐,形式有别,而本原则为一。"诗言志,歌永言"是在中国古代诗论中经久不衰的讨论议题。船山以为"以诗言志而志不滞,以歌咏言而言不郁",诗是言说"志"(心志、志向)的,以诗言志而志不凝滞;歌是"永长之言",以歌来长言之而言不郁结。"志"既为心志,内隐于心而为"幽",以语言宣发为言而为"明";言之不足,嗟叹、歌咏之,嗟叹、歌咏不足,则又足之蹈之。可见,由"诗言志"而"歌咏言",继而"声依永,律和声",是心志由内"幽"而外"明"之过程。由此而观"诗"与"乐"之"理一",诗乐互为体用,诗为体之幽,乐为用之明。乐是人为修饰作用下的音响与节律,以声音和乐响赋予诗所言之"志"以外在的形式,由此而可以听闻到幽隐之"志"。

---

❶ 王夫之. 张子正蒙注 [M] //船山全书:第12册. 长沙:岳麓书社,1992:315.
❷ 王夫之. 尚书引义 [M] //船山全书:第2册. 长沙:岳麓书社,1988:251.

其二，诗乐之言志，与其达情，二者并行而不悖不离。一方面，诗之言志，而"情动于中而形于言"，"情"是由"志"之幽而呈现为"言"之明的不可或缺的内在情感动力；另一方面，诗所传达之情，是真实无妄的"实有其情"。船山将"诗达情"与"诗言志"并举，以为："诗言志，非言意也；诗达情，非达欲也。心之所期为者，志也；……发乎其不自已者，情也……"❶ 情之所动，不能自已，心有所感，发而为言，则有诗乐兴。此情虽有未发、已发之别，但是情之本原，却是无有差异。船山云："人无异性，斯无异情，无异情斯无异治，故历代王者相沿，皆以礼乐为治教之本。"❷ 人同此性，亦同此情，诗与礼乐循此性情，故能以礼乐作为政治教化之本。

其三，心志与诗乐，有内与外、幽与明之分，循其体、用，则有内治与外治之别。船山云："圣人从内而治之，则详于辨志；从外而治之，则审于授律。内治者，慎独之事，礼之则也。外治者，乐发之事，乐之用也。"所谓"治"，有"研习""治理"之义。诗乐之"治"，从内而深研养习，则在于详细地辨析人之心志，其实这就是君子的"慎独"之事，这需要以"礼"作为准则；从外而整治管理，则在于细致周密地传授节律，音乐的产生、发展和有助于教化，体现为诗乐之教化作用。这里，一方面在"体"之本原上，揭示了"礼乐"的一致性，礼为乐的内涵与准则，乐为礼的形式与仪表；另一方面在"用"之发挥与实现上，因为"礼乐"具有"幽"与"明"的一致性，故"礼乐"既能够于"幽"而"酬乐鬼神"，又能够于"明"而"教化百姓"。故船山云："推原礼乐之本，无间于幽明，流行不息，而合同以行其敬爱，故先王因之以立人道。……明之礼乐，幽之鬼神，其体本一，则礼乐之兴，一皆诚之不可揜……"❸ 又云："乐成礼备，幽以格神而明以示民，有司得而习之，百姓得而见之，此则礼乐之用，行之天下后世而与民共由之矣。"❹ 从体和用两方面言之，诗乐"无间于幽

---

❶ 王夫之. 诗广传[M]//船山全书：第3册. 长沙：岳麓书社，1992：325.
❷ 王夫之. 礼记章句[M]//船山全书：第4册. 长沙：岳麓书社，1991：905.
❸ 王夫之. 礼记章句[M]//船山全书：第4册. 长沙：岳麓书社，1991：905.
❹ 王夫之. 礼记章句[M]//船山全书：第4册. 长沙：岳麓书社，1991：908.

明","其体本一",而又能"行之天下后世",其用至大无穷。

以上,试图从诗与乐的本原一致、诗乐之言志与达情并行不悖,以及诗乐与心志的"一明一幽",这样三个层面来解读船山的"诗乐之理一"。更为重要的是,船山由"诗乐之理一"出发,强调"诗乐合一"的审美境界。

横渠《正蒙·乐器》篇云:"《象武》,武王初有天下,象文王武功之舞,歌《维清》以奏之。《大武》,武王没,嗣王象武王之功之舞,歌《武》以奏之。……"❶即谓舞《象武》《大武》之舞,歌《维清》《武》以奏之,以象文王、武王之功。可见,在祭祀仪式上,歌、舞、乐三者合一,以歌颂先王之盛德大业。对此,船山注云:"此明《诗》《乐》之合一以象功。学者学《诗》则学《乐》,兴与成,始终同条理,惟其兴发志意于先王之盛德大业,则动静交养,以畅于四支,发于事业,蔑不成矣。"❷孔子所云"兴于《诗》,立于礼,成于乐",故君子之学《诗》《乐》,"兴与成,始终同条理"。"其兴发志意于先王之盛德大业",诗所言之志,其起兴于先王之"盛德大业",由此以"明诚",乾坤阴阳动静相交,"畅于四支,发于事业"❸,无有不成。

"诗乐之合一以象功",船山以为,"诗乐合一"目的即在于能再现("象")先王之"盛德大业",故诗乐之内容与审美上,无不追求"大美"以象其功。而孟子有云:"充实之谓美,充实而有光辉之谓大。"❹朱子注云:"力行其善,至于充满而积实,则美在其中而无待于矣。和顺积中,而英华发外;美在其中,而畅于四支,发于事业,则德业至盛而不可加矣。"❺可见,"充实而有光辉"正是"先王盛德

---

❶ 张载. 张载集 [M]. 北京:中华书局,1978:55.
❷ 王夫之. 张子正蒙注 [M] //船山全书·第12册. 长沙:岳麓书社,1992:316.
❸ 语出《周易·文言》云"坤"之六五:"君子黄中通理,正位居体。美在其中而畅于四支,发于事业,美之至也。"(李道平. 周易集解纂疏 [M]. 北京:中华书局,1994:92—93.)对此,伊川释云:"君子文中而达于理,居正位而不失为下之体。……美积于中,而通畅于四体,发见于事业,德美之至盛也。"(程颐. 周易程氏传 [M] //二程集:下册. 北京:中华书局,2004:713.)
❹ 焦循. 孟子正义 [M]. 北京:中华书局,2015:1071.
❺ 孟子. 孟子·尽心下 [M] //朱熹. 四书章句集注. 北京:中华书局,1983:370.

大业"之"象",也即《周易》所云"美之至也"。而在船山看来,所谓"充实而有光辉":"其充也,不但备其理,而皆见之于事;其实也,不但诚于中,而且形于外;则动作威仪之际,言行事功之所成,有光辉之及物焉。"❶ 所谓"充",既齐备了"幽"之理,由见之于事功,由理之幽而明;所谓"实",亦兼具"诚于中"与"形于外"之"幽明"。"有光辉之及物",无不体现在"动作威仪之际"和"言行事功之所成"。因此,"充实而有光辉"之"象",亦正是"诗乐合一"所追求的用以"颂先王之盛德大业"之"大美"境界。

张节末先生以为,船山"诗乐合一论"("诗乐之理一")的美学意义在于其诗学相对于传统诗学所呈现出来的三种转变:"其一,以形式融化内容;诗的整体结构(即形式)上升为诗的本体。其二,以内在转化外在;诗的内在节奏统一外在声韵格律。其三,以时间率领空间;诗的节奏串联诗的意象。"❷ 这里以为,船山所论之"诗乐合一",以乐之"形式"来融合诗之"内容",因此诗由此转向了"整体结构"(即"形式")的本体。但是"诗乐"之"合一",乐对于诗之转向并非仅仅是"形式"而言。船山所强调"诗乐合一",在更为根本的意义上,当是诗与乐在其本质上与审美上具有一致性与统一性。正如船山所云"乐与诗相为体用者",并非是仅以乐为体、而以诗为用,而是二者相为体用而合一。故"诗乐合一"所呈现之审美境界,更能凸显其新的诗学价值。

因此,"诗乐合一"之"合一",除了上述的诗与乐之理(体、本原)一致,还有诗乐之"用"与"美"所具有的统一性。诗乐之"用",有幽、有明,幽则通于鬼神之际,明则教化于民。诗乐之美,是"鬼神"之理与幽,需要"待人而明","斟酌饱满以全二气之粹美"❸。换言之,天地自有其"幽明",而唯有人之极立于其间,加之

---

❶ 王夫之. 四书训义:下册[M]//船山全书:第8册. 长沙:岳麓书社,1990:937-938.
❷ 张节末. 论王夫之诗乐合一论的美学意义[J]. 学术月刊,1986(12):43.
❸ 船山云:"凡有其理而未形,待人而明之者,皆幽也。"又云:"天能生之,地能成之,而斟酌饱满以全二气之粹美者,人之能也。"(王夫之. 张子正蒙注[M]//船山全书:第12册. 长沙:岳麓书社,1992:317.)

以人之所能，才能全其为"美"。道盈天地之间、天人之际，阴阳之气自有其絪缊、神化之美，但其美无有形象，故云须待人之能，充实而使之光辉，"斟酌饱满以全"其"粹美"。

概言之，"诗乐合一"之美，不唯在其诗的心志之幽，亦不仅仅在于乐的节律以协和之明，而是在幽明之际，一阴一阳之气与神相浃，加以人之所能，呈现为其幽也充实、其明也光辉之美。

本章小结

船山诗学主张"诗乐合一"，在审美上则是一种境界美学，即"充实而有光辉"的大美境界。其诗学美学本原于哲学思想之气学，由气之絪缊、神化所具有的审美范畴：由天地之美、人与万物之美，溯源其"致美"的根源，是"神"；故诗之审美，在于"神浃"与追求能够"写神"。而"修辞立其诚"，兼具道德境界与审美意蕴，君子道德修养与审美修养相互涵养、相互提升。通过讨论"言意之辨"，一方面主张诗"以意为主"，"意"是诗之帅；另一方面"言"与"意"的关系，呈现为诗的隐之美与秀之美。

"诗乐合一"，既是诗与乐在本原上的一致和统一，也是在审美上，呈现为"充实而有光辉"的审美境界。"诗际幽明"在诗学美学上所强调的，正是"诗乐合一"而能通达于幽明之际，气之絪缊神化而气与神浃、道德境界与审美意蕴互相涵摄、言与意浃洽而蕴藉、其"幽"充实而其"明"光辉的大美境界。

附　录
王船山之生命体验与学术思想述略

王船山所生活的明清之际，时势急骤变化，历史风云变幻，黄梨洲将这一时期称之为"天崩地解"的时代。❶ 王船山作为一名出身于书香世家的传统知识分子，自幼饱读诗书，胸怀着应试出仕、治国平天下之理想，但是时势的变化使得他在面对时代与命运的变化中，虽然奋力抗争而又难以逆转历史时代之洪流。在其人生的后半段，时势最终促使他决意隐居湘西石船山，皓首穷经，伏案著述，其理想抱负以及内心孤愤都化作点滴文字，书写出了深邃而又豪壮、险阻坎坷而又阔达自适的一生。船山十岁从其父兄学习经义，十六岁始学诗，自谓阅古今人所做诗歌不下十万首，经义文章亦数万篇。历经如此不平凡的一生，他在伏案著述的同时，或孤愤抒怀，或吟咏唱和；特别在其晚年，船山甄选评点历代诗歌、作诗评诗话，其人生阅历、学术思想底蕴与诗学相交融，呈现出异彩纷呈而又独特的诗学篇章。

第一节　天崩地解之时代，险阻坎坷的一生

关于船山一生行迹的传记、评传与考证，在清代主要有王敔《大行府君行述》❷、潘宗洛《船山先生传》、余廷灿《王船山先生传》《清

---

❶ 侯外庐. 船山学案［M］. 长沙：岳麓书社，1982：1.
❷ 据《船山全书》第十六册，第69页注云：王敔所撰《行述》主要有三个版本：其一，刊于清同治四年（1865）金陵本《船山遗书》卷首之《姜斋公行述》，二千二百余字；其二，刊于光绪十九年（1893）王之春撰《船山公年谱》卷首之《行述》，一千六百字；其三，"民国"六年（1917）王船山八世孙德兰在《王氏五修族谱》完成后"于竹花园古箧内觅得老谱敔公所刊原牒"，"照抄无误"，共四千一百余字，后刊《中国哲学史研究》1983年第3期。

史列传·王夫之》《清史稿·王夫之》、邓显鹤《王夫之》、刘毓崧《王船山先生年谱》、王之春《船山公年谱》❶以及罗正钧《船山师友记》（1907年刻印）等，这些均为船山生平研究的重要材料。民国时期，则主要有张西堂《王船山学谱》，其第一部分"传纂"及所附"船山年表"❷。新中国成立以来，特别是20世纪80年代以来，关于船山传记、传论著作先后多有出版，主要成果有：邓潭洲的《王船山传论》可以说是第一部较为全面介绍船山生平和著述的传记❸；夏剑钦的《卓越的思想家王夫之》在广泛搜集资料的基础上对船山的生平及其哲学、政治思想均进行了较为全面的概述❹；刘春建的《王夫之学行系年》则系统地论述了王船山一生的行踪和他的哲学体系❺；萧萐父与许苏民合撰的《王夫之评传》煌煌五十万言，是新时期船山生平及学术思想研究的集大成者❻；此外，还有衷尔钜的《王夫之》❼、章启辉的《旷世大儒——王夫之》❽、王立新的《天地大儒王船山》❾、孙钦香的《王夫之》❿等。

关于船山生平的阶段分期，学者根据船山一生的主要行迹，具体划分稍有不同，或分五期，或分三期。萧萐父与许苏民合撰的《王夫之评传》，将王船山的"一生行迹，约分五期"，即1岁至24岁的成长与青年时期，25岁至35岁的中年时期，36岁至39岁的政治流亡时期，40岁至62岁的归隐时期，以及63岁至73岁的暮年时期。⓫胡发贵所撰《王夫之与中国文化》则将船山一生行迹划分为三个时期，即求

---

❶ 以上今均收入岳麓书社版《船山全书》第十六册。
❷ 张西堂先生于1937年编撰成《王船山学谱》，商务印书馆1938年印行。1978年，台湾商务印书馆股份有限公司以《明王船山先生夫之年表》书名收入《新编中国名人年谱集成》第五辑，翻印再版。
❸ 邓潭洲．王船山传论［M］．长沙：湖南人民出版社，1982．
❹ 夏剑钦．卓越的思想家王夫之［M］．上海：上海人民出版社，1987．
❺ 刘春建．王夫之学行系年［M］．郑州：中州古籍出版社，1989．
❻ 萧萐父，许苏民．王夫之评传［M］．南京：南京大学出版社，2002．
❼ 衷尔钜．王夫之［M］．长春：吉林文史出版社，1997．
❽ 章启辉．旷世大儒：王夫之［M］．石家庄：河北人民出版社，2001．
❾ 王立新．天地大儒王船山［M］．长沙：岳麓书社，2011．
❿ 孙钦香．王夫之［M］．南京：南京大学出版社，2015．
⓫ 萧萐父，许苏民．王夫之评传［M］．南京：南京大学出版社，2002：42–86．

学和博取功名时期（约1619—1643）、抗清与抗清失败后的流离播迁时期（约1644—1668）以及隐居著述时期（约1669—1692）。❶ 此外，熊考核《王船山美学》第一章"生平与思想"❷、朱迪光《王船山研究著作述要》第一章"王船山生平及其著述"❸ 等，亦将船山生平划分为三个时期，时间分段大约一致。在本书中，我们主要以船山著作诗文序跋、王敔《行述》、船山与师友交往唱和以及清代几种船山传记年谱等重要文献为依据，参考其他学者的研究成果，试将船山生平大略分为青年成长时期、中年抗清时期和归隐著述时期等三期概述如下。

一、成长与青年时期

这一时期的划分，起自王船山出生的1619年，止于1643年北上应试，因中途道路梗阻，返回到湖南衡阳。船山于万历四十七年（1619）农历九月初一子时出生于湖南衡阳城南回雁峰王衙坪。其先世本来是扬州高邮人，在明代永乐初年（1403）官衡州卫，"遂为衡州衡阳人，家世以军功显"❹。其父王朝聘，字逸生，一字修侯，号武夷先生，始以文学知名，"少治《诗》，徙治《春秋》"❺，于明代天启辛酉（1621）中乡试副榜；母亲谭氏孺人。船山兄弟三人，其兄介之、参之，船山排行第三。船山四岁即随伯兄石崖（介之）读书，年少即聪颖过人，"读书十行俱下，一字不遗"❻。父亲对船山管教严厉，督促他博览宋代诸儒的性命之学；崇祯五年（1632），船山年仅十四岁就考中秀才，被选入衡阳州学；次年，赴武昌应乡试。《夕堂永日绪论》自序云："余自束发受业经义，十六而学韵语，阅古今人所作诗不下十万，经义亦数万首。"❼ 即知十六岁开始学习作诗。崇祯九年（1636）、

---

❶ 胡发贵. 王船山与中国文化［M］. 贵阳：贵州人民出版社，2000：4-8.
❷ 熊考核. 王船山美学［M］. 北京：中国文史出版社，1991：1-20.
❸ 朱迪光. 王船山研究著作述要［M］. 长沙：湖南大学出版社，2010：5-9.
❹ 余廷灿. 王船山先生传［M］//船山全书：第16册. 长沙：岳麓书社，1996：90.
❺ 王夫之. 姜斋文集［M］//船山全书：第15册. 长沙：岳麓书社，1995：218.
❻ 潘宗洛. 船山先生传［M］//船山全书：第16册. 长沙：岳麓书社，1996：86.
❼ 王夫之. 姜斋诗话［M］//船山全书：第15册. 长沙：岳麓书社，1995：817.

十二年（1639），先后两次赴武昌应试，均未中。其间，船山在长沙、衡州等地游学交友，崇祯十一年（1638）游学岳麓书院，参加邝鹏升（字南卿）等人组织的"行社"。他在《南卿公墓志铭》中回忆："戊寅（1638）夏，夫之等肄业岳麓，与公订'行社'，聚首论文，相得甚欢。"❶ 崇祯十二年（1639）与衡州友人组织"匡社"。明崇祯十五年（1642），再次与伯兄石崖往武昌应乡试，船山中式第五名《春秋》经魁；其兄中式第四十名。是年冬天，与伯兄尊父命北上应试，行至南昌道路受阻，于此泊舟度岁。崇祯十六年（1643）春，船山二十五岁，回到衡阳，刊刻《漧涛园》诗集，该集不久后毁于战乱不存。是年十月，张献忠率军攻陷衡阳，武夷先生与石崖先生被张部属所抓，船山刺面伤腕，傅以毒药，伪装伤口，救出父兄。

综观这一时期船山成长经历，对于船山学术思想及诗学观的形成之影响较为显著的，主要体现为如下四方面。

首先，深厚的家学渊源和严谨的家庭教导，使得船山形成治学严谨、志向高远而又实践务实的良好品行。

在船山成长过程中，父亲朝聘（武夷先生）、叔父廷聘（牧石先生）、伯兄介之等，都对其谆谆教导，言传身教，培养塑造其良好品行。王朝聘（1564—1647）七次参加乡试，均屡试不中，五十三岁才考中乡试副榜。后赴京城游学北雍十载，本来可以以优异成绩从仕，但因拒绝纳贿，愤然撕毁委任状牒，布衣回到乡里，简衣疏食，教书授业，以处士终老。船山晚年回忆自己的父亲："先君子少从乡大儒伍学父先生定相受业，先生授徒殆百人，先君子为领袖。虽从事制义，而究极天性物理，斟酌古今，以发抒心得之实。……当万历中年，新学浸淫天下，割裂圣经，依傍释氏，附会良知之说。先君子独根极理要，宗濂洛正传……先君子食止一盂饭，饮酒不尽一琖，衣无绮縠，严寒不亲炉火，泊然无当世心。游历吴楚燕赵，不以衣裾拂贵介之门。……不言之教，渊澄莫测，非但以不孝兄弟顽不若训而故远之。

---

❶ 王夫之. 船山诗文拾遗［M］//船山全书：第15册. 长沙：岳麓书社，1995：975.

凡接人弗问贤不肖，壹以静默温恭，使自愧省。"❶ 王朝聘年少时从学明代衡州的大儒伍定相，宗濂洛之正传，排斥释氏之学和阳明心学，以及敦实耿介的品行等，都对船山思想与品行之形成有着极大的影响。船山北上应试前，向父亲请示："夫之此行也，将晋贽于今君子之门，受诏志之教，不知得否？"武夷先生怫然回答："今所谓君子者，吾固不敢知也。要行己自有本末，以人为本而已末之，必将以身殉他人之道，何似以身殉己之道哉？慎之，一入而不可止，他日虽欲殉己而无可殉矣。"❷ 对时俗"君子"之学持鲜明的批评态度，强调"要行己自有本末"。

叔父王廷聘（1576—1647）字蔚仲，号牧石，也曾与武夷同问学伍学父，对船山思想、品行和诗学等也有着较大影响。船山回忆牧石先生："嗣与先考同受业于伍学父先生之门，匪徒文誉齐腾，抑且德隅均整。……先生少攻吟咏，晚而益工，于时公安竟陵哀思之音，歆动海内。先生斟酌开、天，参伍黄、建，拒姝媚之曼声，振噌吰之亢韵。"❸ 牧石先生这种排斥批评公安、竟陵诗风，学习师法盛唐、建安诗风的诗学理论与实践，应当对船山诗学也形成了较为深远的影响。同时，在品行上，也对船山有着切实的教导和影响。船山自谓"夫之早岁披猖，不若庭训，先生时招置坐隅，酌酒劝诫，教以远利蹈义，惩傲撝谦，抚慰叮咛，至于泣下。"❹ 牧石先生对船山的教导和影响可见一斑。

伯兄王介之（1606—1686），字石崖，长船山十三岁。船山自幼与伯兄石崖长期同处，"同席受读"，接受启蒙和学习经书，多次同往武昌应试并同年中乡试榜，受其兄耳濡目染亦颇深。特船山家道中落，且父亲武夷先生曾游学北雍十载，其间主要依靠其伯兄石崖赡老抚幼。船山在《石崖先生传略》中称："昌启间，先君子征入北雍，家仅壁立，兄于世故雅不欲涉，而戢志以支补者，唯下帷画粥，敦孝友为族

---

❶ 王夫之.姜斋文集［M］//船山全书:第15册.长沙:岳麓书社，1995：111-112.
❷ 王夫之.姜斋文集［M］//船山全书:第15册.长沙:岳麓书社，1995：219.
❸ 王夫之.姜斋文集［M］//船山全书:第15册.长沙:岳麓书社，1995：125-126.
❹ 王夫之.姜斋文集［M］//船山全书:第15册.长沙:岳麓书社，1995：126.

党乡邻所推重,而家以宁。"❶ 而船山"早岁披猖""狂狱无度",也有赖于其兄"檠括弛弓,闲勒逸马"。❷ 兄弟之间关系融洽,且伯兄较年长,多抚幼帮助。俩兄弟同年往北上应试,因道途受阻而旋归,石崖终身以诗书为伴,传道授业。

其次,船山作为传统的知识分子,年轻时期仍然以饱读诗书、考取功名然后出仕为官、治国平天下为志向。

在这一时期,船山饱读诗书,立志功名,广泛游学交友结社。一方面,他积极参与组织"行社""匡社",虽看似只是与友人议论文章、品评诗篇,但是也不无与志同道合者研讨学术,反对阳明心学、追求躬行务实之风,同时关心国事,力求匡正时弊、匡扶国家社稷。王敔《大行府君行述》即载:"盖亡考自少喜从人间问四方事,至于江山险要,士马食货,典制沿革,皆极意研究。"❸ 这与阳明后学多崇尚虚谈、空谈心性是完全不同的。嵇文甫先生在梳理17世纪中国思想流派时,将王船山归为"经世派"的代表人物之一,以为:"他是一位思想极深的学者。他苦探力索的学风颇有类乎张横渠。他窜身山洞中,著了很多书籍。有极精奥的哲学见解,有极宏通的历史思想,有极肫挚强烈的民族观念。"❹ 王船山的这种经世务实的思想倾向,在青年时期就奠定了坚实的基础。另一方面,船山在这一时期,仍然对明代朝廷抱有热切的期望,希望自己的治国佑民的理想信念通过科举出仕来得以实现。他在科举道路上孜孜以求,四次参加乡试,并在第四次乡试中式第五名《春秋》经魁,随即与伯兄石崖准备北上会试。只是因为时局变化,应试途中道路受阻,他们才又回到乡里。当然,我们必须认识到,这在当时,科举这条道路应该是实现他的经世思想的最主要途径。

再次,历史的风云变幻,时势的深刻变化,不仅影响到船山的个

---

❶ 王夫之. 姜斋文集 [M] //船山全书:第15册. 长沙:岳麓书社,1995:101.
❷ 王夫之. 姜斋文集 [M] //船山全书:第15册. 长沙:岳麓书社,1995:101.
❸ 王敔. 大行府君行述 [M] //船山全书:第16册. 长沙:岳麓书社,1996:73.
❹ 嵇文甫. 十七世纪中国思想史概论 [M] 晚明思想史论. 北京:北京出版社,2016:264.

人命运走势，更加深刻地影响到其思想认识的发展轨迹。

青年王船山以为只要遵循正常的科举之路，"学而优则仕"，就可以实现传统的知识分子"内圣外王""修身齐家治国平天下"的政治理想。但是，明代末年，由于资本主义萌芽、明朝政权政治腐化堕落、农民的饥荒等多种因素，引起国内封建地主阶级与农民阶级的矛盾激化。崇祯十五年（1642）年底，"是时李自成已陷河南汝宁、开封，进陷湖北襄阳，分兵逼荆州；张献忠由潜山、安庆，进逼蕲水"❶；崇祯十六年（1643）二月，"李自成陷承天、云梦、孝感、黄陂、景陵、德安，张献忠陷广济、蕲州、麻城"❷。当时，李自成率领的农民起义军席卷中原的河南、湖北等地，张献忠亦率农民军横扫安徽，故此北上应试之路自然被阻断，船山与伯兄石崖于南昌决计归养，回到衡阳。其时所作《元日泊章江用东坡润州韵》其一云："闲心欲向野鸥参，更听鱼龙血战酣。何事春寒欺晓梦，轻舟犹未度江南。"❸ 意谓农民军与明朝军队"鱼龙血战"正如火如荼，使得其北上应试"轻舟"仍未能"度江南"，内心不乏惋惜之情。如果说此时的"变故"只是阻断了船山的应试中举之路，促使船山思想开始发生转变；那么之后明王朝的毁灭以及船山中年时期奋力抗清的失败，则真正促使船山政治与历史思想体系的根本确立。是时，船山对农民军持否定敌视的态度，特别是父兄曾被张献忠部属所抓捕、要挟，他刺面伤腕毁容才得以救出父兄，死里逃生。船山缘此作《九砺》九章，《忆得》仅存一首，其序曰："贼购索甚亟，濒死者屡矣。得脱匿黑沙潭畔，作《九砺》九章，'九'仿《楚辞》，'砺'仿宋遗士郑所南《心史》中诗。自屈大夫后，唯所南《心史》忠愤出于至性，与大夫相颉颃。愿从二子游，故仿之。"❹ 船山在此自比屈原、郑所南之忠君爱国，恨不得与农民军"俱碎"。

最后，深厚的家学渊源、青年时期的游学交友结社等活动、传统知识分子的诗学素养以及诗人般的敏感气质等因素，也对船山诗学思

---

❶ 王之春. 船山公年谱[M]//船山全书：第16册. 长沙：岳麓书社，1996：297.
❷ 刘毓崧. 王船山先生年谱[M]//船山全书：第16册. 长沙：岳麓书社，1996：160.
❸ 王夫之. 姜斋诗集[M]//船山全书：第15册. 长沙：岳麓书社，1995：960.
❹ 王夫之. 姜斋诗集[M]//船山全书：第15册. 长沙：岳麓书社，1995：693.

想有着重要的影响。

船山出身于书香世家，父辈、兄弟等都长于诗文。父亲武夷先生"少治《诗》，徙治《春秋》"；叔父牧石先生"少攻吟咏，晚而益工"；伯兄石崖则与船山一起学习诗、书，船山更是"十六而学韵语，阅古今人所作诗不下十万"。青年船山既与师友唱和，也与友人针砭评论当时的不正诗风。船山自谓："余年十六，始从里中知四声者问韵，遂学人口动……已而受教于叔父牧石先生，知比耦结构，因拟问津北地、信阳，未就，而中改从竟陵时响。至乙酉（1645）乃念去古今而传己意。"❶ 即从十六岁开始学习作诗，并受教于牧石先生，其时也学习当时流行的"竟陵诗派"，到1645年船山二十七岁时"念去古今而传己意"。

二、中年抗清时期

这一时期起自明崇祯十七年（1644），李自成攻入北京，明崇祯自缢煤山，明王朝灭亡，是年五月，船山"闻北都之变，数日不食，作《悲愤诗》一百韵，吟已辄哭"❷；止于清顺治十六年（1659），船山闲居南岳双髻峰。在这十余年间，船山一面奋起抗击清军，试图力挽狂澜，恢复重建明代江山；另一方面也面对清廷追捕，几次历经逃难，甚至隐姓埋名，举家遁入深山。

明亡后，明朝原来的宗室及文武百官南迁逃难，1644—1647年，先后成立弘光、隆武、绍武、永历等政权，永利政权还存续了十五年之久。而南明政权的苟延残喘，很大程度上也得益于农民军的奋起抗击清军。"面对这一被视为'地裂天倾'的大变局，开始王夫之只是为明王朝的覆亡而'痛哭'，写《悲愤诗》一百韵，仇视农民军。而当清军南下，实行武力征服及民族奴役政策，陆续颁布了'圈地令''严禁逃人令'，尤其强行剃发令，激起了各族人民的反抗，农民军奋起反击，成为广大人民抗清斗争的主力。这时，王夫之滋生了强烈的民族意识，把仇恨转向清朝统治者及无耻降清的败类，并因而逐步改变了

---

❶ 王夫之. 述病枕忆得 [M] //船山全书：第15册. 长沙：岳麓书社，1995：681.
❷ 王敔. 姜斋公行述 [M] //船山全书：第16册. 长沙：岳麓书社，1996：79.

对农民军的态度,并把希望寄托于联合农民军来抗击清军。这一政治感情的变化,重新判别敌、友、我关系,把民族大义放在一切正义的首位,是王夫之一生重大的思想转折,但这并非来自书本,而是来自投身社会实践所受到的客观现实的教育。"❶

1644年年底,船山于黑沙潭上双髻峰中,营筑续梦庵,次年春续梦庵筑成入住。清顺治三年(1646)十一月,船山至湘阴,上书南明政权的兵部侍郎、江北巡抚章旷,"指画兵食,请调和南北,以防溃变。"❷ 其时,李自成死后,余部兵力近五十万组成"忠贞营",屯聚两湖地区,欲与南明政权屯守湖南的何腾蛟、屯守湖北的堵允锡联合抗击清军。但是何、堵二人"措置无术,而又不想能",即既无处置才略,又各怀心思钩心斗角,无心抗清;船山上书章旷,正是欲弥合农民军与南明军队,共同抵御南下清军。奈何章旷以为船山只不过是一介书生,他的答复是:"本无异同,不必过虑。"船山心灰意冷,只好无言以退。

顺治五年(1648)十月,船山与管嗣裘等人合谋举兵衡山,战败军溃,船山携带侄子王敉逃亡耒阳、兴宁、桂阳等地,直奔肇庆投奔南明永历政权。在肇庆,堵允锡举荐船山为翰林院庶吉士,船山以守父丧制谢词。次年(1469)夏,船山回到衡阳探视母亲,住衡阳长乐乡石仙岭下耐园,奉养老人。未几,衡阳当地土人弄兵者,以船山曾举兵抗清故欲谋害之,船山虽侥幸逃脱,但是家中书稿等所有均被掠去。船山遵母命再赴肇庆。

顺治七年(1650),永历政权其时已经是"纪纲大坏",王化澄等人结为"吴党",结党营私,扰乱纲纪。金堡、丁时魁、刘湘客、袁彭年、蒙正发等人志在振兴纲纪,而王化澄等人却将他们诬陷为"五虎",逮捕入狱,欲置于死地。船山与管嗣裘同向严起恒进谒:"诸君弃坟墓,捐妻子,从王于刀剑之中,而党人杀之,则志士解体,虽欲效赵氏之亡,明白慷慨,谁与共之者?"严起恒深感其言甚是,为之力请于朝廷,但是"化澄之党"反咬一口,"参起恒,先生(船山——

---

❶ 萧萐父,许苏民. 王夫之评传[M]. 南京:南京大学出版社,2002:53-54.
❷ 刘毓崧. 王船山先生年谱[M]//船山全书:第16册. 长沙:岳麓书社,1996:167.

引者注）亦三上疏，参化澄结党误国"❶。王化澄等人因此对船山怀恨在心，恰好当时有攸县狂人作百梅诗冒用船山之名为序言，他们以此构陷文字之狱，欲将船山置于死地。幸得降明农民军首领高必正力争船山才得以幸免于难，去官离开。此后几年，船山携家辗转流离湖湘、广西各地，躲避清廷官兵的追捕迫害。王敔《行迹》云："自此随地托迹，或在浯，或在耒，或在晋宁，或在涟、邵。所寓之处，人士俱极依慕。亡考不久留，辄辞去。"❷ 甚至曾隐匿常宁山中之"猺洞"，"变姓名为'猺人'"❸，授受山中逸士的馈赠米粟以补给家用。

其间，张献忠大西政权军队由孙可望、李定国率领，联合南明政权军队抗击清军。清顺治九年（1652）秋八月，孙可望部将李定国率军由广东进入衡阳，欲招请王船山，共议抗清复明大业，船山不往，作《章灵赋》以抒己志。船山自己在《章灵赋》注中解释："而可望别部大帅李定国出粤、楚，屡有克捷，兵威震耳。当斯时也，欲留则不得干净之土以藏身，欲往则不忍就窃柄之魁以受命，进退萦回，谁为吾所当崇事者哉？"❹ 同时也清醒地认识到："乃如可望者，若巴蛇之饱，扬尾而游，而大君之威，虎为狐假，反退养夫巽顺，若此者岂足以有为。"❺ 以为孙可望挟持君主、贼害丞相，不足以信任托付，"是以屏迹居幽，遁于蒸水之源（即耶姜山——引者注）"。❻ 船山隐居于耶姜山。

船山携家在湖广之间辗转流离，身心都遭受到极大的考验。在孤苦逃难之中，开始深刻思考和著述。同治《衡阳县志》"王夫之列传"载："湖南久乱，往来永、宝山谷间，茕茕无所复之。父母既前死，介之留乡里，亦不得相闻，孑身悲吟，寄食人家，始益刻厉，有述作之志。"❼ 顺

---

❶ 潘宗洛. 船山先生传 [M] //船山全书:第16册. 长沙:岳麓书社, 1996: 87-88.
❷ 王敔. 大行府君行述 [M] //船山全书:第16册. 长沙:岳麓书社, 1996: 72.
❸ 王之春. 船山公年谱 [M] //船山全书:第16册. 长沙:岳麓书社, 1996: 323.
❹ 王夫之. 姜斋文集 [M] //船山全书:第15册. 长沙:岳麓书社, 1995: 189.
❺ 王夫之. 姜斋文集 [M] //船山全书:第15册. 长沙:岳麓书社, 1995: 191.
❻ 王夫之. 姜斋文集 [M] //船山全书:第15册. 长沙:岳麓书社, 1995: 189.
❼ 同治衡阳县志·王夫之列传 [M] //船山全书:第16册. 长沙:岳麓书社, 1996: 109.

治十二年（1655），船山在郴州兴宁山中，借僧侣之寺庙以授徒，为从游者解说《春秋》，同时开始创作《周易外传》；顺治十三年（1656）三月，编成《黄书》；顺治十五年（1658）秋九月朔，编成《家世节录》。

三、归隐著述时期

这一时期，起于清顺治十七年（1660），船山由双髻峰徙居湘西金兰乡茱萸塘，止于清康熙三十一年（1692）船山离世。其间虽然偶有离乡避难山中，或出游寓居访友，但大多数是隐居湘西茱萸塘、石船山，专心著述。

顺治十七年（1660），船山徙居金兰乡，在茱萸塘边，"蓬檐竹牖，植木为柱，编篾为壁"，名败叶庐。康熙六年（1667），"因避横逆，暂至湘乡"❶。康熙八年（1669），筑土室于茱萸塘，名观生居。船山自题观生居堂联云："六经责我开生面，七尺从天乞活埋。"❷康熙十三年（1674），云南吴三桂兵陷常德、澧州（今澧县）、长沙、岳州（今岳阳）等地，船山离乡避乱。十四年（1675），距观生居二里许之石船山下，筑湘西草堂；冬月草堂成，徙居于此。

清康熙十七年（1678），吴三桂于衡州（今衡阳）自立为帝，号大周。吴的幕僚仰慕船山名望，恳请船山作《劝进表》。船山愤然拒绝："某本亡国遗臣，扶倾无力，抱憾天坏。国破以来，苟且食息，偷活人间，不祥极矣。今汝亦安用此不祥之人为？"❸遂逃入山中，作《祓禊赋》曰："谓今日兮令辰，翔芳皋兮兰津。羌有事兮江干，畴凭兹兮不欢。思芳春兮迢遥，谁与娱兮今朝。意不属兮情不生，予踌躇兮倚空山而萧清。阒山中兮无人，塞谁将兮望春？"❹

船山晚年，居湘西草堂，潜心撰述《礼记章句》《庄子通》《楚辞通释》《周易内传》《读通鉴论》等。据王之春《船山公年谱》统计，船山著书凡百余种，其中著录有名者："凡经类二十四种：《周易内传》

---

❶ 刘毓崧. 王船山先生年谱 [M] //船山全书：第16册. 长沙：岳麓书社，1996：218.
❷ 王夫之. 船山诗文拾遗 [M] //船山全书：第15册. 长沙：岳麓书社，1995：921.
❸ 潘宗洛. 船山先生传 [M] //船山全书：第16册. 长沙：岳麓书社，1996：89.
❹ 王敔. 大行府君行述 [M] //船山全书：第16册. 长沙：岳麓书社，1996：75.

六卷、《发例》一卷,《周易大象解》一卷,《周易稗疏》一卷,《周易考异》一卷,《周易外传》七卷,《书经稗疏》四卷,《尚书考异》一卷(未刻),《尚书引义》一卷,《诗经稗疏》一卷,《诗经考异》一篇、《叶韵辨》一篇,《诗广传》五卷,《礼记章句》四十九卷,《春秋家说》三卷,《春秋稗疏》二卷,《春秋世论》五卷,《续春秋左氏博议》二卷,《四书训义》三十八卷(曾未刻),《读四书大全说》十卷,《四书稗疏》一卷,《四书考异》一卷,《四书集成批解》(未刻,无卷数),《四书详解》(佚,无卷数),《说文广义》三卷。凡史类五种:《读通鉴论》三十卷,《宋论》十五卷,《永历实录》二十六卷(卷十六佚),《莲峰志》五卷,《大行录》(佚,无卷数)。凡子类十八种:《老子衍》一卷,《庄子解》三十三卷,《庄子通》一卷,《吕览释》(佚,无卷数),《淮南子注》(未刻,无卷数),《张子正蒙注》九卷,《近思录释》(佚,无卷数),《思问录内编》一卷,《思问录外编》一卷,《俟解》一卷,《噩梦》一卷,《黄书》一卷,《识小录》一卷,《搔首问》(佚,无卷数),《龙源夜话》(续刊本不全),《愚鼓词》一卷,《相宗络索》一卷,《三藏法师八识规矩论赞》(佚,无卷数)。凡集类四十一种:《楚辞通释》十四卷,《夕堂永日八代文选评》(未刻,无卷数),《夕堂永日八代诗选评》六卷(未刻),《夕堂永日四唐诗选评》七卷(未刻),《夕堂永日明诗评选》七卷(未刻),《李诗评》(未刻,无卷数),《杜诗评》(未刻,无卷数),《刘复愚集评》(未刻,无卷数),《词选》一卷(未刻),《姜斋文集》十卷,《姜斋文集补遗》二卷,《南窗漫记》一卷,《南窗外记》一卷(未刻),《漱涛园初集》(佚,无卷数),《买薇稿》(佚,无卷数),《忆得》一卷,《狱余集》一卷,《落花诗》一卷,《悲愤诗》一卷(佚),《遣兴诗》一卷,《梅花百咏诗》一卷,《洞庭秋》一卷,《雁字诗》一卷,《姜斋诗编年稿》一卷,《柳岸吟》一卷,《桃花诗》一卷(佚),《五十自定稿》一卷,《六十自定稿》一卷,《七十自定稿》一卷,《分体稿》四卷,《姜斋诗剩稿》一卷,《仿体诗》一卷,《诗译》一卷,《潇湘怨词》一卷,《鼓棹初集》一卷,《鼓棹二集》一卷,《夕堂永日绪论内编》一卷,《夕堂永日绪论外编》一卷,《船山经义》一卷,《船山制义》(佚,无卷

数),《龙舟会杂剧》二卷。"❶

康熙三十一年（1692）正月初二，船山去世，年七十又四。身后葬于衡阳西乡金兰都高节里之大罗山。回顾自己的一生，船山自志其墓碑铭曰："抱刘越石之孤忠而命无从致，希张横渠之正学而力不能企。幸全归于兹丘，固衔恤以永世。"❷

第二节 "抱刘越石之孤忠而命无从致"：船山的生命体验与笔耕生涯

如何理解船山墓碑文字所云："抱刘越石之孤忠而命无从致，希张横渠之正学而力不能企。幸全归于兹丘，固衔恤以永世。"简言之，其实这里所指就是船山人生的两项重要抉择和总结一生的"幸"与"不幸"。在船山自己看来，人生的两项重要抉择：其一是"抱刘越石之孤忠而命无从致"。船山作为明代"遗臣"，以晋代刘琨（字越石）自比，矢志抵御清军，怎奈命运之轮的运转并非自己所能预料和把握，虽有忠贞爱国之心，但南明政权因为自身的腐化堕落而无法挽救。这其中也蕴含着历史的发展有其客观规律，并非人的主观意识所能左右和决定的。其二，"希张横渠之正学"是船山的又一个人生志向，他敬仰张载（世称横渠先生）儒学，视之为"正学"，试图通过自己的努力，驳斥清理"异学"，重新发掘儒家的"正学"与延续道统，但船山自己也觉得"力不能及"。其"幸"与"不幸"，则是虽有幸得以"全归"善终，但是由于前述的"命无从致"与"力不能企"，固难免"衔恤以永世"。然而，不管如何，纵观船山的一生，其生命体验和学术生涯，他的学术体悟与思想体系之精髓，是紧紧地相辅相成，水乳交融。在其政治生命受阻，人生旅途坎坷之际，以毅然之决心，全部转投入其学术生命的践履之中。

---

❶ 王之春. 船山公年谱［M］//船山全书：第16册. 长沙：岳麓书社，1996：379 - 381.

❷ 王敔. 大行府君行述［M］//船山全书：第16册. 长沙：岳麓书社，1996：76.

一、心怀救国续统之忧愤决然

船山一生历经坎坷险阻，特别是在奋起反抗清军时期，有着数次出生入死之生命体验。在这种生死体验之中，通过实践与体悟，船山对于历史发展、民族大义、人之个体生命的价值等，都有着更加深入的认识。特别是船山始终以明"遗臣"自居，其自题墓即云"明遗臣王夫之之墓"，而明朝政权经历"多次"覆灭——其一是1644年明崇祯帝自缢煤山，明朝灭亡；其二是1644—1647年，南明朝廷皇帝更迭频繁；其三是1662年，南明政权永历帝朱由榔与太子朱慈煊在昆明被吴三桂所执，明统覆亡，这些给都船山带来极其沉痛的打击。因此，船山之思想，虽有着对于经典的研读、理解与诠释，同时也有着来自实践的亲身体验与感受。

1644年，李自成攻入北京，明崇祯帝自缢煤山，明朝覆灭。船山闻此巨变，"数日不食，作《悲愤诗》一百韵，吟已辄哭"。其后明廷文武官员南迁，南明政权几经更迭。在南明军队节节败退中，船山也时有不得不徙居避难。而在1644年明亡前后，船山北上应试受阻，其后父、兄被张献忠农民军所执，自己刺脸伤腕、傅以毒药才救出父兄，其时将农民军视为祸国殃民之"贼"；到1650年，因疏劾王化澄等人"结党误国"，反而被陷害入狱，幸得农民军"降帅"高必正极力营救才得脱；再到1652年明确拒绝孙可望、李定国的招请，作《章灵赋》以抒己志，船山对于农民军的认识，对历史发展的规律都有着更加深入的认识。十余年的抗清及流亡生涯，船山不仅认识到明廷覆灭已经成为不可逆转的现实，同时也更加深刻地认识到封建朝廷的本质。正是在亲身实践中，船山认识到封建政权的腐朽堕落、在本质上只不过是君王以天下作为一家一姓的私产。

1656年，船山在离开南明政权，流亡山间期间，撰述《黄书》，阐明"拒间气殊类之灾，扶长中夏以尽其才"[1]的治道主旨。基于现实和历史的认识，船山在《黄书》"原极"篇末沉痛地指出："今夫玄

---

[1] 王夫之. 黄书·后序 [M] //船山全书：第12册. 长沙：岳麓书社，1992：538.

驹之有君也，长其穴壤，而赤蚍、飞蟊之窥其门者，必部其族以噬杀之，终远其垤，无相干杂，则役众蠢者，必有以护之也。若夫无百祀之忧，鲜九垓之辨，尊以其身于天下，愤盈俦侣，畛畔同气，猜割牵役，弱糜中区，乃霍霍然保尊贵，偷豫尸功，患至而无以敌，物偪而无以固，子孙之所不能私，种类之所不能覆，盖王道泯绝而《春秋》之所大憝也。"❶ 以蚁类为喻，以为黑蚂蚁作为一种小小的动物，其蚁后尚能率领部署阻击外来侵略的红蚁、白蚁等异类，保护同类；而现今的君王却没有代代相传的危机感和区分中夏与夷狄的意识，苟且偷安，导致人心猜忌，没有给予臣民百姓有效的庇护，这正是王道的断绝和孔子所著《春秋》时最为痛惜的。在"古仪"篇中，船山论述："迄于孤秦，家法沦坠，胶胶然固天下于揽握，顾盼惊猜，恐强有力者旦夕崛起，效已而劫其藏。"❷ 自秦代以来，历代帝王都把天下作为一家的私产，相互猜忌，唯恐强悍有力者崛起，效仿自己夺取君权。至于宋代均是如此，但令人痛惜的是，宋代君主"削节镇，领宿卫，改易藩武，建置文弱，收总禁军，衰老填籍，鼓励于强虏之侧，亭亭然无十世之谋"❸，最终被女真、鞑靼覆灭。船山的这些历史发展观、政治理论观点，可以说很大程度上都是来自于自己在出生入死当中，对于当时政治现实的深刻认识。明代政权的覆灭，也正是延续这种"家天下"的政治体制，但是在军事上又不如秦代那般强悍有力，而掌握政权者内部又相互猜忌，自我削弱，因此在异族入侵之下，王朝覆灭。

二、难免伤别悼亡之孤苦哀愁

在船山之一生，历经出生入死之坎坷，而其间亦多次面临与家人、至亲、友人的悲欢离合。与友人的交往酬唱，固然展现出其乐融融的时光；而面对与亲人的生离死别，其真挚情感更能使人动容。司马迁以为"发愤著书"，韩愈在《荆潭裴均杨凭唱和诗序》亦言："夫和平

---

❶ 王夫之. 黄书［M］//船山全书:第12册. 长沙:岳麓书社，1992:504.
❷ 王夫之. 黄书［M］//船山全书:第12册. 长沙:岳麓书社，1992:504-505.
❸ 王夫之. 黄书［M］//船山全书:第12册. 长沙:岳麓书社，1992:506.

之音淡薄，而愁思之声要妙；欢愉之辞难工，而穷苦之言易好也。"❶"发愤著书"也好，"穷苦之言"也罢，在船山身上，对于亲人思念的真挚情感，滋润着他的诗词文章，亦启发着其关于诗文之"情"的思考。其悲欢离合之情的感悟，在其悼亡诗词中尤能得到充分体现。

1637年，船山娶同县处士陶万梧之女陶孺人；1646年冬，陶氏病卒，年仅二十五岁。1650年，船山续娶襄阳郑仪珂之女郑孺人，在辗转流离中相依为命十一载，1661年，郑氏病卒。船山的这两次婚姻，与妻子举案齐眉，相濡以沫，均有着深厚的感情。据初步统计，陶氏、郑氏亡故后，船山为她们所作悼亡诗词计四十首，从内容上来看，其中为陶氏作悼亡诗、词各四首，为郑氏作悼亡诗十七首、词十五首。这些纪念性悼亡诗词，尤能体现出船山的炽热真情。更加难能可贵的是，船山在悼念亡妻的诗词中，往往将对亡妻的悼念与对社稷残破、明廷覆亡的痛惜悲愤结合起来，使诗词显得更加哀婉。

1646年，船山为陶氏所作的《悼亡四首》其二云："读书帷低夜闻鸡，茶灶松声月影西。闲福易销成旧憾，单衾愁绝晓禽鸣。"其四又云："记向寒门彻骨迂，收书不惜典金珠。残帷断帐空留得，四海无家一腐儒。"❷ 前一首写以前彻夜读书，爱人在一侧茶水侍读，如今两相隔离、人鬼殊途、单衾愁绝；后一首回忆妻子典当珠宝首饰以买书，如今帷帐空空，四海无家，只剩下一个酸腐书生。在诗中，一位勤俭持家、贤惠体贴的贤内助形象跃然纸上。这两首诗，从内容结构上看，都是将对以前温馨甜美的情景回忆，与现今人去楼空、四海无家的愁思孤苦相对照，以前的乐景对照如今的哀情，更加凸显孤苦之境和愁绝之情。此外，船山所作悼念陶氏的词主要有四首，为《忆秦娥·灯花》《清平乐·咏萤》《望梅·忆旧》和《添字昭君怨·春怀》。❸

1661年，郑氏病卒，船山作悼念郑氏的诗有《来时路·悼亡》五古三首、《岳峰悼亡》五律四首、《续哀雨诗》七律四首、《初度口占》七绝六首等十七首；所作悼念性质的词有《凤凰台上忆吹箫·忆旧》

---

❶ 韩愈. 韩愈集[M]. 长沙：岳麓书社，2000：255.
❷ 王夫之. 姜斋诗集[M]//船山全书：第15册. 长沙：岳麓书社，1995：564.
❸ 黄水平. 王船山悼亡词浅析[J]. 衡阳师范学院学报，2015（4）.

《减字木兰花·忆旧》《霜天晓角·怀旧》《扫地花·忆旧》《满江红·忆旧》等十五首。而与郑氏共处十一载，正是船山奋力抗清、辗转湖广等地避难的时期，他们一起逃避深山、历尽艰辛，1662年明代序统最终覆亡，故船山悼念回忆郑氏的作品，触景生情，潸然泪下。这些诗词不仅是对亡人的追忆，而且往往也是与对覆灭故国的哀思。《续哀雨诗》序云："庚寅（1650）冬，余作《桂山哀雨》四诗。其时幽困永福水砦，不得南奔，卧而绝食者四日，亡室乃与予谋间道归楚。顾自桂城溃陷，霪雨六十日，不能取道，已旦夕作同死计矣。因苦吟以将南枝之恋，诵示亡室，破涕相勉。今兹病中，搜读旧稿，又值秋杪，寒雨无极，益增感悼，重赋四章。余之所为悼亡者，十九以此，子荆奉倩之悲，余不任焉，王者亦不受任也。"❶ 这里既交代作续诗的背景，回忆十年前永福水砦受困，将"南枝之恋"（对故国故土之思念）"诵示亡室"，同时强调其创作悼亡诗词，十之九都是融贯了故人之思和故土之恋的双重意蕴。如《初度口占》其一云："横风斜雨掠荒丘，十五年来老楚囚。垂死病中魂一缕，迷离唯记汉家秋。"其五云："十载每添新鬼哭，泪如江水亦干流。青髭无伴难除雪，白发多情苦恋头。"❷ 前一首讲十余年来国家破败，风雨飘零，如今病中垂死，但是仍然惦记着华夏汉族朝廷。后一首述与郑氏共处十载，哭悼亲友离世，泪水流干，俩人相依为命；同时也感叹"青髭无伴"与"白发多情"，寄寓着深沉的故国情思。又如悼亡郑氏的词作《扫地花·忆旧》："微霜碾玉，记日射檐光，小窗初透，夜寒深否，问素罗新裁，熨须铜斗。闲揽书帷，笑指砚冰，蹙皱香篝。有黄熟篆销，芳膏结纽。自惹闲愁后，对莲岳云压，苔潭珠溅，炉烟孤瘦。叹渺渺京华，不堪回首。碧海人归，雄剑谁怜孤吼。空凝望，绕湘流暮云荒岫。"❸ 该词上片回忆与郑氏相处的点滴生活细节，裁衣熨衣，读书写字，温馨可慰；下片感叹国家破败，英雄报国无门，京华烟云，不堪回首。

---

❶ 王夫之. 姜斋诗集 [M] //船山全书:第15册. 长沙:岳麓书社, 1995：300.
❷ 王夫之. 姜斋诗集 [M] //船山全书:第15册. 长沙:岳麓书社, 1995：315.
❸ 王夫之. 姜斋词集 [M] //船山全书:第15册. 长沙:岳麓书社, 1995：768.

三、随地托迹、矢志不渝之笔耕生涯

综观船山一生，很多时候都是辗转流离，隐迹深山，哪怕是在定居石船山后，也时有为躲避追捕，遁入山中。但是在这种辗转浪迹中，船山开始艰苦的著述，特别是到晚年，撰述了大量的书稿。据统计，船山著述有百余种之多，现今收集出版的近千万字。船山的部分著作今仅存书目，但是大部分著作得以版行流传。我们试以时间为序，对其撰述的主要著作情况简述如下。

1643年，刻《漧涛园》诗集。《述病枕忆得》："昔在癸未春，《漧涛园》初刻，亡友熊渭公为序之。乱后失其锓木，赖以自免笑悔。"❶

1646年，始有志于读《易》；1648年，居莲花峰，益讲求易理。其间当撰《周易稗疏》。《周易内传》所附《发例》二五则云："夫之自隆武丙戌，始有志于读《易》。戊子，避戎于莲花峰，益讲求之。"❷但谷继明先生以为《周易稗疏》的成书时间，"至少在《外传》之后，而与《内传》时间较相接近"，其以为："通过对两部著作整体内容和观点进行研究，我们便会发现《外传》当早于《稗疏》。笔者的判断根据是：（1）船山易学观点有一个发展的过程，越到后期，其物件数批评越严厉；（2）《外传》有明显的象数特色，运用了许多象数的术语，而《稗疏》对象数的批评尤为严厉，与《内传》一致。"❸但尚在缺乏更多的明确证据时，我们暂仍从旧说。

1648年，编《买薇稿》诗集，次年失于土人兵乱所劫夺。《述病枕忆得》："戊子后次所作为《买薇稿》，已为土人弄兵者劫夺。"❹

1655年，撰《老子衍》。《老子衍·自序》："岁在旃蒙协洽壮月己未，南岳王夫之序。"❺ 据《尔雅》："大岁……在乙曰旃蒙"，"大岁……在未曰协洽"❻，故"旃蒙协洽"即乙未年（1655）。

---

❶ 王夫之．述病枕忆得［M］//船山全书：第15册．长沙：岳麓书社，1995：681．
❷ 王夫之．周易内传发例［M］//船山全书：第1册．长沙：岳麓书社，1988：683．
❸ 谷继明．王船山《周易外传》笺疏［M］．上海：上海人民出版社，2016：7．
❹ 王夫之．述病枕忆得［M］//船山全书：第15册．长沙：岳麓书社，1995：681．
❺ 王夫之．老子衍·自序［M］//船山全书：第13册．长沙：岳麓书社，1993：16．
❻ 胡奇光，方环海．尔雅译注［M］．上海：上海古籍出版社，2012：222-223．

1655年，撰《周易外传》。《周易内传》所附《发例》二五则谓："乙未，于晋宁山寺，始为《外传》。"❶

1656年，撰成《黄书》。《黄书·后序》："延首圣明，中邦作辟。行其教，制其辟，以藩扞中区而终远夷狄，则形质消陨，灵爽亦为之悦怿矣。岁德在丙，火运宣也。斗建维辰，春气全也。文明以应，窃承天也。……"❷

1658年，编成《家世节录》。《家世节录·序》："时永历十有二年季秋月朔日乙未，征士郎行人司行人介子夫子谨述。"❸

1661年，作《落花诗》一卷，含《正落花诗》十首、《续落花诗》三十首、《广落花诗》三十首、《寄咏落花》十首、《落花诨体》十首、《补落花诗》九首，计九十九首。《正落花诗》序云"庚子冬初，得些荨、大观诸老诗，读而和之，成十首"；《续落花诗》序云"自冬徂夏"；《广落花诗》《寄咏落花》及《落花诨体》均未标明写作时间，但《补落花诗》序云："此帙之登，逢秋斯暮。月寒在夕，叶怨于枝"，可知前三组亦当作于辛丑（1661）夏秋间。❹

1663年夏六月，作《遣兴诗》一卷。《读甘蔗生遣兴诗次韵而和之》序云："癸卯六月望，茱萸塘漫记。"❺

1663年，初撰成《尚书引义》；1689年，重定《尚书引义》。现湖南省图书馆藏嘉恺抄本《尚书引义》末页有一行小字："癸卯九月九日成。己巳四月下旬重定。"❻

1665年，重定《读四书大全说》。《和梅花百咏诗》序："时方重定《读书说》，良不暇及。"❼

1668年秋七月，撰成《春秋家说》及《春秋世论》。《春秋家说·

---

❶ 王夫之. 周易内传·发例 [M]//船山全书:第1册. 长沙:岳麓书社,1988:683.
❷ 王夫之. 黄书·后序 [M]//船山全书:第12册. 长沙:岳麓书社,1992:539.
❸ 王之春. 船山公年谱 [M]//船山全书:第16册. 长沙:岳麓书社,1996:327.
❹ 王夫之. 姜斋诗集 [M]//船山全书:第15册. 长沙:岳麓书社,1995:567-582.
❺ 王夫之. 姜斋诗集 [M]//船山全书:第15册. 长沙:岳麓书社,1995:588.
❻ 王夫之. 尚书引义 [M]//船山全书:第2册. 长沙:岳麓书社,1988:437.
❼ 王夫之. 和梅花百咏诗 [M]//船山全书:第15册. 长沙:岳麓书社,1995:609.

叙》末云:"著雍涒滩之岁相月壬子望不肖男征仕郎夫之谨述。"❶《春秋世论·叙》末亦云:"著雍涒滩之岁相月望日壬子王夫之叙。"❷ 据《尔雅》:"大岁……在戊曰著雍","大岁……在申曰涒滩"❸,故"著雍涒滩之岁"即戊申年(1668)。

　　1669年,编成《姜斋五十自定稿》,撰《续春秋左氏传博议》二卷。王之春以为《因林塘小曲筑草庵开南窗不知复几年晏坐漫成六首呈桃花坞老人暨家兄石崖先生同作》其三有"天情垂粥饭,家学志《春秋》"句,推定《续春秋左氏传博议》于是年撰成。❹《五十自定稿》辑录戊子年(1648)以来所作四言诗、五言古诗、五言绝句、五言近体、排律、六言诗、七言近体、七言绝句、乐府、歌行等诸体诗。《续春秋左氏传博议》,系续宋代吕祖谦《春秋左氏博议》而作。

　　1672年,重定《老子衍》。《老子衍·自序》文后船山跋语补充:"阅十八年壬子,重定于观生居。明年,友人唐端笏须竹携归其家,会不戒于火,遂无副本。更五年戊午,男敔出所藏旧本施乙注者,不忍弃之,复录此编。"❺ 即言船山1672年所重定《老子衍》失于火,现今所传当为王敔所藏1655年旧稿。

　　1673年,撰《礼记章句》。《礼记章句序》末云:"岁在癸丑日长至衡阳王夫之序。"❻ 1677年,《礼记章句》四十九卷完成。船山丁巳年(1677)所作《新秋望章载谋》其二"周秦焚后字"句下自注云"时《礼》注方竟"。❼

　　1676年,撰《周易大象解》。《周易内传》所附《发例》二五则谓:"丙辰始为《大象传》。"❽

　　1679年,撰《庄子通》。《庄子通·叙》云:"己未春,避兵楂林

---

❶ 王夫之. 春秋家说·叙 [M] //船山全书:第5册. 长沙:岳麓书社,1993:107.
❷ 王夫之. 春秋世论·叙 [M] //船山全书:第5册. 长沙:岳麓书社,1993:385.
❸ 胡奇光,方环海. 尔雅译注 [M]. 上海:上海古籍出版社,2012:222-223.
❹ 王之春. 船山公年谱 [M] //船山全书:第16册. 长沙:岳麓书社,1996:337-338.
❺ 王夫之. 老子衍·自序 [M] //船山全书:第13册. 长沙:岳麓书社,1993:16.
❻ 王夫之. 礼记章句 [M] //船山全书:第4册. 长沙:岳麓书社,1991:10.
❼ 王夫之. 姜斋诗集 [M] //船山全书:第15册. 长沙:岳麓书社,1995:352.
❽ 王夫之. 周易内传发例 [M] //船山全书:第1册. 长沙:岳麓书社,1988:683.

山中……是岁伏日，南岳卖姜翁自叙。"❶ 船山的另外一部庄学著作《庄子解》，不知何年所撰。王孝鱼先生以为："1681年秋，船山曾作《南天窝授竹影题用徐天池香烟韵》七律七首（现存他的诗集《七十自定稿》中），其中第六首下自注：'时为先开订《相宗》（即《相宗络索》），并与诸子论《庄》。'《庄子解》大概就是这年写的。"❷ 即认为船山在完成《庄子通》后，开始着手撰写《庄子解》，并于1681年完成。张西堂先生则以为：《庄子通》"是书目次，《徐无鬼》《寓言》《列御寇》，阙。无《让王》以下四篇。是书之成，盖晚于《庄子解》，《庄子解》三十三卷，虽以《让王》以下四篇为赝篇，不置说，而犹载原文，此则论已定矣，故目次更不列之也。"❸ 即认为《庄子解》成书时间当在《庄子通》之前。两先生之说，不知谁为更加在理，暂且置此备考。

1680年，编成《姜斋六十自定稿》。《六十自定稿·叙》云："庚申上巳湘西草堂记。"❹

1681年，始编《相宗络索》。是年所作《南天窝授竹影题用徐天池香烟韵七首》其六注云："时为先开订《相宗》，并与诸子论《庄》。"❺

1682年九月，撰成《说文广义》。《说文广义·发例》："岁在壬戌季秋月乙巳朔船山老农识。"❻

1682年十月，撰成《噩梦》。《噩梦》叙云："玄默阉茂之岁，阳月朔旦甲戌，船山遗老识。"❼ 据《尔雅》："大岁……在壬曰玄默"，"大岁……在戌曰阉茂"❽，"玄默阉茂之岁"即壬戌年（1682）。

1683年正月，撰成《船山经义》一卷。《船山经义》序云："癸亥孟春甲辰朔王夫之记。"❾

---

❶ 王夫之. 庄子通 [M]//船山全书：第13册. 长沙：岳麓书社，1993：493.
❷ 王孝鱼. 中华本王孝鱼点校说明 [M]//船山全书：第13册. 长沙：岳麓书社，1993：480.
❸ 张西堂. 明王船山先生夫之年表 [M]. 台北：商务印书馆，1978：190.
❹ 王夫之. 姜斋诗集 [M]//船山全书：第15册. 长沙：岳麓书社，1995：332.
❺ 王夫之. 姜斋诗集 [M]//船山全书：第15册. 长沙：岳麓书社，1995：410.
❻ 王夫之. 说文广义 [M]//船山全书：第9册. 长沙：岳麓书社，1989：57.
❼ 王夫之. 噩梦 [M]//船山全书：第12册. 长沙：岳麓书社，1992：549.
❽ 胡奇光，方环海. 尔雅译注 [M]. 上海：上海古籍出版社，2012：222-223.
❾ 王夫之. 庄子通 [M]//船山全书：第13册. 长沙：岳麓书社，1993：631.

1683年闰六月，重定《诗广传》。嘉恺钞本、刘氏钞本《诗广传》文末均有一行小字："癸亥闰月重定。"❶ 关于《诗广传》的初撰时间，因为没有船山序跋，难以考定。王孝鱼先生根据《诗经》与《春秋》之关系，船山于1668年完成《春秋世论》《春秋家说》及《续春秋左氏传博议》；以及1671年，友人方以智屡劝船山逃禅，船山不应，由此推论："《诗广传》或完成于1671、1672年间。"❷

1684年，撰《俟解》。《俟解题词》文末云："甲子重午，船山病笔。"❸

1685年春正月，初撰成《张子正蒙注》；1690年，重订是书。船山十二世孙王鹏所藏抄本、刘氏钞本《张子正蒙注》卷末均有一行小字："乙丑孟春月下旬丁亥成，庚午季夏月重订。"❹

1685年秋八月，编成《楚辞通释》十四卷。《楚辞通释·序例》云："岁在乙丑秋社日，南岳王夫之释。"❺

1685年，始撰《周易内传》。《周易内转发例》二五则云："岁在乙丑，从游诸生求为解说。形枯气索，畅论为难，于是乃于病中勉为作《传》。"❻ 次年（1686）八月，《周易内传》十二卷、《发例》一卷最后定稿。现湖南图书馆藏手抄本《周易内传》所附《发例》末页有"丙寅仲秋月癸丑朔毕"。❼

1686年，编《忆得》诗集一卷。《述病枕忆得》云："今年病垂死，得友人熊男公疗之而苏，因教予绝思虑以任气之存去。……岁在丙寅末伏日，船山述。"❽

1687年，始撰《读通鉴论》。是年船山所作《四月一日》诗云："韶华读史过，天地尽清狂。"❾《写恨》诗其二又云："云中读史千秋

---

❶ 王夫之.诗广传[M]//船山全书：第3册.长沙：岳麓书社，1992：516.
❷ 王孝鱼.中华点校本说明[M]//船山全书：第3册.长沙：岳麓书社，1992：517-518.
❸ 王夫之.俟解题词[M]//船山全书：第12册.长沙：岳麓书社，1992：476.
❹ 王夫之.张子正蒙注[M]//船山全书：第12册.长沙：岳麓书社，1992：382.
❺ 王夫之.楚辞通释[M]//船山全书：第14册.长沙：岳麓书社，1996：209.
❻ 王夫之.周易内传发例[M]//船山全书：第1册.长沙：岳麓书社，1988：683.
❼ 杨坚.周易内传编校后记[M]//船山全书：第1册.长沙：岳麓书社，1988：685.
❽ 王夫之.姜斋诗集[M]//船山全书：第15册.长沙：岳麓书社，1995：681.
❾ 王夫之.姜斋诗集[M]//船山全书：第15册.长沙：岳麓书社，1995：401.

泪，病里忧天片叶舟。"❶ 此外，又有作《读史》五言古诗四首。❷

1688年夏五月，撰成《南窗漫记》一卷。《南窗漫记·引》云："戊辰天中日，南窗记。"❸

1688年，编成《姜斋七十自定稿》。《姜斋七十自定稿》序云："戊辰岁杪戊辰日草堂自记。"❹

1689年秋，编成《识小录》一卷。《识小录引》云："己巳秋，船山病叟王夫之录。"❺

1690年春正月，撰成《夕堂永日绪论》内编、外编各一卷。《夕堂永日绪论》序云："庚午补天穿日，船山老人序。"❻

1691年四月，《宋论》定稿。钞本《宋论》末卷之后有云："辛未孟夏成。"❼

第三节　"六经责我开生面"：船山哲学思想之体系述略

清康熙八年（1669），船山五十一岁，筑土室于茱萸塘，名观生居，船山自题观生居堂联云："六经责我开生面，七尺从天乞活埋。"根据堂联意，船山以自己的思想旨归与身体去存并举，学术思想乃以儒家"六经"为本，研习经书，发掘新意；但在"身体观"上，以为随着明朝统治的覆灭，自己也已经是"心如死灰"、只等"活埋"了。而观船山诸作，于"六经"、《老》《庄》《楚辞》、宋明理学诸子特别是张子《正蒙》等，皆有所发明开新，诚然一思想大家。故郭绍虞先生称赞船山"以文学眼光去读诗，则于诗能领悟；本儒家见地以论诗，则于诗能受用"。❽ 张立文先生亦指出："船山学说扎根在深厚的中国

---

❶ 王夫之. 姜斋诗集［M］//船山全书：第15册. 长沙：岳麓书社, 1995：510.
❷ 王夫之. 姜斋诗集［M］//船山全书：第15册. 长沙：岳麓书社, 1995：477-478.
❸ 王夫之. 姜斋诗话［M］//船山全书：第15册. 长沙：岳麓书社, 1995：873.
❹ 王夫之. 姜斋诗集［M］//船山全书：第15册. 长沙：岳麓书社, 1995：379.
❺ 王夫之. 识小录［M］//船山全书：第12册. 长沙：岳麓书社, 1992：601.
❻ 王夫之. 姜斋诗话［M］//船山全书：第15册. 长沙：岳麓书社, 1995：817.
❼ 王夫之. 宋论［M］//船山全书：第11册. 长沙：岳麓书社, 1992：338.
❽ 郭绍虞. 中国文学批评史：下卷［M］. 北京：商务印书馆, 2010：550.

传统文化土壤中，他绍承六经，吸收六经之精华，融入时代的营养，转换为当时时代精华的代表——船山哲学，这便是船山'六经责我开新面'的创新精神，也是敢于突破传统的精神。"❶ 因此，船山诗学与他的儒学思想、哲学思想互相阐发；船山哲学思想成为其诗学的最深厚之底蕴。现试揭其思想体系之大端，简述如下。

一、儒家经典的疏证与新诠

船山不仅有着深厚的家学渊源，且自小研习儒家经书典籍，其《夕堂永日绪论》自序云："余自束发受业经义，十六而学韵语，阅古今人所作诗不下十万，经义亦数万首。"❷ 可谓博览经典，皓首穷经。船山一生著述，很多精力都是集中在对于儒家经典的研习、疏证、考异与进行新的诠释，往往能够别开生面。从船山思想的传播与接受来看，其关于儒家经典疏证考异的几部著作，诸如《诗经稗疏》《尚书引义》《春秋稗疏》《春秋家说》《周易稗疏》《书经稗疏》等，最先引起清代馆臣注意，收入"四库"，经"四库"著录或存目，始为世人所关注。但彼时对船山思想的认识及肯定性评价，仅局限于将之作为经学考据学派之一员，"诠释经文，亦多出新意"❸，"惟引据训诂，考求古义，所谓征实之学也"❹，"虽得失互见，然语皆有本"❺ 之类；同时又有批评《春秋家说》"连篇累牍，横生枝节"❻，以为《书经稗疏》"纰缪者极纰缪，精核者亦极精核"等等。船山对于儒家经典精义之阐释，当然不局限于此。

（一）于忧患中体知《易》之道

船山生活的明清之际，风云变幻，且亲历明廷的覆灭，"抗清复明"的挣扎与最终失败。在此践履与体认中，对于《易》之"道"有

---

❶ 张立文. 正学与开新：王船山哲学思想 [M]. 北京：人民出版社，2001：11-39.
❷ 王夫之. 姜斋诗话 [M]//船山全书：第15册. 长沙：岳麓书社，1995：817.
❸ 四库全书总目提要 [M]//船山全书：第2册. 长沙：岳麓书社，1988：227.
❹ 四库全书简明目录 [M]//船山全书：第1册. 长沙：岳麓书社，1988：814.
❺ 四库全书简明目录 [M]//船山全书：第5册. 长沙：岳麓书社，1993：95.
❻ 四库全书总目经部春秋类存目 [M]//船山全书：第5册. 长沙：岳麓书社，1993：377.

着更为深刻的理解。船山自述："夫之自隆武丙戌（1646），始有志于读《易》。戊子（1648），避戎于莲花峰，益讲求之。初得《观》卦之义，服膺其理，以出入于险阻而自靖，乃深有感于圣人画像系辞，为精义安身之至道，告于易简以知险阻，非异端窃盈虚消长之机，为禽张雌黑之术，所得与学《易》之旨者也。"❶ 船山自二十八岁开始有志于读《易》，贯穿其一生逾四十载。他不仅稗疏《周易》，又作《内传》《外传》及《周易大象解》等，在其生命的体验与践履中，以为自己治《周易》的最根本精神与思想宗旨在于："大略以《乾》《坤》并建为宗；错综合一为象；《彖》《爻》一致、四圣一揆为释；占学一理、得失吉凶一道为义；占义不占利，劝诫君子、不渎告小人为用；畏文、周、孔子之正训，辟京房、陈抟日者黄冠之图说为防。"❷

船山强调《周易》是乾坤并建与阴阳并建，以为"《周易》并建《乾》《坤》为太始，以阴阳至足者统六十二卦之变通。古今之遥，两间之大，一物之性体，一事之功能，无有阴而无阳，无有阳而无阴，无有地而无天，无有天而无地。"❸ 因此，不应当立一个纯阳而完全没有阴之卦；而《乾》是以六个纯阳爻，乃是在阴阳合运之中，特举其阳之盛大流行者而言之。船山在释《坤》卦时亦复如此强调："阴阳二气絪缊于宇宙，融结于万汇，不相离，不相胜，无有阳而无阴、有阴而无阳，无有地而无天、有天而无地。故《周易》并建《乾》《坤》为诸卦之统宗，不孤立也。"❹

（二）《尚书》之诚性实有精神

关于《尚书》之研究，船山著有《尚书稗疏》（《四库总目提要》作"书经稗疏"）和《尚书引义》，前者收入"四库"，后者"四库"存其书目。其《尚书稗疏》，"是编诠释经文，亦多出新意"，其论多有"为古人所未发"，且"驳苏轼传及蔡传之失，则大抵词有根据，不

---

❶ 王夫之. 周易内传发例 [M] //船山全书：第1册. 长沙：岳麓书社，1988：683.
❷ 王夫之. 周易内传发例 [M] //船山全书：第1册. 长沙：岳麓书社，1988：683.
❸ 王夫之. 周易内传 [M] //船山全书：第1册. 长沙：岳麓书社，1988：43.
❹ 王夫之. 周易内传 [M] //船山全书：第1册. 长沙：岳麓书社，1988：74.

同游谈，虽醇疵互见，而可取者较多焉"❶；他的《尚书引义》，"此复推阐其说，多取后世之事，纠以经义"，"议论驰骋，颇根要理"❷。是以前书注重考据疏证，辩驳前人关于《尚书》的错误疏解；后者在体例上像《韩诗外传》《春秋繁露》等书，其意不尽与经义相比附，多就《尚书》每篇的大义引而申之，特别是针对明代事件多有议论阐发。

而船山"尚书学"的主旨，"船山依书所记载之史事、史实、史理，体认为'诚'，以'诚'为'实有'之意，而批评一切之虚相、虚学、虚事。他认为天地万物是实存的，实存便是'有'，实有是因为其固有的本性'诚'。"❸ 如他论述引申《尧典》之"钦明"，以此驳斥阳明的"致良知"之说："夫圣人之'明'，则以'钦'为之本也。'钦'之所存而明生，'诚则明'也。'明'之所照而必'钦'，'明则诚'也。'诚'则实也：实有天命而不敢不畏，实有民彝而不敢不祗；无恶者实有其善，不敢不存也；至善者不见有恶，不敢不慎也。收视听，正肢体，谨言语，慎动作，整齐寅畏，而皆有天则存焉。……圣人之学，圣人之虑，归于一'钦'，而'钦'之为实，备万物于一己而已矣。"❹ 强调"诚"与"钦"都是实有而不敢不畏。

（三）《诗》者"幽明之际"

船山之《诗》学著作，有《诗经稗疏》四卷（附《考异》《叶韵辨》各一卷），及《诗广传》五卷。《诗经稗疏》被收入"四库"，"是书皆辨正名物训诂，以补《传》《笺》诸说之遗……四卷之末，附以《考异》一篇，虽未赅备，亦足资考证；又《叶韵辨》一篇，持论明通，足解诸家之轇轕。"❺ 本有体近诗话的《诗译》数条附于书后，但馆臣以为"未免自秽其书"，故删削不录。《诗广传》意谓"广而传之"，是船山诵读《诗经》时所写下的一些杂录性文字，对《诗经》

---

❶ 四库全书总目提要［M］//船山全书：第2册. 长沙：岳麓书社，1988：227-228.
❷ 四库全书总目经部书类存目［M］//船山全书：第2册. 长沙：岳麓书社，1988：438.
❸ 张立文. 正学与开新：王船山哲学思想［M］. 北京：人民出版社，2001：7.
❹ 王夫之. 尚书引义［M］//船山全书：第2册. 长沙：岳麓书社，1988：241-242.
❺ 四库全书总目提要［M］//船山全书：第3册. 长沙：岳麓书社，1992：288.

各篇加以引申发挥。全书分为五卷，第一、二卷论述《周南》《召南》和十三国风，第三、四卷分别论述《小雅》《大雅》，第五卷论述《周颂》《鲁颂》及《商颂》。

船山论《诗》，以为其在本质上是生成、呈现于"幽明之际"。他说："礼莫大于天，天莫亲于祭，祭莫著于《诗》。《诗》以兴乐，乐以彻幽，《诗》者，幽明之际者也。"❶ 船山强调天地之生是实有，这种实有不是"有"与"无"，而是"幽"与"明"，或者说是"隐"与"显"的关系。从这种世界观出发，"天"（宇宙、世界）→"礼"（"祭"）→"诗"（"乐"），这种"幽明"之关系，也贯穿于由"天"到"礼"到"诗"之切近和生成之关系始终。而诗与乐，本质上又是一致的，即都是根于"情"。"情者，阴阳之几也；物者，天地之产也。阴阳之几动于心，天地之产应于外。故外有其物，内可有其情矣；内有其情，外必有其物矣。"❷ 故人之内情与外物可以感应摇荡，情生于性，性无善恶，但情却有"贞情"与"淫情"之区分。"心统性情，而性为情节。自非圣人，不求尽于性，且或忧其荡，而况其尽情乎？虽然，君子之以节情者，文焉而已。"❸ 同时，必须"治不道之情"，"治不道之情，莫必其疾迁于道，能舒焉其几矣。'君子不惠，不舒究之'，不舒而能惠者尠也。奚以明其然也？情附气，气成动，动而后善恶驰焉。驰而之善，曰惠成也；驰而之不善，曰逆者也。故待其动而不可挽。动不可挽，调之于早者，其唯气乎！"❹

（四）《礼》学彰显天理道德

船山的《礼》学著作有《礼记章句》四十九卷，于1677年五十九岁时方完成。其自序中云撰述《礼记章句》的初衷与要旨："夫之生际晦暝，遘闵幽怨，悼大礼之已斩，惧人道之不立，欲乘未死之暇，上溯《三礼》，下迄汉、晋、五季、唐、宋以及昭代之典礼，折中得失，

---

❶ 王夫之. 诗广传［M］//船山全书:第3册. 长沙:岳麓书社,1992:485.
❷ 王夫之. 诗广传［M］//船山全书:第3册. 长沙:岳麓书社,1992:323.
❸ 王夫之. 诗广传［M］//船山全书:第3册. 长沙:岳麓书社,1992:308.
❹ 王夫之. 诗广传［M］//船山全书:第3册. 长沙:岳麓书社,1992:415.

立之定断，以存先王之精意，征诸实用，远俟后哲；而见闻交诎，年力不遑，姑取戴氏所记，先为章句，疏其滞塞，虽于微言未之或逮，而人禽之辨，夷夏之分，君子小人之别，未尝不三致意焉。"❶《礼记章句》在体例上，秉承宋儒解经章句之体式，依经立传，对《礼记》进行训释、考证及解说义理。

（五）《春秋》之天道人心大义、夷夏王霸之别

船山《春秋》学著作有《春秋稗疏》《春秋家说》《春秋世论》及《续春秋左氏传博议》等。《稗疏》二卷，收入"四库"，该书"所论《春秋》书法及名物典制之类仅十之一，考证地理者居十之九，虽得失互见，然语皆有本"❷。即谓是书以考证《春秋》书法及典制地理为主，而得失互见。《春秋家说》三卷，其书既是遵父命而作，又继承其父《春秋》学说大义，故名《家说》。四库馆臣以为："其攻驳胡《传》（即胡文定《春秋传》——引者注）之失，往往中理，而亦好为高论，不顾其安，其弊乃与胡《传》等。……其他亦多词胜于意，全如论体，非说经之正轨。"❸《春秋世论》五卷，杨树达先生以为："此书名'世论'者，著者自序谓世虽变易，本《春秋》之义，可以治秦汉以降之天下。盖酌《春秋》之义，纲之以天道，明之以人心，揣其所以失，达其所以异，正之以人禽之辨，防之以君臣之制，策之以补救之宜者，非直一世之论。故其书泛论古今，颇多明快之论。"❹《续春秋左氏传博议》二卷，是为续宋代吕祖谦《春秋左氏博议》而作。杨树达以为其论"可谓深得古人用心之隐"，"史论亦为有识"，但同时也存在"不免宋人苛责古人之病"，以及"考之不审"之情况。❺

（六）《四书》之追慕圣人理想人格

船山着力于之《大学》《中庸》《论语》《孟子》之"四书学"甚巨，

---

❶ 王夫之. 礼记章句 [M] //船山全书：第4册. 长沙：岳麓书社，1991：10.
❷ 四库全书简明目录 [M] //船山全书：第5册. 长沙：岳麓书社，1993：95.
❸ 四库全书总目经部春秋类存目 [M] //船山全书：第5册. 长沙：岳麓书社，1993：377.
❹ 杨树达省志艺文志初稿 [M] //船山全书：第5册. 长沙：岳麓书社，1993：533.
❺ 杨树达省志艺文志初稿 [M] //船山全书：第5册. 长沙：岳麓书社，1993：622-623.

研究亦深厚，主要著述现存主要有《四书稗疏》《四书考异》《四书笺解》《读四书大全说》以及《四书训义》等。据王之春《船山公年谱》，船山《四书》学著作还有《四书集成批解》与《四书详解》，现已佚。

　　《四书稗疏》与《四书考异》，均属于船山稗疏、考证诸经作品之属。船山的《易》《书》《诗》《春秋》之《稗疏》，均经湖南巡抚采进，收入"四库"，独《四书稗疏》不知何故未收入"四库"。而《四书笺解》最先为船山八世从孙王之春的刊本行世，金陵刻本和太平洋书店增补本的《船山遗书》均没有采入。王之春《四书笺解叙》云："吾宗船山公讲求质学，兼宗汉、宋，于《四书》尝有《稗疏》《考异》《读大全说》诸编，既多所发明，然或覈同异，或辨性理，于初学为文模范者未之及焉，居尝诟病俗塾时艺讲章，莫轨正谊，课督之暇，辄取全书随意笺释，务使阅者怳然有悟，快然自得于心，盖意在示家塾法程，非云著述也。"❶可知该书本来是船山"随意笺释"，教授弟子《四书》入门，使其有悟、自得，而并非专门之著述。但从内容上来看，"虽然不像《读四书大全说》那样辩论详赡，说理深细，对于研究船山思想，还是有一定的参考价值的"❷。今岳麓书社本《船山全书》亦将之收入第六册。

　　《四书训义》三十八卷，系根据朱熹《四书章句集注》而训释其义理，因此故名。而其体裁是船山口授弟子之讲章，即先逐章录朱熹之章句和注释，然后再阐述发挥经文的意蕴。刘人熙以为：是书"阐邹鲁之宏旨，畅濂洛之精义，明汉唐之故训，扫末学之秕糠，儒林鸿制，伟矣皇哉！"❸

　　船山标举"六经责我开新面"，其身体力行，阐释"六经"❹之开出新面，亦成为一个圆融会通之新的价值体系。张立文先生指出："就

---

　❶　王之春.四书笺解叙[M]//船山全书:第6册.长沙:岳麓书社，1991：376.
　❷　王孝鱼.编校后记[M]//船山全书:第6册.长沙:岳麓书社，1991：380.
　❸　刘人熙.崃柘山房本四书训义叙[M]//船山全书:第8册.长沙:岳麓书社，1990：976.
　❹　张立文先生以为，船山之所谓"六经"已经与传统的《诗》《书》《礼》《乐》《易》《春秋》之"六经"有异，秦代后《乐》既已不传，船山即以《四书》为经，成为"六经"。参见:张立文.正学与开新:王船山哲学思想[M].北京:人民出版社，2001：40.

船山所发前《五经》的意蕴而言,按笔者的体验:于《周易》以'乾坤并建为宗',发挥天道与地道的思想,即人为天地立道建极;于《尚书》开出道心人心,互藏交发,天日鸣,性日受日成。探讨了作为道心、人心基础的性的发生、演变的问题;于《诗经》阐发诗风民情,情以柔婉之仁为正,未发已发之中和;于《礼》则续大礼,立人道,天理人性,仁体礼用;于《春秋》严夷夏、王霸之辨,以道权并行为春秋之密藏,确立是否亡礼、丧礼为夷夏、王霸之辨的标准和价值取向。……船山解释《四书》与其解释《五经》相同,均是一以贯之,圆融会通。《大学》格物为始教,明德新民和合,而使内圣外王的德业达到极致;《中庸》天命人性,内外合一达到至德至诚;《论语》以事功显道,获得心身悦、乐的入德成德之境,使上下一致,始终合辙、学知诚正,以达圣人之境;《孟子》尽心知性知天,气通心、性、天,使理气、心性、教道得以贯通。这样《五经》与《四书》交相互发,相得益彰,而构成船山思想的根基。"[1] 是为的论。

二、先秦诸子的解构与重建

船山之学术思想,以儒家思想为立脚点,对于先秦诸子,乃至秦汉以降至明清之际的诸家学说,均多有论述和涉及。在他看来,道、法、墨、释等诸家思想相对于儒家圣人经典学说,均存在不足,但是亦有其可取之处,特要纠正谬说,恢复其本来面目。我们在此并非立儒家为一宗而视其他为异学,仅是从概观船山自身思想而言,岳麓书社版《船山全书》以经、史、子、集之体例编排船山著述,而船山论述先秦孔、孟之学,已经在前述"四书"学中有所涉及;又旁及评价法、墨等家思想暂付诸阙如,现仅试兹举船山诠释、演绎老、庄之学,略述如次。

(一)《老子》形而上之"道"

船山对于道家之老、庄多有批评之词,但亦耿耿于历代以来众家

---

[1] 张立文. 正学与开新:王船山哲学思想[M]. 北京:人民出版社,2001:41-42.

诸子对老庄的有意无意之误读与误解。他在《老子衍·自序》云："昔之注《老子》者，代有殊宗，家传异说，逮王辅嗣、何平叔合之于乾坤易简，鸠摩罗什、梁武帝滥之于事理因果，则支补牵会，其诬久矣；迄陆希声、苏子由、董思靖及近代焦竑、李贽之流，益引禅宗，互为缀合，取彼所谓教外别传者以相糅杂，是犹闽人见霜而疑雪，洛人闻食蟹而剥蟛蜞也。"❶ 即谓王弼、何晏从"乾坤易简"之玄学、《易》学角度释《老子》；鸠摩罗什、梁武帝则滥用佛家的"事理因果"来释《老子》；而自唐宋陆希声、苏辙以至明代焦竑、李贽等人，将禅宗与老子思想相杂糅、缀合。船山以为以上诸家阐释老子思想，存在"强儒以合道""强道以合释"以及"驱世教以殉其背尘合识之旨"等误区，"察其悖者久之，乃废诸家，以衍其意；盖入其垒，袭其辎，暴其恃，而见其瑕矣，见其瑕而后道可使复也"。❷ 因此，必须摒除诸家之说，"入其垒，袭其辎"，根据老子思想的理路轨道，恢复老子本来面目，以观得其思想优劣。

船山批评老子"道"的思想存在"激俗而故反之""偶见而乐持之"以及"凿慧而数扬之"的不公、不经、不祥"三者之失"，因此老子的"道"与儒家之"圣道所谓文之以礼乐以建中和之极者"不相吻合，"未足以其与深也"。当然，在船山看来，老子思想并非完全没有可取之处，"世移道丧，覆败接武"之时代，往往"守文而流伪窃，昧几而为祸先，治天下者生事扰民以自弊，取天下者力竭智尽而弊其民"，因此在这个时候，采用老子的"无为自化，清净自正"之思想，或也可以"以俟其自复"。❸

（二）《庄子》之生命践履

船山于庄子之学，著有《庄子解》三十三卷和《庄子通》一卷，前者详细解说《庄子》诸篇，后者通说庄学大义。王敔在《大行府君行述》中云："又以文章之变化莫妙于《南华》，辞赋之源流莫高于屈

---

❶ 王夫之. 老子衍·自序[M]//船山全书：第13册. 长沙：岳麓书社，1993：15.
❷ 王夫之. 老子衍·自序[M]//船山全书：第13册. 长沙：岳麓书社，1993：15.
❸ 王夫之. 老子衍·自序[M]//船山全书：第13册. 长沙：岳麓书社，1993：15-16.

宋……（船山）因俱为之注，名曰《庄子衍》（即《庄子解》——引者注）、《楚辞通释》。更别作《庄子通》，以引漆园之旨于正。"❶ 船山曾在《庄子通·叙》中述及创作之缘起，以为自己"以不能言之心，行乎不相涉之世，沉浮其侧者五年"，其生命之思考与应对，与庄子身处七雄之世，颇有类似；而庄子之说，大多也"皆可以通君子之道"❷。故可以说，船山对于《庄子》的理解与体悟，不无来自于生命之践履；同时也多站在儒家之立场来审视庄子。是以，有学者指出："从解庄的目的上，王夫之是为了从《庄子》那里吸取积极的有利于儒家修身、平天下的成分；从对待《庄子》的态度上，他认为庄子的思想可以与儒家的修身、平天下思想相通，可以被改造成君子之道。"❸ 而从王敔所言"引漆园之旨于正"和船山自己所述的《庄子》"皆可以通君子之道"来看，此说确为不诬。

三、宋明理学的总结与回归

船山之学，在方法上，上承汉儒的考证传疏传统，故对儒家"四书五经"多有稗疏、考异、训诂，考证名物制度地理等；同时也效法宋儒的章句解经体例❹，融通宋明理学的理气精义，特别是以张横渠之学为"正学"，作《正蒙注》，畅衍张子精义。《清史稿》即以为："夫之论学，以汉儒为门户，以宋五子为堂奥。其所作《大学衍》《中庸衍》，皆力辟致良知之说，以羽翼朱子。于张子《正蒙》一书，尤有神

---

❶ 王敔. 大行府君行述 [M]//船山全书：第16册. 长沙：岳麓书社，1996：74.
❷ 王夫之. 庄子通·叙 [M]//船山全书：第13册. 长沙：岳麓书社，1993：493.
❸ 谭明冉. 王夫之庄学研究：以《庄子解》为中心 [M]. 济南：山东人民出版社，2017：32.
❹ 如船山撰《礼记章句》，自序云："夫之生际晦暝，遭闵幽怨，悼大礼之已斩，惧人道之不立，欲乘未死之暇，上溯《三礼》，下迄汉、晋、五季、唐、宋以及昭代之典礼，折中得失，立之定断，以存先王之精意，征诸实用，远俟后哲，而见闻交诎，年力不遑，姑取戴氏所记，先为章句，疏其滞塞，虽于微言未之或逮，而人禽之辨、夷夏之分、君子小人之别，未尝不三致意焉。"（王夫之. 礼记章句序 [M]//船山全书：第4册. 长沙：岳麓书社，1991：10.）其又撰《四书训义》，即是全文引述朱子的《章句》内容，然后加以"训义"阐发。《船山全书》第七册封面内页"船山全书第七册简介"即云："《四书训义》为船山阐发孔孟学说之重要著作，系据朱熹《四书章句集注》而训释其义理，故名《四书训义》。其形式为逐章先录朱书，后述《训义》，使学者便于对照研习；其内容重在阐述经文意蕴，并于《集注》之说亦间有论议。"

契，谓张子之学上承孔孟，而以布衣贞隐，无巨公资其羽翼；其道之行，曾不逮邵康节，是以不百年而异说兴。夫之乃究观天人之故，推本阴阳法象之原，就《正蒙》精绎而畅衍之，与自著《思问录》二篇，皆本隐之显，原始要终，炳然如揭日月。至其扶树道教，辨上蔡、象山、姚江之误，或疑其心稍过，然议论精严，粹然皆轨于正也。"❶ 因此，船山之学，可以说既是对宋明理学的一次系统总结，集宋五子之濂、洛、关、闽等学之大成，同时也辩驳王阳明援禅入儒的"致良知"之说，极力维护儒学之正宗。对此，嵇文甫先生指出："船山宗旨在彻底排除佛老，辟陆王为其近于佛老，修正程朱亦因其有些地方还沾染佛老。只有横渠，'无丝毫沾染'，所以认为圣学正宗。"❷ 是为的论。

船山回顾自己的学术生涯，感叹"希张横渠之正学而力不能企"，是以把张子之学作为儒家之正学，并身体力行，作《正蒙注》，张扬张子学说。他在《张子正蒙注·序论》中推崇张子"正蒙"之初心与功绩："呜呼！孟子之功不在禹下，张子之功又岂非疏瀹水之岐流，引万派而归墟，使斯人去昏垫而履平康之坦道哉！是匠者之绳墨也，射者之彀率也，虽力之未逮，养之未熟，见为登天之难不可企及，而志于是则可至焉，不志于是未有能至者也。养蒙以是为圣功之所自定，而邪说之淫蛊不足以乱之矣，故曰《正蒙》也。"❸ 这里将张子之功与孟子之功相提并论，使学者能够"去昏垫而履平康之坦道"。而张子之学之所以为"正学"，一方面是张子《正蒙》皆本于周敦颐"太极"之正统，与孔孟之学互相发明，不为异端邪说所迷惑；另一方面则是张子极力排斥佛、道外教的异端邪说。

船山在释《太和篇》时云："此篇首明道之所自出，物之所自生，性之所自受，而作圣之功，下学之事，必达于此，而后不为异端所惑，盖即《太极图说》之旨而发其所函之蕴。"❹ 释《神化篇》时又云：

---

❶ 清史稿［M］//船山全书：第16册．长沙：岳麓书社，1996：101．
❷ 嵇文甫．王船山学术论丛［M］//船山全书：第16册．长沙：岳麓书社，1996：1035．
❸ 王夫之．张子正蒙注·序论［M］//船山全书：第12册．长沙：岳麓书社，1992：12-13．
❹ 王夫之．张子正蒙注［M］//船山全书：第12册．长沙：岳麓书社，1992：15．

"此篇备言神化，而归其存神敦化之本于义，上达无穷而下学有实。张子之学所以异于异端而为学者之所宜守，盖与孟子相发明焉。"❶ 即以为张子之学与孔孟圣学、周子"太极图说"是一致的，"张子之学，上承孔、孟之志，下救来兹之失，如皎日丽天，无幽不烛，圣人复起，未有能易焉者也"。❷

同时，船山以为横渠极力辩驳摒弃释、道之邪说。如张子《正蒙》云："然则圣人尽道其间，兼体而不累者，存神其至矣。彼语寂灭者，往而不反；循生执有者，物而不化，二者虽有间矣，以言乎失道则均。"对此，船山注释："释氏以灭尽无余为大涅槃"；"魏伯阳、张平叔之流，钳魂守魄，谓可长生"是为滞于物而不知化。因此，"贞生死以尽人道，乃张子之绝学，发前圣之蕴，以辟佛老而正人心者也。"❸

对于朱子之学，船山以为其学自周敦颐、二程而来，亦为服膺，以为："朱子以格物穷理为始教，而檗括学者于显道之中。"❹ 船山撰《四书训义》，即依宋儒章句体例，每章逐录朱子《四书章句集注》，然后再训释其义理，阐述发挥经文的意蕴。但在肯定朱子的同时，亦批评其不足，以为"自朱子虑学者之骛远而忘迩，测微而遗显，其教门人也，以《易》为古筮之书而不使之学，盖亦矫枉之过"。❺ 船山在其诸《稗疏》中，亦多有批评朱子集注之失；而在解读《四书》时，亦指出朱子堕于释、老。如船山以为，朱子在训解《中庸》"肫肫其仁，渊渊其渊，浩浩其天"句时，"朱子敖认三'其'字，其说本于游氏（即游酢——引者注）。游氏之言，多所支离，或借迳佛、老以侈高明，朱子固尝屡辟之矣。至此，复喜其新奇而屈从之，则已浸淫于释氏。"❻

船山对于王阳明的致良知说提出更加严厉的批评，在某种程度上来说，船山与阳明学说是对立的。船山在《四书训义》中批评云："降

---

❶ 王夫之.张子正蒙注［M］//船山全书:第12册.长沙：岳麓书社，1992：76.
❷ 王夫之.张子正蒙注·序论［M］//船山全书:第12册.长沙：岳麓书社，1992：11.
❸ 王夫之.张子正蒙注［M］//船山全书:第12册.长沙：岳麓书社，1992：20－21.
❹ 王夫之.张子正蒙注·序论［M］//船山全书:第12册.长沙：岳麓书社，1992：10.
❺ 王夫之.张子正蒙注·序论［M］//船山全书:第12册.长沙：岳麓书社，1992：12.
❻ 王夫之.读四书大全说［M］//船山全书:第6册.长沙：岳麓书社，1991：575.

及正嘉之际，姚江王氏出焉。则以其所得于佛、老者强攀是篇（《中庸》——引者注）以为证据，其为妄也既莫之容诘，而其失之皎然易见者……迨其徒二王（龙溪、心斋）、钱（绪山）、罗（近溪）之流，恬不知耻，而窃佛、老之土苴以相附会，则害愈烈，而人心之坏，世道之否，莫不由之矣。"❶《正蒙注》又云："王氏之学，一传而为王畿，再传而为李贽，无忌惮之教立，而廉耻丧，盗贼兴，中国沦没。"❷故此，梁启超指出："船山与亭林，都是王学反动所产生的人物。但他们不但能破坏，而且能建设。拿今日的术语来讲，亭林建设方向近于'科学的'，船山建设方向近于'哲学的'。"❸船山从哲学思想的角度，对阳明心学进行严厉的批驳。

而船山的"建设"，可以说仍然是在宋明理学系统以内来完成的。嵇文甫先生将船山之思想理论体系概括为："宗师横渠，修正程朱，反对陆王。"❹而观其"宗师""修正"与"反对"，船山都是从其思想的反对佛老之根本立脚点出发的：修正程朱，是因为程朱不免沾染佛老；反对陆王，则是因为陆王的援佛老入儒；以横渠为正学，正是因为其于佛老毫不沾染，且极力辟佛老。故此，船山之标举"希张横渠之正学"，正是希望摒除佛老思想的沾染，而回归到儒家思想之正宗与本原。但是历史与时代的发展，儒家之理学思想到了明清之际的船山这里，自然打上了时代的烙印以及船山自身的特色。

第四节　诗以道情：船山学研究与船山诗学

一、船山诗学与理学之关联

1683年（癸亥）正月，船山六十五岁，撰成《船山经义》，其序

---

❶ 王夫之. 礼记章句[M]//船山全书:第4册. 长沙：岳麓书社，1991：1246.
❷ 王夫之. 张子正蒙注[M]//船山全书:第12册. 长沙：岳麓书社，1992：371.
❸ 梁启超. 中国近三百年学术史[M]. 太原：山西古籍出版社，2001：78.
❹ 嵇文甫. 王船山学术论丛[M]//船山全书:第16册. 长沙：岳麓书社，1996：1035.

云:"勿念身本经生,十岁授之父。"❶一个"本"字,是为对自己最本己、最根本身份的追忆与认同,即从十岁开始便从其父武夷先生读经,以经为本,经义之体悟与践履贯穿其一生。1690年,《夕堂永日绪论》序又云:"余自束发受业经义,十六而学韵语,阅古今人所作诗不下十万,经义亦数万首。"❷即谓十岁开始受业经义,十六岁开始学习韵语(诗词吟咏),批阅诵读自古至今的诗作十余万首,经义文章亦数万篇。可见"韵语"与"经义",如同两条细线,草蛇灰线般贯穿相伴船山的一生。是以,儒学与诗学两脉纵贯,既平行,又交织,成为船山身上最为深刻、最具意蕴的两种思想文化烙印与符号。因此,我们现今来理解与阐释船山诗学,必须将之与其儒学联系起来,勾连其内在的关系,才能更为全面地理解其诗学意蕴。

从《诗经》学的角度来看,船山自谓"六经责我开生面",其儒学思想最基础的根底,都是从稗疏、引义、广传、外传以及训义儒家经典而来,船山《诗经》学是其经学思想之一部分。《诗经》作为"六经"之一,船山既有《稗疏》(原附《考异》《叶韵辨》《诗译》,从"四库"本始删《诗译》,后《诗译》收入《姜斋诗话》),又加以《广传》。前者"皆考证名物训诂,以补先儒之所遗。率参验旧文,抒所独得"❸,即在充分吸收汉唐等先贤注疏成果基础上,参验其他典籍,纠正谬误,补缺拾遗;后者既为"广传",意谓"广而传之",是船山在阅读《诗经》时,对各篇从哲学、历史、政治、文学等各个角度加以引申发挥,恣意成文。特别是《诗译》,以诗话之体式,阐明《诗经》之艺术特征。就是说,对于《诗经》,船山既将之视为儒家经典,进行注疏阐释,又能从文学视角,加以演绎发挥。特别是对于后一方面,洪湛侯先生以为:"王氏对《诗》学的贡献,并不在于如何疏解《诗经》内容,而在于能将《诗经》作为文学作品来进行艺术研究。清代三百年,王氏是从文学角度研究《诗经》的第一人,《诗译》则

---

❶ 王夫之.船山经义·序[M]//船山全书:第13册.长沙:岳麓书社,1993:631.
❷ 王夫之.姜斋诗话[M]//船山全书:第15册.长沙:岳麓书社,1995:817.
❸ 四库全书简明目录[M]//船山全书:第3册.长沙:岳麓书社,1992:289.

是从文学角度研究《诗经》的第一部专著。"❶ 故此,船山诗学,往往能够多与其经学思想相合。

从理学发展的角度来看,船山之儒家思想,以孔孟为旨归,奉横渠之学为"正学",修正二程、朱子之学,辟老、辟佛以及严厉批评陆象山、王阳明及其后学,以此维护儒学之纯正。船山认可张子之"气"论,言幽明而不言有无:"尽心思以穷神知化,则方其可见而知其必有所归往,则明之中具幽之理;方其不可见而知其必且相感以聚,则幽之中具明之理。此圣人所以知幽明之故而不言有无也。"❷ 不言有无,而统之为"幽明",以为天地、宇宙是为"幽明之际"。而在船山看来,《诗》正是产生、形成于"幽明之际",诗本于天地之幽明,参于天地之化。

从诗学自身视角来看,船山本原儒家传统诗学的"诗以言志""诗以道情"的传统,以为既然诗以言志、道情,情有贞情、淫情之分,故诗亦可以"治不道之情"。同时,船山强调"一阴一阳之谓道",诗与乐之气化生成即是阴阳之道的互生互成,是以诗乐合一成为其所推崇的至美境界。

从历史发展的"时"与"势",及船山所处的时代文化背景来看,船山所处的明清之际,是为"天崩地解"之时代,船山作为"遗老",其中年之矢志抗清,试图力挽狂澜,挽救明代统绪于既倒。他作为传统知识分子,具有"内圣外王"之追求与使命担当,试图通过自己向内的仁义道德修养与提升,成为内心向往之圣人;而向外则有治国平天下的理想抱负。但是,历史发展证明,时、势之发展,不会以个人之意志为转移。船山自身所作的种种努力,亦是化作一江悲怆的春水东流。故船山之诗学,同时也蕴含着其沉重的生命之体验,具有深重的生命诗学之意蕴。

最后,需要补充的是,船山之儒学以辟佛、老为基本的旨归与特征;他在衍、解老庄的时候,也力图恢复老庄道家思想之本原而不受

---

❶ 洪湛侯. 诗经学史[M]. 北京:中华书局,2002:560.
❷ 王夫之. 张子正蒙注[M]//船山全书:第12册. 长沙:岳麓书社,1992:29.

外教思想沾染。但是儒、释、道三教汇通与融合是不可遏制的思想潮流——船山自己也意识到"希张横渠之正学而力不能企",追求"纯粹无染"的儒学已经力不所及;解老、解庄,也不可避免地"引漆园之旨于正",使之通于"君子之道"。故此,船山诗学虽与儒家思想相融会贯通,并以其作为最基本的特征,但同时也仍然难免"沾染"些许佛老。这种"沾染",却也在一定程度上丰富和深化了船山诗学之意蕴。我们在强调船山诗学的儒家思想底蕴时,并不否定其诗学与佛老思想的"沾染"。

二、船山学研究的历史与现状

船山诗学研究作为船山研究的一个部分,它与船山研究的推进和发展的历史进程应该是大体一致的。在清代,从王敔(1656—1731)开始,他对其父王船山的遗作进行了校勘、补正和注释等方面的工作,而其所撰的《大行府君行述》也成为研究船山生平、著述以及其思想的重要材料;其后,潘宗洛(1657—1716)所撰《船山先生传》、余廷灿(1729—1798)所撰《王船山先生传》等文,既介绍船山先生一生主要行迹,又对其思想和品行进行了全面总结和较高的评价。余廷灿在《王船山先生传》中赞叹:"先生究察于天人之故,通夫昼夜幽明之原,即是书(指《张子正蒙注》——引者注)畅演精绎,与自著《思问录》内外二篇,皆本隐之显,原始要终,朗然如揭日月。至其扶树道教,剖析数千年学术源流分合同异,《自序》中罗罗指掌,尤可想见先生素业。"❶ 继之,随着船山著作的刊刻流行,邓显鹤《王夫之》《船山著述目录》,邹汉勋《致邓湘皋学博书》,曾国藩《〈船山遗书〉序》,刘毓崧《刻王氏船山丛书凡例》《尚书引义跋》《永历实录跋》,王闿运《江王氏族谱序》,谭嗣同《上欧阳中鹄书》,章士钊《王船山史说申义》等论文序跋,以及刘毓崧《王船山先生年谱》、王之春《船山公年谱》、罗正钧《船山师友记》等著作,从传记年谱、著述目录、行迹交往、思想精义、现实意义等各个方面推进船山研究。谭嗣

---

❶ 余廷灿. 王船山先生传 [M] //船山全书:第16册. 长沙:岳麓书社,1996:95.

同《上欧阳中鹄书》云:"故衡阳王子有'道不离器'之说,曰:'无其器则无其道,无弓矢则无射之道,无车马则无御之道,洪荒无揖让之道,唐虞无吊伐之道,汉唐无今日之道,则今日无他年之道者多矣。'又曰:'道之可有而且无者多矣,故无其器则无其道。'诚然之言也。信如此言,则道必依于器而后有实用,果非空漠无物之中有所谓道矣。"❶ 谭嗣同从唯物视角出发来理解和阐释船山的"道不离器",强调"道必依于器而后有实用",宣扬变法革新,并以此作为维新运动的理论依据。清末、民国以来,历经20世纪而至于21世纪之今日,船山研究在国内乃至海外掀起多次高潮,成果更是汗牛充栋、难以胜数。而船山诗学研究,先是依附于船山思想之研究,后来更是独立而出,船山诗学研究论文、专著亦是异彩纷呈。

关于王船山研究的历史分期,近代以来学者多有论及。王孝鱼先生《船山学谱》不仅收录作者所编订《船山年谱》,且将船山哲学思想之主题划分为"根本观念""气化论""心性论""修养论""识知论"和"历史进化论"等六类,其下又分门别类梳理船山诸说,几乎涉及船山哲学的方方面面,开启学者研究船山思想登堂入室之方便法门。作者在《自序》中谓:"独船山思想汪洋浩瀚,烟雨迷离,后人徒知其广博精深,而于其内部究未能为之阐发,迄今二百数十余年,其道仍未能著明于世,良可慨也。咸同之际,湘中诸贤如邓湘皋、曾涤生等曾力为提倡,其后谭浏阳复以之标榜号召,学者始稍稍注意及之。辛亥以前,船山之学风行一时,其《读通鉴论》《黄书》《噩梦》等著,尤为人所乐道。然此时所盛谈者,特船山政治思想之一面,非其哲学之全体也。梁任公晚年于清初诸儒致力颇勤,且于船山学术稍有发明,然亦语焉不详,钩稽分析之责,仍有待于来者。"❷ 在这里,王孝鱼虽然没有明确谈到分期问题,然其所论船山思想之研究历史可以分为"咸同"之前的二百余年船山"其道仍未能著明于世","咸同之际"至辛亥之前这一时期邓湘皋、曾国藩、谭嗣同等"学者始稍稍注

---

❶ 谭嗣同. 上欧阳中鹄书[M]//船山全书:第16册. 长沙:岳麓书社,1996:715.
❷ 王孝鱼. 船山学谱[M]. 北京:中华书局,2014:5-6.

意及之",梁启超及作者本人所处之时期。

嵇文甫、冯友兰等先生亦论及船山研究之分期,20世纪80年代以来,方克立、陶懋炳、杨坚等人均有从不同角度区分船山研究之历史阶段。❶张立文先生所著《正学与开新——王船山哲学思想》纵论船山思想中的经学、子学思想,深研剖析船山哲学的逻辑结构、道理与心性命、道器理气与物器、形神物遇与体知、和合动几的生生以及义利理势与理欲等命题,并将船山思想的影响区分为如下六个阶段:一、从康熙至道光年间,时人赞其为忠义激烈,继圣贤之学,或曰阐明正学,传授道统;二、道光二十年(1840)鸦片战争的失败,使朝野各派政治势力和知识分子从"天朝帝国"的美梦中惊醒;三、戊戌变法失败辛亥革命时期;四、五四运动时期;五、五四运动以后到"文化大革命"时期;六、20世纪80年代以来。❷朱迪光先生则在其著《王船山研究著作述要》将船山学术研究划分为六个大的时期:第一个时期是王船山学术研究的初期:清康熙三十一年至清嘉庆末年(1692—1820)。王船山学术研究的第二期:从清道光初年至清光绪中期(1882—1892)。王船山学术研究的第三期:从清光绪中期至"中华民国"成立时期的船山研究(1892—1911)。王船山学术研究的第四期:"中华民国"时期的船山研究(1912—1949)。第五期:中华人民共和国成立至新时期开始时期的船山研究(1949—1978)。第六期:20世纪70年代末至21世纪初的船山研究(1978—2005)。❸

我们以为,对于船山思想研究的历史分期,没有必要过于细致烦琐,大致区分为如下三个时期即可:20世纪以前的船山研究、20世纪船山研究以及21世纪以来的船山研究。这种划分方法,虽然依据的是简单的世纪(时代),但是亦有其历史现实的根据。

第一阶段为20世纪以前的船山研究。这一时期的船山研究之历史,既包括了船山离世后的二百余年间,其声名与思想之影响寂寂无

---

❶ 朱迪光.王船山研究著作述要[M].长沙:湖南大学出版社,2010:11-13.
❷ 张立文.正学与开新:王船山哲学思想[M].北京:人民出版社,2001:407-427.
❸ 朱迪光.王船山研究著作述要[M].长沙:湖南大学出版社,2010:15-18.

声,也包括了后来船山著作陆续版行于世,逐渐引起学者和世人的关注。其时,湖湘诸贤先后主持印行船山遗著,以及从不同角度高度评价船山的思想及人品,使时至今日人们仍能依稀睹见船山一生的坎坷行迹、主要著作、广博深邃之思想,这可谓居功至伟。他们虽然有可能从不同立场出发,或是出于维护封建统治,或是为了力倡变法维新,或是以期振兴民族意识,往往会有意拔高船山思想中某一方面的论断,甚至有可能是误会曲解船山本意;但是归根结底,使得船山思想穿越了二百多年的历史蒙蔽,闪耀在中国思想历史之中。印行船山著作的初衷,以及对于船山思想的关注点,在这一时期往往都还是集中于"传统的"视角。

清廷湘军领袖人物曾国藩主持刻印《船山遗书》,并亲自参与校阅,其《船山遗书序》自言:"国藩校阅者,《礼记章句》四十九卷,《张子正蒙注》九卷,《读通鉴论》三十卷,《宋论》十五卷,《四书》《易》《诗》《春秋》诸经《稗疏》《考异》十四卷,订正讹脱百七十余事。"❶ 对船山思想,曾国藩亦有一定研究体会,其致友人欧阳兆熊信曾云:"船山说经高于论史,卓见极是。而说经又以《礼记章句》为最。"❷ 对此,冯友兰即以为船山的道学思想是曾国藩思想信奉之旨归:"曾国藩所保卫的中国传统文化,主要是宋明道学。他是一个道学家,但不是一个空头道学家。他的哲学思想的发展有两个阶段,其主要标志是由信奉程朱发展到信奉王夫之。……他本来就认为惟有张载的《正蒙》'醇厚正大,邈焉寡俦',这时候更发现王夫之的《正蒙注》以及全部《船山遗书》正是他寻找的武器。"❸

第二阶段为 20 世纪的船山研究。20 世纪初叶的清朝末年与民国初年之际,既是中国历史发展的重要转变时期,也是新旧思想交汇冲突时期,对于船山研究而言,也意味着新的研究视角、研究方法的引入,开始形成新的船山研究格局。学者看待和研究船山思想,不仅是局限于"传统的"视角,而是逐步发现船山思想更加丰富的内涵和多元化

---

❶ 曾国藩. 船山遗书序 [M] //船山全书:第 16 册. 长沙:岳麓书社,1996:418.
❷ 曾国藩. 致欧阳兆熊七通 [M] //船山全书:第 16 册. 长沙:岳麓书社,1996:558.
❸ 冯友兰. 中国哲学史新编:下卷 [M]. 北京:人民出版社,1999:419-420.

的价值。发表在《东方杂志》1906年第三卷第十期的《王船山学说多与斯密暗合说》，即将船山经济思想与亚当·斯密的经济思想进行比较研究："若斯密生计学学说，我国士夫之言殆无有与之吻合者。何以故？我国士夫素以言利为戒故。及今读王船山之书，其中所言，竟有与斯密《原富》不谋而合者。"❶ 其论虽不免牵强附会和值得商榷之处，但亦开拓船山研究之新视角。其后，1915年刘人熙在长沙创办《船山学报》，虽仅出版八期而止，但是极大地推动了船山研究。刘人熙撰文《〈船山学报〉叙意》强调船山精神之核心："船山之学，通天人，一事理，而独来独往之精神，足以廉顽而立懦，是圣门之狂狷，洙泗之津梁也。独立之国，不可无独立之教育；独立之教育，不可无独立之学术；独立之学术，不可无独立之精神。……愿广船山于天下，以新天下。"❷ 在这里，他把船山思想精神与培育新国民精神结合起来，赋予船山思想极高的期许。

民国时期，郑行巽《王船山之经济思想》、贺麟《王船山的历史哲学》、何贻焜《王船山先生之教育思想》以及嵇文甫《王船山的民族思想》《王船山的易学方法》《王船山的史学方法》的系列文章，梁启超《中国近三百年学术史》、王孝鱼《船山学谱》、嵇文甫《船山哲学》、钱穆《中国近三百年学术史》、侯外庐《船山学案》等专著，这些成果的发表出版，进一步深化了船山研究，船山的哲学、史学、经济、民族等思想研究均得到较为充分的讨论。

新中国成立后，到20世纪80年代，其中"文化大革命"期间学术研究虽受到禁锢，船山研究亦遭受挫折，但在20世纪最后20年船山研究形成一个高潮，不仅民国时期研究船山的方家（诸如嵇文甫、贺麟等）继续深化船山研究，船山思想之哲学认识论、辩证法、理学、易学、伦理学、政治学、经济、美学、文学、语言等诸领域，都有独特而又全面之研究。"这是船山研究全方位的、开放的、多元的，以纯

---

❶ 勇立. 王船山学说多与斯密暗合说[M]//船山全书:第16册. 长沙:岳麓书社，1996:841-842.

❷ 刘人熙.《船山学报》叙意[M]//船山全书:第16册. 长沙:岳麓书社，1996:874.

学术研究为主的研究时期。所谓全方位的是指对船山的研究不仅局限在哲学、历史、文学等狭窄的范围，而是扩展到十多个学科门类。所谓开放的，指祖国大陆的船山研究不仅仅局限在大陆范围，而是进行了广泛的交流与互动，大陆学界与世界各国学术进行交流。所谓多元的，是指研究方法不止有马克思主义这种一种方法，而是以马克思主义理论方法为主兼用其他多种理论方法进行研究。"❶ 同时，船山研究较少受到外在的因素干扰，纯学术探讨和研究不断深化。这一时期，举办了多次船山研究国际性研讨会，一大批的研究论文、专著先后出版。

第三阶段为21世纪以来（2000年至今）的船山研究。这一时期的船山研究虽然看似是20世纪最后20年船山研究之高潮的延续，但是体现出更多的新的特征。一方面，在研究方法与研究视角上，更加丰富和多元。东西方学术与文化的交流，促进了研究方法的创新和视角的拓展。特别是进入新的世纪，年轻学者纷纷加入到船山研究当中，一大批博士、硕士学位论文，都着力于船山思想的各方面研究。如有学者以"际"为研究视域，对船山哲学进行形而上学的阐明，强调其方法论主要有三点："哲学史考察与哲学思考的统一；中西哲学相互牵引的对话；包括语源考察、虚词分析在内的语言分析。"并以为"语言分析是船山的重要运思方式"。❷ 也有学者选择从"身体观"和"诠释学"为进路来研究船山美学基础，以为："'身体'和诠释问题是走进船山哲学的关键与核心所在，由哲学而美学，这两个问题的重要性并没有被弱化，而是变得更突出。也就是说，'身体'与诠释问题对于船山（乃至中国）哲学和美学来说，具有本在的意义。"❸ 这些研究和探索，可以说都是大胆而富有创新的。另一方面，在船山研究领域进一步拓展的同时，更加注重船山思想深层次发掘与剖析。系统的理论建构仍然是船山研究的重要方向，但同时许多学者在研究船山思想时，开始放弃一味追求体系的建构，而是转向某一概念、范畴的深入发掘，

---

❶ 朱迪光.王船山研究著作述要［M］.长沙：湖南大学出版社，2010：18.
❷ 刘梁剑.王船山哲学研究［M］.上海：上海人民出版社，2016：14.
❸ 韩振华.王船山美学基础［M］.成都：巴蜀书社，2008：23.

或是聚焦船山的某部著作,或是关注某个命题,往往都能有新的发现。如有学者以"时"与"几"作为船山哲学的核心范畴,作者"认为这两个概念对于王夫之来说,犹如'天理'之于二程,'良知'之于阳明一般,围绕着王夫之何以将'时'与'几'作为核心范畴、怎样运用这两个范畴来阐述自己的观点,清除宋明理学中的佛老影响而展开论证,由此得出结论:王夫之哲学的本质是对宋明理学范式的反思和转化。"❶ 这个观点不一定都能获得大家的认同,但是把"时"与"几"作为船山哲学的"得力处"和"入门处",的确是作者的新见解。

同时,这一阶段的船山研究,可以说是一个开放性的历史时期,它面向新的世纪,面向未来。体系完备、获得学术界普遍公认的"船山学"正在建构过程当中,每一位致力于船山研究的学者都将是这一建构的重要支撑。

三、船山诗学研究问题之提出

朱迪光《王船山研究著作述要》将王船山学术研究分类体系进行条分缕析,大体区分为综述、哲学思想、伦理思想、美学思想、心理思想、无神论和宗教思想、政治思想、军事思想、经济思想、法律思想、教育思想、语言文字、文学创作与研究、艺术思想、史学思想研究、科学思想等十六类,文学创作与研究又细分为文学创作、文学评论和文论三个部分。❷ 船山研究之体系,大体不外如此。因此,在这里我们首先必须明确何谓船山"诗学"?

对"诗学"之理解,首先有狭义和广义之分,狭义地看,船山诗学当指的是船山《诗经》学,即以船山撰述《诗经稗疏》《诗广传》等著作为中心,主要是研究船山《诗经》学思想的内容、方法、特色以及在中国古代《诗经》学史发展历程中的地位等。船山《诗经》学应当还包括了船山《诗经》诗学。如纳秀艳所著《王夫之〈诗经〉学

---

❶ 陈卫平. 序 [M] // 陈焱. 几与时:论王船山对传统道学范式的反思与转化. 上海:上海人民出版社, 2016:2.

❷ 朱迪光. 王船山研究著作述要 [M]. 长沙:湖南大学出版社, 2010:20 - 21.

研究》，论述王夫之《诗经》学产生的文化背景、宗旨、基本方法、诗学观、美学思想、生命关怀等。❶ 袁愈宗所著《王夫之〈诗广传〉诗学思想研究》，则是以《诗广传》为中心，具体分析其中所蕴含的船山诗学思想。❷ 从广义的来看，船山诗学是指船山关于诗歌的创作、理论、选评、点评的思想之总括。由此，船山诗学所囊括的内容，将大大扩展，研究对象也不仅仅是船山关于《诗经》的诗学思想，而且包括了船山诗评、诗话、诗歌创作等。这类研究成果很多，仅是21世纪以来出版的船山诗学、美学研究著作，就有陶水平《船山诗学研究》❸、萧驰《抒情传统与中国思想：王夫之诗学发微》❹、吴海庆《船山美学思想研究》❺、崔海峰《王夫之诗学范畴论》❻、涂波《王夫之诗学研究》❼、石朝辉《情与贞的交织：对王船山诗学的一种解读》❽ 等。

而从更为广义的层面来理解，船山诗学与其哲学、史学、美学、教育学、伦理学等都有着千丝万缕的关系。以前的学者大多专注于从"诗"的视角来看待船山诗学，注重分析船山诗歌评选、诗话中的诗学思想，而未能从更为广阔的思想文化视野看待船山诗学，因此难以发现船山诗学与其思想的深层次联系，窥见船山诗学的全貌与深层次意蕴。萧驰先生就曾指出："反观多年以来今人关于船山诗学的研究，包括本人二十世纪八十年代初发表的这一方面的论文，却普遍存在着将其诗学与其经学、子学割裂的现象。究其原因，大概有如下二端：首先是在中国文论史上，如亚里士多德、叔本华和尼采那样能一身兼为大文论家和大哲学家的人物，船山是绝无仅有者，研究者容易忽略其特殊性。其次，船山在上述两个领域的著述都堪称卷帙浩繁，综合研

---

❶ 纳秀艳. 王夫之《诗经》学研究［M］. 北京：中国社会科学出版社，2016.
❷ 袁愈宗. 王夫之《诗广传》诗学思想研究［M］. 北京：中央编译出版社，2012.
❸ 陶水平. 船山诗学研究［M］. 北京：中国社会科学出版社，2001.
❹ 萧驰. 抒情传统与中国思想：王夫之诗学发微［M］. 上海：上海古籍出版社，2003.
❺ 吴海庆. 船山美学思想研究［M］. 郑州：河南人民出版社，2004.
❻ 崔海峰. 王夫之诗学范畴论［M］. 北京：中国社会科学出版社，2006.
❼ 涂波. 王夫之诗学研究［M］. 武汉：湖北人民出版社，2006.
❽ 石朝辉. 情与贞的交织：对王船山诗学的一种解读［M］. 长沙：湖南人民出版社，2015.

究的难度较大。"❶ 陶水平先生亦以为："王船山诗学本身博大精深，尽管学术界前辈与时贤对王船山诗学和美学的研究已取得了相当可观的成果，但在许多问题上，尤其是在船山诗学与其哲学的内在联系、船山诗学思想的内在体系、船山诗学的独特个性以及船山诗学形成的历史文化语境等方面，仍有深入系统研究之必要。"❷ 因此，我们以为，应当从更为广阔的理论视野来看待和理解船山诗学，深究其内在体系，审视其外在联系，呈现出船山诗学的本来面目。

当前，船山诗学研究的成果应该说是比较丰富了，继续深入船山诗学研究，如何"创新"即是本书研究首要关系的问题。我们必须避免将对船山诗学某些突发奇想的体会牵强附会地连缀起来，以此来构建某个体系；同时也要避免一叶障目，在考察船山诗学时拘泥于某个观点而不能发现这些观点之间的内在联系。

《中庸》曰："君子之道，辟如行远必自迩，辟如登高必自卑。"于湖南长沙，岳麓山下岳麓书院前二百米许，有"自卑亭"，掩映于绿荫丛中，原为通往书院及登高岳麓山的必经之路。二十年前负笈湘江之滨，每每经此登高，无不慨然。至如今，开启船山诗学研究之旅，正或亦如求索"君子之道"，如同"远行"与"登高"，必须是"自迩"与"自卑"。

---

❶ 萧驰. 抒情传统与中国思想：王夫之诗学发微［M］. 上海：上海古籍出版社，2003：4.

❷ 陶水平. 船山诗学研究［M］. 北京：中国社会科学出版社，2001：5-6.

参考文献

一、王船山著作

[1] 王夫之. 船山全书（全十六册）[M]. 长沙：岳麓书社，1988—1996.

[2] 王夫之. 古诗评选[M]. 上海：上海古籍出版社，2011.

[3] 王夫之. 姜斋诗话[M]. 北京：人民文学出版社，1961.

[4] 王夫之. 读四书大全说[M]. 北京：中华书局，1975.

[5] 王夫之. 老子衍·庄子通·庄子解[M]. 北京：中华书局，2009.

[6] 王夫之. 尚书引义[M]. 北京：中华书局，1962.

[7] 王夫之. 诗广传[M]. 北京：中华书局，1964.

[8] 王夫之. 思问录·俟解·黄书·噩梦[M]. 北京：中华书局，2009.

[9] 王夫之. 张子正蒙注[M]. 北京：中华书局，1975.

[10] 王夫之. 周易外传[M]. 北京：中华书局，1977.

二、中国古代典籍（含今人点校、注译等）

[1] 陈国庆. 汉书艺文志注释汇编[M]. 北京：中华书局，1983.

[2] 程颢，程颐. 二程集[M]. 北京：中华书局，2004.

[3] 程俊英，蒋见元. 诗经注析[M]. 北京：中华书局，1991.

[4] 程树德. 论语集释[M]. 北京：中华书局，2013.

[5] 董仲舒. 春秋繁露[M]. 北京：中华书局，1975.

[6] 高明. 帛书老子校注[M]. 北京：中华书局，1996.

[7] 郭庆藩. 庄子集释[M]. 北京：中华书局，1961.

[8] 胡奇光，方环海. 尔雅译注[M]. 上海：上海古籍出版社，2012.

[9] 焦循. 孟子正义[M]. 北京：中华书局，2015.

[10] 孔安国，孔颖达. 尚书正义[M]. 上海：上海古籍出版社，2007.

[11] 孔颖达. 周易正义[M]. 影印南宋官版. 北京：北京大学出版社，2017.

[12] 李道平. 周易集解纂疏[M]. 北京：中华书局，1994.

[13] 李山. 楚辞译注. 北京：中华书局，2015.

[14] 黎靖德. 朱子语类[M]. 北京：中华书局，1986.

[15] 楼宇烈. 老子道德经注校释 [M]. 北京：中华书局, 2008.

[16] 楼宇烈. 王弼集校注 [M]. 北京：中华书局, 1980.

[17] 陆九渊. 陆九渊集 [M]. 北京：中华书局, 1980.

[18] 毛亨, 郑玄, 孔颖达. 毛诗正义 [M]. 北京：北京大学出版社, 1999.

[19] 邵雍. 邵雍集 [M]. 北京：中华书局, 2010.

[20] 孙希旦. 礼记集解 [M]. 北京：中华书局, 1989.

[21] 王守仁. 王阳明全集 [M]. 上海：上海古籍出版社, 2011.

[22] 王先谦. 诗三家义集疏 [M]. 北京：中华书局, 1987.

[23] 王先谦. 荀子集解 [M]. 北京：中华书局, 1988.

[24] 王运熙, 周锋. 文心雕龙译注 [M]. 上海：上海古籍出版社, 2012.

[25] 许慎. 说文解字 [M]. 北京：中华书局, 1963.

[26] 叶采. 近思录集解 [M]. 北京：中华书局, 2017.

[27] 张载. 张载集 [M]. 北京：中华书局, 1978.

[28] 郑玄, 贾公彦. 仪礼注疏 [M]. 上海：上海古籍出版社, 2008.

[29] 郑玄, 贾公彦. 周礼注疏 [M]. 上海：上海古籍出版社, 2010.

[30] 周敦颐. 周敦颐集 [M]. 北京：中华书局, 2009.

[31] 朱熹. 诗集传 [M]. 北京：中华书局, 2011.

[32] 朱熹. 四书章句集注 [M]. 北京：中华书局, 1983.

[33] 朱熹. 周易本义 [M]. 北京：中华书局, 2009.

[34] 左丘明, 杜预, 孔颖达. 春秋左传正义 [M]. 北京：北京大学出版社, 1999.

三、中外相关论著

[1] 艾尔曼. 从理学到朴学：中华帝国晚期思想与社会变化面面观 [M]. 南京：江苏人民出版社, 2018.

[2] 包弼德. 历史上的理学 [M]. 杭州：浙江大学出版社, 2012.

[3] 蔡仁厚. 王阳明哲学 [M]. 北京：九州出版社, 2013.

[4] 蔡镇楚. 中国古代文学批评史 [M]. 长沙：岳麓书社, 1999.

[5] 曹道衡, 刘跃进. 先秦两汉文学史料学 [M]. 北京：中华书局, 2005.

[6] 陈宝良. 明代士大夫的精神世界 [M]. 北京：北京师范大学出版社, 2017.

[7] 陈来. 诠释与重建：王船山的哲学精神 [M]. 北京：三联书店, 2010.

[8] 陈力祥. 王船山礼宜乐和的和谐社会理想 [M]. 北京：社会科学文献出版社, 2014.

［9］陈望衡．中国古典美学史［M］．长沙：湖南教育出版社，1998.

［10］陈焱．几与时：论王船山对传统道学范式的反思与转化［M］．上海：上海人民出版社，2016.

［11］陈赟．回归真实的存在：王船山哲学的阐释［M］．上海：复旦大学出版社，2007.

［12］崔海峰．王夫之诗学思想论稿［M］．北京：中国社会科学出版社，2012.

［13］戴景贤．王船山学术思想总纲与其道器论之发展［M］．香港：香港中文大学出版社，2013.

［14］邓辉．王船山历史哲学研究［M］．长沙：岳麓书社，2004.

［15］邓潭洲．王船山传论［M］．长沙：湖南人民出版社，1982.

［16］丁四新．郭店楚墓竹简思想研究［M］．北京：东方出版社，2000.

［17］丁四新．《周易》溯源与早期易学考论［M］．北京：中国人民大学出版社，2017.

［18］杜维明．青年王阳明：行动中的儒家思想［M］．北京：三联书店，2013.

［19］杜维明．中庸：论儒学的宗教性［M］．北京：三联书店，2013.

［20］方红姣．现代新儒家与船山学［M］．北京：中国社会科学出版社，2015.

［21］冯友兰．中国哲学史新编［M］．北京：人民出版社，1999.

［22］格里德尔．知识分子与现代中国［M］．桂林：广西师范大学出版社，2010.

［23］葛瑞汉．中国的两位哲学家：二程兄弟的新儒学［M］．郑州：大象出版社，2000.

［24］谷继明．王船山《周易外传》笺疏［M］．上海：上海人民出版社，2016.

［25］郭齐勇．儒学与现代化的新探讨［M］．北京：商务印书馆，2015.

［26］郭齐勇．中国哲学史［M］．北京：高等教育出版社，2006.

［27］郭绍虞．中国文学批评史［M］．北京：商务印书馆，2010.

［28］韩振华．王船山美学基础［M］．成都：巴蜀书社，2008.

［29］洪湛侯．《诗经》学史［M］．北京：中华书局，2002.

［30］侯外庐．船山学案［M］．长沙：岳麓书社，1982.

［31］胡发贵．王船山与中国文化［M］．贵阳：贵州人民出版社，2000.

［32］黄忠慎．清代《诗经》学论稿［M］．台北：文津出版社，2011.

［33］嵇文甫．晚明思想史论［M］．北京：北京出版社，2016.

［34］李清良．中国阐释学［M］．长沙：湖南师范大学出版社，2001.

［35］李泽厚．历史本体论·己卯五说［M］．北京：三联书店，2008.

［36］李泽厚．由巫到礼 释礼归仁［M］．北京：三联书店，2015.

[37] 李泽厚. 中国古代思想史论 [M]. 北京：人民出版社，1986.

[38] 梁启超. 清代学术概论 [M]. 天津：天津古籍出版社，2004.

[39] 梁启超. 中国近三百年学术史 [M]. 太原：山西古籍出版社，2001.

[40] 林安梧. 王船山人性史哲学之研究 [M]. 台北：东大图书股份有限公司，1987.

[41] 刘沧龙. 气的跨文化思考：王船山气学与尼采哲学的对话 [M]. 台北：五南图书出版股份有限公司，2016.

[42] 刘春建. 王夫之学行系年 [M]. 郑州：中州古籍出版社，1989.

[43] 刘梁剑. 王船山哲学研究 [M]. 上海：上海人民出版社，2016.

[44] 刘志盛，刘萍. 王船山著作丛考 [M]. 长沙：湖南人民出版社，1999.

[45] 柳诒徵. 中国文化史 [M]. 北京：中华书局，2015.

[46] 吕思勉. 先秦学术概论 [M]. 上海：东方出版中心，2008.

[47] 蒙培元. 中国心性论 [M]. 台北：台湾学生书局，1990.

[48] 纳秀艳. 王夫之《诗经》学研究 [M]. 北京：中国社会科学出版社，2016.

[49] 彭富春. 哲学与美学问题：一种无原则的批判 [M]. 武汉：武汉大学出版社，2005.

[50] 皮锡瑞. 经学历史 [M]. 北京：中华书局，2008.

[51] 皮锡瑞. 经学通论 [M]. 北京：中华书局，2017.

[52] 钱基博. 经学通志 [M]. 上海：上海古籍出版社，2011.

[53] 钱穆. 宋明理学概述 [M]. 北京：九州出版社，2014.

[54] 钱穆. 朱子学提纲 [M]. 北京：三联书店，2014.

[55] 钱钟书. 管锥编 [M]. 北京：三联书店，2007.

[56] 钱钟书. 谈艺录 [M]. 北京：三联书店，2007.

[57] 单正平. 晚晴民族主义与文学转型 [M]. 北京：人民出版社，2006.

[58] 石朝辉. 情与贞的交织：对王船山诗学的一种解读 [M]. 长沙：湖南人民出版社，2015.

[59] 孙钦香. 王夫之 [M]. 南京：南京大学出版社，2015.

[60] 谭承耕. 船山诗论及创作研究 [M]. 长沙：湖南出版社，1992.

[61] 谭明冉. 王夫之庄学研究：以《庄子解》为中心 [M]. 济南：山东人民出版社，2017.

[62] 唐君毅. 中国哲学原论·原教篇 [M]. 北京：中国社会科学出版社，2006.

[63] 陶水平. 船山诗学研究 [M]. 北京：中国社会科学出版社，2001.

[64] 涂波. 王夫之诗学研究 [M]. 武汉：湖北人民出版社，2006.

[65] 王立新．从胡文定到王船山：理学在湖南地区的奠立与开展［M］．北京：中国社会科学出版社，2014．

[66] 王立新．天地大儒王船山［M］．长沙：岳麓书社，2011．

[67] 王孝鱼．船山学谱［M］．北京：中华书局，2014．

[68] 吴海庆．船山美学思想研究［M］．郑州：河南人民出版社，2004．

[69] 夏剑钦．卓越的思想家王夫之［M］．上海：上海人民出版社，1987．

[70] 萧驰．抒情传统与中国思想：王夫之诗学发微［M］．上海：上海古籍出版社，2003．

[71] 萧萐父，许苏民．王夫之评传［M］．南京：南京大学出版社，2002．

[72] 熊考核．王船山美学［M］．北京：中国文史出版社，1991．

[73] 杨松年．王夫之诗论研究［M］．台北：文史哲出版社，1986．

[74] 叶朗．中国美学史大纲［M］．上海：上海人民出版社，1985．

[75] 宇文所安．他山的石头记：宇文所安自选集［M］．南京：江苏人民出版社，2006．

[76] 宇文所安．中国文论：英译与评论［M］．上海：上海社会科学院出版社，2003．

[77] 宇文所安．中国早期古典诗歌的生成［M］．北京：三联书店，2014．

[78] 余英时．宋明理学与政治文化［M］．台北：允晨文化实业股份有限公司，2004．

[79] 余英时．中国思想传统的现代诠释［M］．新北：联经出版事业有限股份公司，2018．

[80] 袁愈宗．王夫之《诗广传》诗学思想研究［M］．北京：中央编译出版社，2012．

[81] 曾守仁．王夫之诗学理论重构：思文/幽明/天人之际的儒门诗教观［M］．台北：台湾大学出版中心，2011．

[82] 张立文．宋明理学研究［M］．北京：中国人民大学出版社，2016．

[83] 张立文．正学与开新：王船山哲学思想［M］．北京：人民出版社，2001．

[84] 张隆溪．阐释学与跨文化研究［M］．北京：生活·读书·新知三联书店，2014．

[85] 张齐政．船山研究新视野［M］．北京：光明日报出版社，2015．

[86] 张西堂．明王船山先生夫之年表［M］．台北：台湾商务印书馆股份有限公司，1978．

[87] 章启辉．旷世大儒：王夫之［M］．石家庄：河北人民出版社，2001．

［88］赵沛霖.兴的源起：历史积淀与诗歌艺术［M］.北京：中国社会科学出版社，1987.

［89］衷尔钜.王夫之［M］.长春：吉林文史出版社，1997.

［90］周兵.王夫之四书学思想研究［M］.北京：科学出版社，2018.

［91］周泉根.新出战国楚简之《诗》学研究［M］.天津：天津教育出版社，2010.

［92］朱迪光.王船山研究著作述要［M］.长沙：湖南大学出版社，2010.

［93］朱自清.诗言志辨/经典常谈［M］.北京：商务印书馆，2011.

［94］宗白华.艺境［M］.北京：商务印书馆，2011.

［95］邹元江.论意象与非对象化［M］.北京：中国社会科学出版社，2014.

后　　记

　　2019年3月，修改完论文最后一段文字，然后将论文提交至文学院，送给专家匿名评审。此后月余，心情颇有些沉闷和无聊，加之冗务缠身，故未敢再碰触这些"木已成舟"的文字，亦无多心思按照"惯例"在文后写几句感叹"人生之艰难如此"的文字。若问此心境所向，无非闲暇、闲暇、闲暇而已。

　　近日，海口的天气晴雨不定，或灼热，或沉闷；昨夜突然又有些凉意，夜半惊醒，久不能寐。今晨早起，强力抖擞勉励自己一番，心想还是写几句话罢，人生不满百，谁又能保证以后还有无心力缀文成篇且又有机会在文后絮絮叨叨地说些无关紧要的话呢？

　　2004—2006年，我大学毕业后即在长沙岳麓书社做些文字编辑的工作。蒙时任历史编辑室主任管巧灵先生好意，赠予其所藏该社初版的《船山全书》十余册。《船山全书》共十六册，于1988年至1996年出齐。因为该书初版是分册先后印行，故管先生所赠书中，已缺了《尚书稗疏》《礼记章句》《说文广义》等四册。直到十余年后，决意通读《船山全书》以便深入研究船山诗学，终于才通过孔夫子旧书网购书凑齐了十六册。而其间，因为自己先后辗转湘、鄂、琼等地，《船山全书》先是连同其他闲杂书刊，一股脑儿地打包寄回湖南湘西老家，堆放在旧屋谷仓的角落；直到2016年春驱车回到老家过春节，才能随车将之携带至海口。这也便是我跟《船山全书》之缘，然在决定开始研究船山诗学之前，它们也只不过是或堆在谷仓，或码放在书架的十余册旧书而已。

　　王船山在中国思想史上之地位，如今在学界当已有共识，虽然其间仍不免有人故作贬抑之词。然鄙人始读船山著述，不惟服膺其思想之广博精深，更让人动容的是他身处逆世的坚毅与决然。其在《船山记》中以"船山"之顽石自况,云:"赏心有侣,咏志有知,望道而有与谋,怀贞而有与辅,相遥感者,必其可以步影沿流,长歌互答者也;而茕茕者如斯矣,营营者如彼矣,春之晨,秋之夕,以户牖为丸泥而自封也,则虽欲选之而奚以为。夫如是,船山者即吾山也。奚爲而不可也!无可名之于四远,无可名之于末世,偶然谓之,歘然忘之,老且死,而船山者仍还其顽石。"船山在此"以户牖为丸泥",感叹"船山者即吾山也",船山之人与船山之石,于此共处历经寒暑十七载,其精神魂魄已是合二为一;虽然"船山""无可名之于四远,无可名之于末世",但是"船山者仍还其顽石",人固已非斯人,石头还是这块石头……

综观船山之研究,自其逝世至今已三百余年矣;但他的思想世界,仍然有待于我们继续"进入"——不惟如此,船山侧身"天崩地裂"的世道所展现出来的自信与真诚、执着与凛然、品行与人格,不正是我们当今之世所稀缺和众营营之辈所难以望其项背的吗?故此,在进入船山诗学研究正题之前,我在梳理相关文献和前人研究成果的同时,又别有兴致地回顾了船山险阻坎坷的一生,并对其生命体验与笔耕生涯作了简要的引述。这于本论文研究主题而言,未免有离题之嫌,然对于如何更加切近地"进入"船山思想世界,或许未尝不是一种可以探讨的途径。因此,在正文之后,附有《王船山之生命体验与学术思想述略》一章,以期将船山之时代背景与生命体验,同他的思想、包括诗学思想相勾连起来,这或许会有助于在具体历史情境与生命体验中去理解鲜活的船山诗学。

本书论述的基本框架、主要内容,以及或具有的些许价值云云,在此不再赘述。总而言之,此文的研究与写作,仍仅仅是一种蜻蜓点水、浅尝即止的探索。如专家所指出,船山诗学研究著述可以说是汗牛充栋了,如何推陈出新确实是我们现在的研究所必须正视的。正因如此,在这一研究过程中,我总是怀着一种战战兢兢的谨慎心理,既避免因袭守旧和粗心误读,而又希望能对船山思想有所发明;但既然开始动手写了,却又是一番愉悦快适的体验,夫子自道,或喜或悲,总能扣人心弦。三四年来,断断续续翻阅、研读船山著述,论文写作也大概延续了一年有余的时间。如今这盘"小鲜"已经烹就，虽然自己仍不甚满意，也未必合大家的胃口，但总得要端上来的。因此不揣冒昧，就这样端上来了，敬请方家批评指正。

2015年，有幸忝列海南师范大学单正平教授和周泉根教授两位导师门下，就读文艺学专业。在入学之初，我即已经选定王船山诗学作为博士论文研究主题，但具体如何切入论题，其间却颇有些犹疑。而在学习期间和本论文的开题、预答辩等过程中，亦得到文艺学教研室各位老师无私而又热心的帮助和指导。在此，诚挚地感谢王学振教授、邵宁宁教授、张伟栋副教授、闫娜副教授、舒志峰副教授，以及马克思主义学院陈鑫副教授、海南大学人文传播学院张江南副教授等老师；特别是要感谢单、周两位导师，从梳理研究计划、拟定提纲到论文开题，从研读船山相关著作、开始撰文到中期汇报和最后修改，学生在这全部过程当中的点滴进步，都离不开他们的悉心教导。

感谢我所在单位——海南省委党校的各位领导和同仁，是他们的理解、宽容与支持，使得我年逾而立仍能有机会，在工作间隙抽身参加"在职"学习和研究；也感谢这几年在海师文艺学专业同窗的几位朝气蓬勃的小伙伴们，有缘相聚校园，如切如磋、如琢如磨，不失为一件快意的事儿。

更要感谢我的家人，我的母亲、岳父、岳母、爱人、孩子，还有姐姐一家人，有他们的爱护、关心和陪伴，使我蹒跚于自己所选择的这条荆棘小道时，并不孤单。也谨以此文纪念我的父亲：2015年5月我出差在北京，得知入学考试综合成绩后，第一时间就急切地打电话告诉父亲，希望能给予重病中的他些许宽慰；2016年春节，陪父亲在老家的院子里偶尔晒晒太阳，彼时他已经口齿不甚清晰，却还三番五次地比画着叮嘱我；如今毕业在即，父亲却已永远地离开……

子在川上曰："逝者如斯夫！不舍昼夜。"夫子又云："君子坦荡荡，小人长戚戚。"白云苍狗，人心伤悲，莫过于一心向往"坦荡荡"的境界、却未免乎"长戚戚"的情怀——尽管如此，今仍以夫子语自勉之。刘彦和《文心·序志》云："齿在逾立，则尝夜梦执丹漆之礼器，随仲尼而南行。"如真能有所梦，希望自己也做个同样的梦罢。

搁笔之际,又忆及:不佞于新世纪之初即负笈离家,转眼已近二十载矣!船山词〔鹧鸪天〕(刘思肯画史为余写小像,虽不尽肖,聊为题之)曰:"把镜相看认不来,问人云此是姜斋。龟于朽后随人卜,梦未圆时莫浪猜。　谁笔仗,此形骸,闲愁输汝两眉开。铅华未落君还在,我自从天乞活埋。"对镜不识君面目,何止刘郎双鬓衰。怎奈何时去尽铅华?何时去尽铅华?

己亥孟夏于海口三闲斋

附　记:

本人的博士论文答辩会于 2019 年 5 月 30 日举行,由南开大学文学院陶慕宁教授主持并任答辩会主席,邵宁宁教授、张江南副教授、张伟栋副教授等担任委员,单、周两位导师亦参加,诸位先生对拙文提出了宝贵的批评与指导意见,在此表示衷心的感谢。

本书的出版,得到海南省委党校(省行政学院、省社会主义学院)的资助,科研处符气岗处长、岑选星副处长给予了热心帮助;文史教研部詹贤武教授审读书稿,提出了非常有针对性的修改意见和建议,并与作者多番交流,使本人受益匪浅;知识产权出版社兰涛编辑为本书付梓付出了辛勤劳动,在此,一并表示衷心的感谢。

船山一生傲岸,其思想之深博,犹深邃夜空,若星汉灿烂。予生也晚,是书管中窥豹,错谬在所难免,不当之处,恳请方家批评指正。

己亥季夏于海口